CHEVALIER BRISÉ

LA COSTRA NOSTRA, LIVRE 2

R.G. ANGEL

Chevalier Brisé -La Cosa Nostra livre 2
Par R.G Angel
Copyright © 2021 R.G. Angel

Ce livre est une œuvre de fiction. Les noms et les personnages sont le fruit de l'imagination de l'auteur et toute ressemblance avec des personnes réelles, vivantes ou décédées, est entièrement fortuite.

Ce livre électronique est autorisé pour votre plaisir personnel uniquement. Ce livre électronique ne peut être revendu ou donné à d'autres personnes.

Si vous lisez ce livre électronique et que vous ne l'avez pas acheté, veuillez acheter votre propre exemplaire. Merci de respecter le dur labeur de cet auteur.

Couverture : MSB Design
Mise en page : LJ Design
Traduction : Florence Rouge-Gaillard

CLAUSE DE NON-RESPONSABILITÉ :

Destiné aux lecteurs de 18 ans et plus en raison du contenu adulte, des situations abusives et du langage cru. Peut contenir des éléments déclencheurs pour certains lecteurs. Veuillez lire avec prudence.

DÉDICACE :

*À mes lecteurs, mes amis et ma famille.
Merci de m'aider à garder le rêve en vie.
À Flo – ma sœur d'une autre mère. Être bizarre à deux c'est bien mieux. Merci d'être mon amie.*

PROLOGUE

Père, pourquoi maintenant ?

J'essayai de paraître blasé malgré la peur qui montait au creux de mon estomac en regardant la fille blonde accroupie dans le coin de la pièce sans fenêtre.

Elle sanglotait, le visage enfoui dans ses genoux repliés, mais elle ne devait pas être beaucoup plus âgée que moi qui avait treize ans.

La mine renfrognée de mon père s'accentua.

— Parce que je te l'ai dit. Parce qu'il est temps pour toi de devenir un homme. Parce que cette fille doit être brisée avant qu'on la vende.

Une vague de nausée me frappa. Ma mère m'avait tenu aussi éloigné que possible des affaires parallèles de mon père, trop effrayée de ce que je deviendrais, une réplique de lui. Infidèle, immoral, mauvais.

Mais elle était morte il y a un an et j'étais maintenant à sa merci. Combien de fois avais-je eu envie de dire la vérité à Luca ? Mon ami, bien que je sois le fils d'un homme de main et qu'il soit un membre de la royauté mafieuse, mais alors quoi ? J'aurais la mort de mon père et celle de tous ses hommes sur la conscience, et si ce qu'il avait fait avait été permis ? Je serais un traître et que feraient-ils de moi ?

Je n'étais qu'un garçon, un lâche qui n'était rien de plus

qu'un laquais pour son père.

Je regardai à nouveau la fille. Elle me regarda à travers son rideau de cheveux blonds, ses yeux bleus remplis de larmes et d'effroi.

— Je ne veux pas.

Mon père me donna un coup de poing, et je sentis le goût du sang dans ma bouche alors que je tombais lourdement sur le sol.

— Très bien alors, elle devra te remercier pour ce qu'elle va vivre. Tu vas rester et regarder.

Il appuya sur un bouton et trois des hommes de mon père entrèrent.

Le premier était un homme qui mesurait deux mètres et pesait 150 kilos qu'ils appelaient le Monstre. Il regarda la fille avec une lueur lubrique dans les yeux.

— Ces trois-là à la suite ou toi. Tu décides.

La fille leva les yeux et pâlit avant de se tourner vers moi, les yeux presque suppliants.

Comment cette pauvre fille pouvait-elle me supplier de lui faire du mal ?

Je soupirai de défaite.

— Je vais le faire.

Mon père posa sa main sur mon épaule.

— Je savais que tu ferais le bon choix, fils.

Je m'approchai de la fille et la déshabillai pendant qu'elle pleurait, mes mains tremblantes sous le regard de mon père. Quelle façon pour cette pauvre fille de perdre sa virginité. J'avais perdu la mienne il y avait quelques mois, le jour de mon treizième anniversaire, avec une prostituée qui avait deux fois mon âge. Ce n'était pas vraiment de la façon dont je l'aurais voulu, mais rien de comparable à ce que cette pauvre fille était sur le point de vivre.

— Ça va aller, lui murmurai-je, en espérant que mon père était trop loin pour entendre et qu'il ne prendrait pas cela pour de la gentillesse ou de la faiblesse, ce que nous paierions tous les deux. Quel est ton nom ?

— Emily, sanglota-t-elle alors que je la tirai vers le lit et que je déboutonnai mon pantalon, en essayant de faire abstraction de tout ce qui nous entourait, les yeux sadiques de mon père et ce que j'allais faire à cette pauvre fille.

Je fermai les yeux et je la pénétrai aussi doucement que possible, en essayant d'atténuer le cauchemar que cela devait être pour elle. Et alors que je m'enfonçais en elle, ses sanglots se transformèrent en gémissements, et pendant que je volais son innocence, je sentis le peu qu'il m'en restait disparaître aussi.

C'était le jour où j'ai perdu mon âme et une partie de mon humanité... Et ce ne fut que le début de mon enfer.

CHAPITRE 1
Dom

Vingt ans plus tard.

— S'il vous plaît, non, ne faites pas ça ! cria-t-elle, en essayant de ramper loin de moi. Je vous en supplie, ne me faites pas de mal.

Je grognai, sa peur résonnant jusqu'à ma bite, la rendant plus dure que l'acier.

Je tirai sur ses jambes et enroulai ma main autour de son cou, en la serrant fort pendant que je faisais entrer de force ma bite en elle.

Elle se débattait à chaque mouvement, en essayant de me griffer le visage. Je lâchai sa gorge, et elle prit une grande inspiration alors que j'attrapai ses poignets d'une main.

— S'il vous plaît, non, sanglota-t-elle alors que je la martelai plus fort.

Elle criait à chaque va-et-vient impitoyable. Je fermai les yeux, en grognant, en me perdant dans l'instant.

Ma jouissance fut intense et dès que j'eus fini, je me levai alors que la vague de dégoût envers moi, et qui m'était familière, m'envahit.

Je me débarrassai de mon préservatif et je refermai mon

pantalon, en lissant mes traits avant de me tourner vers elle.

— Tu as pris des cours de théâtre ? demandai-je, en allumant une cigarette, et en la regardant allongée sur le lit.

Elle m'adressa un demi-sourire.

— Tu n'es pas censé fumer ici.

Je ris.

— Je suis sûr que Geneviève va laisser passer ça.

Geneviève Dupont, la Madame du *Presbytère*, était redevable de tellement de choses envers la *famiglia*, nous étions en quelque sorte des rois ici.

Elle tendit la main.

— Alors donne-moi cette cigarette. Je pense que je l'ai méritée.

Je lui tendis la cigarette, elle en prit une bouffée.

— Et oui, j'ai pris quelques cours. Beaucoup de gars aiment les mêmes choses que toi. Tes vices ne sont pas si spéciaux. La seule chose qui est différente ici, c'est que j'ai du mal à prétendre que je n'ai pas d'orgasme avec toi parce que ta grosse bite a vraiment touché mon point G.

Je hochai la tête, en lui reprenant la cigarette. Il y avait une différence entre ces types et moi. Pour eux, c'était juste un fantasme, une démangeaison à gratter, un jeu brutal qu'ils ne pouvaient pas faire à leur femme, mais pour moi, c'était différent.

J'étais un monstre, un bâtard malade. Pour moi, c'était le seul moyen de bander, ses cris et sa lutte me faisaient jouir.

Je sortis une liasse de billets de ma poche et je jetai cinq cents dollars sur sa table de nuit.

Elle regarda l'argent et me lança un regard sensuel.

— Le tarif en vigueur est de trois cent cinquante dollars.

Je haussai les épaules, en attrapant ma veste sur la chaise en velours rouge dans le coin.

— Un bonus pour ton dur labeur.

Elodie était la seule prostituée du *Presbytère* qui appréciait la bagarre et les jeux non-consensuels, c'était donc la seule femme que je choisissais, car contrairement à la croyance populaire, je ne voulais pas blesser les femmes ni les traumatiser, c'était la dernière chose que j'avais envie de faire, malgré le monstre tapi sous la surface, malgré le mal qui coulait dans mes veines... Je n'avais jamais voulu les blesser. Cela semblait juste être la seule façon pour moi de faire marcher ma bite.

J'avais beau être un mafieux, j'avais quand même une conscience, une sorte de boussole morale, certes parfois mal orientée, mais je vivais selon mes règles.

— Tu reviens me voir bientôt ? demanda-t-elle sensuellement, en écartant les jambes pour m'inviter à répéter ce que nous venions de faire.

Je soupirai. Je savais que cela finirait par arriver, elle interprétait mes visites répétées comme de l'attirance ou pire... de l'affection. La seule raison pour laquelle je la choisissais à chaque fois était qu'elle appréciait la dépravation au lieu de l'endurer comme les autres. Son apparence ou ce qu'elle était n'avait aucune importance pour moi.

— Je suis très occupé, répondis-je évasivement.

Ce n'était pas un mensonge, mon travail de consigliere me prenait beaucoup de temps, d'autant plus que Cassie, la femme de Luca et ma sœur de cœur, se rapprochait de la date de son accouchement.

Luca était de plus en plus un mari aimant et un futur père plutôt que le capo ces jours-ci, et je m'assurais de ne rien laisser passer. Je couvrais leurs arrières, toujours.

En plus, je n'aimais pas le sexe pratiqué comme ça. Non, vraiment pas, c'était juste la seule façon dont je pouvais bander. C'était une partie de moi que je détestais. Je serais abstinent si je le pouvais, comme Luca l'avait fait pendant plus de deux ans, mais je n'étais pas Luca, et ma queue prenait parfois le dessus sur moi, malgré la douleur et le dégoût que je ressentais après. C'était pour ça que j'essayai de limiter mes visites à une fois par mois.

— Tu es un homme important, dit-elle en hochant la tête avant de soupirer et de s'étirer, en exhibant ses tétons durs. Et si tu me faisais déménager chez toi ? Tu pourrais m'avoir comme tu veux, toutes les nuits.

Je laissai échapper un petit rire.

— Tu ne pourrais pas me supporter tous les soirs.

J'étais beaucoup trop brutal, beaucoup trop violent, juste... trop.

Elle me fit un clin d'œil.

— Tu serais surpris.

J'en avais fini avec cette conversation. Je voulais rentrer chez moi et être avec mon entourage, ma famille.

— À un de ces quatre, dis-je en ajustant ma veste.

Je ne la regardai pas en sortant de la pièce et empruntant le couloir rempli de portes menant à d'autres chambres. Peu importait le luxe prétentieux, le *Presbytère* n'était rien de plus qu'un bordel, mais un bordel pour qui la discrétion comptait par-dessus tout et qui serait toujours là, trop d'hommes puissants faisaient partie de ce club exclusif.

J'atteignis le parking souterrain et montai dans ma Porsche 718 Boxster grise, la seule dépense extravagante que j'avais faite avec l'argent de la mafia que j'avais gagné.

Dès que j'allumai mon téléphone, je fus assailli par des messages, principalement de Cassie qui essayait de me persuader de m'arrêter au fast-food sur le chemin du retour.

Elle avait les envies les plus bizarres pendant sa grossesse et Luca ne s'intéressait qu'à son régime et à sa santé. Si elle me suppliait sans vergogne, c'était clairement parce que son mari, mon capo, refusait, mais j'avais un faible pour cette femme et même si je savais que Luca allait chier une pendule, j'allais m'arrêter pour ses frites extralarges, son hamburger avec supplément de cornichons, et son milk-shake au chocolat... au diable les conséquences.

***

— Dom ? appela-t-elle dès que j'entrai dans la maison.

Je baissai les yeux sur le sac gras et odorant que je tenais dans la main. J'aurais pu jurer que sa grossesse l'avait transformée en chien de chasse.

J'allai à la cuisine, et posai le sac sur la table avant de me rendre dans le salon qu'elle avait transformé il y avait quelques mois.

Cassie avait transformé cette demeure austère avec sa lumière, elle n'avait plus rien à voir avec ce qu'elle était il y a un an à peine.

Je m'appuyai contre l'encadrement de porte et je la regardai assise dans le fauteuil de grossesse high-tech de luxe que Luca lui avait acheté, ses cheveux relevés en chignon désordonné, sa robe de grossesse entourant son énorme ventre.

Je lui souris tendrement. J'étais chez moi maintenant, j'avais laissé l'obscurité derrière moi au *Presbytère*.

— La nourriture est dans la cuisine.

Elle leva les yeux, son visage s'illuminant avec un énorme sourire.

— Domenico, tu es le meilleur des hommes !

Je ris.

— Ne disons pas ça à ton mari, d'accord ?

Elle haussa les épaules avec une petite moue.

— Il a dit non.

— Je m'en doutais, dis-je en riant à nouveau.

— Oh ! fit-elle en posant sa main sur le côté de son ventre. Les bébés sont reconnaissants aussi, dit-elle en me faisant signe d'avancer. Viens, tu peux sentir un talon.

Je baissai les yeux sur mes mains. Je devais prendre une douche, pas question de la toucher après ce que j'avais fait avec Elodie, après le dégoût que je ressentais après avoir avili cette femme...

Je secouai la tête.

— Je vais juste prendre une douche rapide.

Elle leva les yeux au ciel.

— Ne sois pas stupide. Tiens, ici.

Elle appuya son index sur une petite bosse que je pouvais voir sur le côté de son ventre.

Je pointai du doigt la cuisine.

— Tu ferais mieux d'aller manger ta malbouffe avant que ton mari ne le découvre.

Elle marmonna quelque chose dans sa barbe en appuyant sur le bouton situé sur le côté de sa chaise pour l'aider à se lever.

Je baissai les yeux, en essayant de cacher mon sourire. La nourriture était le meilleur moyen de la faire changer de sujet.

— Je reviens dans un instant, dis-je alors qu'elle se dandinait lentement hors de la pièce.

Elle leva la main d'un geste dédaigneux, comme si elle s'en fichait, et là, je fus sûr que c'était le cas, elle avait faim.

Je rejoignis ma chambre au premier étage et pris une douche rapide avant de me rendre au deuxième étage au bureau de Luca.

Je frappai une fois, en n'étant pas vraiment d'humeur à l'exaspérer ce soir.

J'entendis des froissements de papiers qu'on rangeait rapidement.

— Entrez.

J'ouvris la porte et le vis soupirer avec soulagement.

— Oh, c'est toi, dit-il en s'adossant à sa chaise, en ignorant les papiers devant lui. Entre.

J'entrai et me penchai en avant, en jetant un coup d'œil à l'écran de son ordinateur et à l'article médical sur les grossesses gémellaires.

Je secouai la tête et regardai le verre vide sur son bureau.

— Tu veux un autre verre ?

Il acquiesça, en se tournant à nouveau vers l'écran et en se frottant le menton, c'était une chose qu'il faisait quand il était préoccupé.

— Elle ira bien, dis-je en nous servant à tous les deux

un double verre.

Il soupira.

— Ouais..., déclara-t-il en manquant cruellement de conviction.

—Pourquoi tu te caches ici alors que ta femme regarde sa comédie romantique en bas ?

Il roula des yeux.

— J'avais du travail à faire, mais ensuite..., dit-il avant de hausser les épaules. Elle a essayé de me culpabiliser pour que je lui apporte de la malbouffe. J'ai déjà cédé quatre fois cette semaine...ça suffit.

— Tu peux descendre maintenant, elle ne te harcèlera plus.

Luca leva les yeux au ciel.

— Tu lui as acheté ce satané burger, n'est-ce pas ?

Je hochai la tête.

— Bien sûr que oui.

— Dom, commença-t-il avec un soupir las.

Je pris une gorgée de mon verre.

— Tu sais que je ne lui refuserai jamais rien.

Il roula des yeux.

— Ce n'est pas bon pour elle.

— Elle est enceinte, Luca. Elle n'est pas malade.

— Elle est si petite.

— Oui, et tu as mis deux bébés dans son ventre. C'est de ta faute, plaisantai-je, mais comme Luca pâlit très légèrement, je compris qu'il avait peur.

J'avais rarement vu mon meilleur ami avoir peur auparavant. Il était un grand capo, le chef balafré de la mafia qui terrifiait nos rangs presque autant que Genovese, le salaud sans cœur capo dei capi. Et là, devant moi, il avait peur.

— Les femmes font ça depuis des milliers d'années. Elle est forte et vaillante, notre Cassie, dis-je en laissant échapper un petit rire nerveux. Bon sang, elle aurait fui depuis longtemps si ce n'avait pas été le cas.

— Je sais, répondit-il en hochant la tête. C'est juste que...

Il regarda à nouveau l'ordinateur, en restant silencieux.

Et je compris exactement tout ce qu'il ne disait pas. Cassie était tout pour lui, elle avait été celle qui l'avait sorti de son gouffre de désespoir et d'autodestruction. Il vivait pour elle, il respirait pour elle. S'il la perdait... je frissonnai. Il n'y survivrait pas et je ne pouvais même pas lui en vouloir.

J'en profitai pour changer de sujet.

— Tu sais, ce n'est peut-être pas le meilleur moment pour que la cousine de Cassie vienne.

— Dom... s'il te plaît.

— Luca, en tant que consigliere...

Luca éclata de rire.

— Tu sais, pour un titre que tu ne voulais pas, tu utilises beaucoup cette carte.

Ce n'était pas que je ne *voulais pas* être son consigliere, bien sûr que je le voulais, mais il faisait partie de la royauté de la mafia. J'étais le fils d'une prostituée et d'un homme de main. Un homme de main qui avait été tué dans des circonstances mystérieuses quand j'avais quinze ans, circonstances qui n'avaient jamais fait l'objet d'une enquête parce que tout le monde, y compris moi, était bien trop heureux de sa mort prématurée. La position de Luca avait déjà été contestée, mais je n'aurais pas dû attendre autre chose de lui. Ce que Luca Montanari voulait, il l'obtenait.

— C'est une étrangère, Luca. Une inconnue.

— Cassie aussi, et regarde comment elle s'intègre. Combien tu tiens à elle, ajouta-t-il en arquant un sourcil. Je veux dire, dans d'autres circonstances et si tu étais n'importe quel autre homme, je te tirerais dessus juste à cause de la façon dont vous êtes fusionnels tous les deux.

Je soupirai.

— C'est différent.

— Différent dans quel sens ?

Je secouai la tête. Je n'avais pas de véritable argument, sauf que nous avions eu beaucoup de chance avec Cassie. Genovese avait accepté une étrangère parce que Luca avait quelque chose qu'il voulait et le lui avait donné en échange. Nous avions également eu la chance que Cassie soit la femme la plus attentionnée du monde et qu'elle accepte notre noirceur sans sourciller, ce qui était également dû au fait que ses parents étaient des tueurs en série et bien pires que nous ne pourrions jamais être... du moins à ses yeux.

— Dom, j'ai fait toutes les recherches possibles sur cette femme, plus toutes celles que tu as demandées, dit-il en levant les mains en signe d'exaspération. J'ai même fait suivre cette pauvre femme par un détective privé pendant des jours ! Ma femme me tuerait pour ça. Elle est de sa famille.

Je croisai les bras sur mon torse. Je savais que j'avais perdu, même si mon argument n'avait pas beaucoup de sens au départ.

— Peut-être qu'elle pourrait venir plus tard ? Le terme

de Cassie n'est pas avant un mois. Cette femme ne sait rien de notre monde, nous n'avons pas besoin de risquer qu'elle découvre qui nous sommes.

Luca tapota ses doigts en rythme sur son bureau. Je lui tapais sur les nerfs, c'était clair.

— Elle n'arrivera pas à terme, soupira-t-il, en se frottant les mains sur le visage avec lassitude.

Je fronçai les sourcils.

— Elle m'a dit que tout s'était bien passé avec le médecin aujourd'hui.

Luca s'adossa à sa chaise.

— Et c'est le cas, mais les bébés sont gros et les chances d'arriver à terme sont très faibles. Elle a peur, Dom. Elle fait bonne figure pour moi, toi et le petit, mais ce n'est pas suffisant. Elle a besoin d'une femme à ses côtés, quelqu'un qui peut comprendre mieux que nous. Nazalie est gentille mais elle n'est pas de sa famille. Et si ça la rend heureuse ? Que ça la fait se sentir en sécurité ? interrogea-t-il en haussant les épaules. Je vais l'accueillir à bras ouverts.

Je ne m'attendais pas à ça. Cassie n'avait pas l'air d'avoir peur de quoi que ce soit, mais c'était une jeune femme qui avait vécu beaucoup de choses en si peu de temps, alors j'oubliais parfois qu'elle n'était pas une guerrière.

— Bien, dis-je en hochant la tête, vaincu.

— Tu vas aller la chercher ? Pas d'entourloupe ?

Je levai les yeux au ciel.

— Je m'en occupe.

Les yeux de Luca se rétrécirent avec suspicion.

— Et tu ne lui feras pas peur exprès pour lui donner envie de partir.

C'était une tactique qui m'avait traversé l'esprit, mais je savais que si cette femme le disait à Cassie, elle me botterait brutalement les fesses.

— Je ne le ferai pas.

Il hocha la tête, apparemment satisfait de ma réponse. Il regarda l'horloge.

— OK, il est temps de partir retrouver ma femme. Je pense que je lui ai donné assez de temps pour manger sa nourriture et cacher les preuves.

Je levai un sourcil, un petit sourire se dessinant sur mes lèvres.

— Tu ne lui diras pas que tu sais ?

Il secoua la tête, une lueur d'humour dans les yeux alors qu'il glissait une boîte de Gaviscon dans la poche de sa veste.

— Non, ça la rend bien trop heureuse quand elle pense qu'elle est plus maligne que moi, et j'aime la voir heureuse, répondit-il en tapotant sa poche où il avait mis les Gaviscon. Donc, je serai là avec elle dans quelques heures quand elle commencera à se plaindre de brûlures d'estomac, et je serai son héros qui lui donne un Gaviscon, en prétendant ne pas savoir qu'elle avait fait exactement ce qu'elle n'était pas censée faire.

— C'est mignon, admis-je.

Luca haussa les épaules.

— Je l'aime.

Cette seule déclaration était suffisante. Nous n'aimions pas souvent dans la mafia, ça pouvait devenir bien trop compliqué. La plupart des mariages étaient arrangés dans la mafia, c'étaient des mariages arrangés basés sur plein de paramètres, et les mafieux n'étaient pas malheureux. On pouvait même dire que la plupart d'entre eux ressentaient de l'affection pour leur femme. Mais il y avait quelques chanceux, ou malchanceux, tout dépendait de votre point de vue sur l'amour, qui tombaient éperdument amoureux, comme Luca, et une fois qu'on aimait, c'était dévorant, envahissant par moments, et ça durait toujours. Il fallait une femme forte pour faire face à ce genre d'amour, et Cassie était exactement ça, et elle était tout pour Luca.

Ces deux-là étaient un exemple à suivre en termes de relation amoureuse. Dommage que je sois trop brisé pour avoir une chance d'avoir la même chose.

CHAPITRE 2
India

Je me réveillai en sursaut lorsque l'avion toucha le sol et je regardai autour de moi avec confusion. Le vol n'avait duré que cinq heures, mais je n'avais pas passé une très bonne nuit et, après que Luca, le mari de Cassie, m'eut surclassée en première classe, je devais admettre que la sieste dans l'avion était paradisiaque.

Une fois l'avion atterri, j'attendis que les passagers de première classe aient débarqué avant de me lever et d'attraper mes bagages. J'essayais toujours d'attendre que la plupart des gens soient partis car je n'avais jamais aimé les regards qu'on me lançait. Certains étaient surpris, d'autres me jugeaient, d'autres appréciaient... d'autres encore étaient envieux et c'était comme ça depuis le collège. J'aurai préféré être invisible, mais ce n'était pas facile quand on était une femme d'un mètre quatre-vingts.

J'étais sincèrement heureuse que la vie de Cassie et de Jude ait changé et qu'elle ait rencontré un homme charmant que je n'avais pas encore rencontré.

J'étais également reconnaissante qu'elle ait voulu que je vienne la voir, quitter Calgary était une aubaine après la rupture. Ça n'avait pas été une rupture normale. Non, ça avait été comme une bombe destructrice, et cette chance de m'éloigner avait été ma grâce salvatrice. Partir, même si ce n'était que pour un petit moment, était devenu une nécessité pour ma santé mentale.

Je pris ma valise et entrai dans le hall des arrivés en me dirigeant vers la marée humaine qui attendait des amis ou de la famille.

J'avais toujours trouvé fascinant de voir les gens interagir aux arrivées des aéroports, cela avait même été le sujet de ma thèse.

Mes yeux s'arrêtèrent sur un homme grand et large avec un bouc bien taillé. Il étudiait lui aussi la foule, la mine renfrognée. Je soupirai quand je remarquai son panneau « I. McKenna ». Bien sûr, le croque-mitaine habillé tout en noir était là pour moi.

Je m'arrêtai devant lui et levai les yeux. C'était aussi un événement assez rare. Je mesurais un mètre quatre-vingts et rencontrer des hommes plus grands était un véritable défi.

Combien de mecs sur les sites de rencontre prétendaient mesurer plus d'un mètre quatre-vingts alors que ce n'était pas le cas ? Un nombre incroyablement élevé.

— Ce sont les *Men in Black* qui vous envoient ? demandai-je avec un petit sourire, en essayant de détendre l'atmosphère et d'atténuer son air renfrogné qui me mettait mal à l'aise.

J'avais assez d'expérience avec les hommes en colère, ils me rendaient très nerveuse.

L'homme me regarda en silence, ses yeux bruns si sombres qu'ils semblaient sans fond. Il était extrêmement beau, c'était certain, avec sa mâchoire carrée, ses pommettes saillantes et son long nez droit. Il n'était pas classiquement beau, mais du genre dangereux, le genre qui vous brûlait le cœur et l'âme et vous laissait sans souffle et le cœur brisé dans votre lit, le genre d'homme dont je devais absolument rester éloignée. Je n'étais pas là pour ça, j'étais venue pour rester à l'écart de toute forme de complexité.

— Allons-y, ordonna-t-il d'une voix basse et sexy avant de prendre ma valise sur le sol et de sortir.

Était-ce un gars de la sécurité qui travaillait pour le mari de Cassie ? Je savais qu'elle avait fait un bon mariage, mais je n'en savais pas beaucoup plus. Elle avait été assez évasive sur toute l'histoire, mais elle avait semblé vraiment heureuse quand je l'avais vue sur Skype, alors je n'étais pas vraiment inquiète. Ma cousine avait vécu l'enfer et en était revenue, j'avais confiance en son jugement.

— Puis-je connaître votre nom ? demandai-je à cet homme alors que nous atteignions le parking souterrain.

— Domenico.

Mon rythme ralenti, c'était impossible.

—*Vous* êtes Dom ?

Le Dom que Cassie m'avait décrit était drôle, gentil et somme toute un mec rare, mais jusque-là il ressemblait plutôt à un connard coincé.

Il me jeta un regard en coin avant de s'arrêter devant une luxueuse voiture noire.

— Pourquoi ?

Je soupirai d'exaspération.

— Êtes-vous le genre d'homme à répondre aux questions par une autre question ?

— Et quel genre d'homme est-ce ? demanda-t-il en mettant ma valise dans le coffre.

Je levai les yeux au ciel et je le suivis à l'avant de la

voiture.

Il attrapa un bout de papier sous son essuie-glace, ses narines se dilatant pendant qu'il le lisait et il regarda le parking désert. Si j'avais pensé qu'il avait l'air renfrogné avant, il avait l'air meurtrier maintenant.

— Ça va ?

— Pourquoi ça n'irait pas ? demanda-t-il, en serrant le papier dans son poing avant de le mettre dans sa poche. Montez.

— Vous savez que ça va devenir très fatigant, très vite, dis-je alors qu'il faisait marche arrière pour sortir de la place.

— Quoi ? demanda-t-il, en me jetant un regard rapide avant de se concentrer à nouveau sur la route.

— Vous ! craquai-je. Je vous ai rencontré il y a dix minutes, et j'ai déjà envie de vous tuer. Cassie m'avait laissée penser que vous étiez un mec gentil.

Je secouai la tête, en regardant par la fenêtre, en décidant que j'en avais fini avec lui et cette conversation.

— Êtes-vous vraiment la cousine de Cassie ? demanda-t-il après un moment.

Je me tournai vers lui.

— Pourquoi ? C'est la couleur de la peau qui vous déconcerte ?

J'étais métisse et il était vrai que lorsque les gens entendaient mon nom, McKenna, ils s'attendaient rarement à voir débarquer une fille à moitié indienne.

— Non, répondit-il en me lançant un regard qui semblait dire que c'était la chose la plus stupide qu'il ait jamais entendue. Pourquoi dites-vous ça ?

Je levai un sourcil. Comment ne pas le faire ?

Il secoua la tête.

— Non, Cassie est une naine.

— Et pas moi ?

— Exactement.

Je haussai les épaules.

— C'est la génétique, je suppose. Ma mère est pâle et petite comme Cassie, donc je présume que tout vient de mon père... pas que je le sache.

— Euh, la joie de la génétique.

— En effet.

Je ne manquai pas le fait qu'il n'avait pas insisté sur le sujet de mon père. Ouais, cet homme en savait plus sur moi qu'il ne le disait.

— Recommençons à zéro. Je ne voudrais pas que Cassie pense que j'ai été impoli, dit-il alors que nous sortions de l'autoroute.

— Mais vous l'avez été.

Il me jeta un regard irrité.

— D'où ma proposition de recommencer à zéro.

— Vous ne voulez pas la contrarier.

Il renifla.

— Ça ne la contrariera pas, ça l'énervera et elle est encore plus en colère ces jours-ci.

Ça me fit rire.

— Les hormones.

— Terrifiant.

Je soupirai.

— Bien, recommençons à zéro. Cassie m'a dit que tu étais son meilleur ami.

Il hocha la tête, son visage s'adoucissant alors qu'un sourire tendre apparut sur son visage. Je n'avais pas besoin d'être psychologue pour savoir qu'il aimait vraiment ma cousine.

— Je pense que nous appeler meilleurs amis est un peu léger. C'est plus profond que ça. Je l'aime comme ma sœur, tout comme j'aime Luca comme mon frère.

— Et tu n'aimes pas l'idée qu'une personne que tu ne connais pas vienne perturber cette dynamique.

Il resta silencieux, c'était une confirmation suffisante.

— Ce sont les risques du métier. Je resterai en dehors de ton chemin et loin de tes yeux, dis-je.

Il hocha la tête une fois encore.

— C'est mieux pour toi, crois-moi. Tu ne voudrais pas aller voir là-dedans, déclara-t-il en se tapotant la tempe avec son index. Tu en sortirais traumatisée, ajouta-t-il en riant.

Mais je n'avais pas besoin de connaître cet homme pour voir qu'il était sincère, ce qui me donnait envie de creuser maintenant. La boîte de Pandore était ma faiblesse.

Cependant, toutes les pensées concernant la complexité de cet homme à côté de moi s'évanouirent lorsque nous passâmes la porte en fer d'un gigantesque manoir victorien.

— Que fait Luca dans la vie, déjà ? demandai-je, sans pouvoir détacher mes yeux de la bâtisse.

— Du business, répondit-il évasivement, en arrêtant la voiture au bas des marches en pierre.

Il sortit le premier et récupéra mes affaires dans le coffre pendant que j'attendais en bas des marches, en regardant la structure.

— Viens, ordonna-t-il en faisant le premier pas. Je sais

que Cassie est impatiente de te voir.

Je n'eus même pas le temps de regarder le hall que Cassie sortit d'une pièce en se dandinant vers moi avec un large sourire.

— India ! cria-t-elle et je ne pus m'empêcher de rire.

Je n'avais pas vu ma cousine depuis plus de trois ans, et j'avais oublié à quel point elle était petite. Aujourd'hui, avec ses jumeaux, elle semblait presque aussi large que grande, mais malgré son inconfort évident, elle semblait heureuse de me voir.

— Je suis si heureuse que tu sois venue.

Je me penchai, en lui faisant une étreinte maladroite.

— Je suis si heureuse que tu m'aies demandé de venir. Comment vont les petits ? demandai-je, en posant ma main sur son ventre.

Elle sourit, en posant sa main sur la mienne.

— Agités et têtus, comme leur père, répondit-elle en levant les yeux vers moi et en clignant des yeux. Oh, Seigneur, tu es éblouissante, dit-elle en attrapant son chignon désordonné au sommet de sa tête, en essayant de le redresser avant d'enlever quelques miettes au coin de sa bouche. Je dois avoir l'air épouvantable.

Je secouai la tête.

— Bien sûr que non, tu es lumineuse.

— C'est parce que je transpire tout le temps.

Dom laissa échapper un petit rire.

— OK, je vais vous laisser les filles. Je vais apporter tes affaires à l'étage.

Je hochai la tête avant de la secouer de gauche à droite.

— Oh non, attends, laisse-moi juste le bagage à main.

J'ai quelque chose dedans.

Le visage de Cassie s'illumina lorsque Dom la regarda avec à la fois de la bonne humeur et de la tendresse. C'était assez intriguant, en fait, car il pouvait passer de l'homme détaché que j'avais rencontré à l'homme aimant qui se tenait devant moi. Il avait beaucoup de facettes, cet homme.

Dom soupira et secoua la tête.

— Qu'est-ce que tu l'as convaincue de passer en contrebande pour toi ?

Je fronçai les sourcils.

— N'étais-je pas censée le faire ?

Cassie jeta un regard à Dom, en se frottant le ventre.

— Ne l'écoute pas, il en rajoute, dit-elle.

Dom se tourna vers moi, les yeux encore hilares.

— Alors quoi ?

— Timbits, chocolats au sirop d'érable, barres Nanaimo...

Dom rit à gorge déployée et pendant une seconde, je fus stupéfaite. Cet homme austère était... magnifique.

— Attends que Luca entende parler de ça, prévint-il.

Cassie pointa un doigt accusateur vers lui.

— Tu n'oserais pas !

Il se pencha et embrassa son front.

— Ton secret est en sécurité avec moi, ma puce.

— Je suis désolée, je ne savais pas, m'excusai-je.

Dom roula des yeux.

— Ne t'inquiète pas, elle m'a demandé de lui faire passer de la nourriture trois fois cette semaine.

— Quatre, ajouta Cassie avec un petit sourire effronté. C'est juste que Luca me harcèle pour que je mange plus sainement pour les bébés et je le fais mais...

Elle haussa les épaules.

— Il n'a peut-être pas tort, n'est-ce pas ? fis-je remarquer sans pouvoir m'en empêcher.

— Pas toi aussi ! s'exclama Cassie en soupirant d'exaspération.

Dom leva les mains en signe de reddition.

— Je m'en vais. Je laisserai ta valise devant ta chambre, dit-il en se tournant vers moi, avec un sourire un peu plus passe-partout qu'auparavant. Très sympa de t'avoir rencontrée.

Je hochai la tête, en le regardant monter les escaliers rapidement avec ma valise super lourde comme si elle ne pesait rien du tout. Cet homme était quelque chose.

Quand je me tournai vers Cassie, elle me regardait avec un petit sourire sur le visage. Pourquoi donc ?

— Allons à la cuisine. Nous pourrons prendre une tasse de thé et discuter.

Je lui jetai un regard en coin.

— Tu veux manger des trucs que je t'ai apportés, hein ?

Elle rit. Son rire était si mélodieux et heureux qu'il dissipa le reste de l'inquiétude que j'avais à son sujet. Elle était clairement heureuse. Je n'avais pas besoin d'être une fine psychologue pour voir qu'elle transpirait le bonheur.

— Laisse-moi t'aider, c'est pour ça que je suis là, dis-je en désignant une chaise. Assieds-toi et dis-moi où trouver les choses.

Je vis qu'elle était sur le point d'argumenter alors je fouillai vite fait dans mon sac pour prendre la boîte de Timbits.

— Tiens.

Son visage s'éclaira et elle s'assit en me prenant la boîte.

— La théière est dans le premier meuble. Les tisanes sont sur le comptoir, juste à côté de la bouilloire.

Je hochai la tête et commençai à nous faire du thé.

— Je suis heureuse que tu sois là, dit-elle, la bouche pleine de Timbits.

Je ne pus m'empêcher de rire parce que, même si je lui avais apporté une boîte de cinquante, je n'étais pas sûre de pouvoir en avoir un si elle continuait de manger si vite.

— Où est Jude ?

Elle soupira.

— À l'internat, répondit-elle en secouant la tête. Je ne voulais pas qu'il y aille mais Luca a dit que je devais le laisser faire ce qu'il voulait. C'est une école dans le nord de l'État pour les petits génies comme lui.

Je haussai les épaules.

— Il a participé à leur programme d'été et est tombé amoureux de l'école, poursuivit-elle en mettant un autre Timbits dans sa bouche. Quel choix avais-je ?

C'était déprimant, mais je comprenais.

— Luca a eu raison. Jude est un enfant intelligent, il doit faire ses propres choix.

Elle s'adossa à sa chaise.

— Je sais, acquiesça-t-elle en se frottant le ventre. J'espère que ces deux-là vont rester avec moi.

— Ouais...

Je n'allais pas la décourager avant même que les bébés ne soient nés.

— Mon dos me fait vraiment mal aujourd'hui, je ne pourrai pas te faire visiter la maison.

Je secouai la tête.

— Hé, ne t'inquiète pas pour ça, je n'ai pas besoin de visite guidée. J'explorerai au fur et à mesure.

J'apportai le plateau avec le thé et les tasses sur la table avant de m'asseoir en face d'elle.

— Je demanderai à Dom de te faire visiter plus tard, ajouta-t-elle avec détermination.

J'avais oublié à quel point elle pouvait être têtue.

— Dom..., commençai-je avant que ma voix ne s'éteigne. C'est quelque chose, n'est-ce pas ?

Je ne savais pas trop comment le dire, cet homme était juste si difficile à lire.

Elle hocha la tête avec un petit sourire.

— C'est une façon de le décrire, honnêtement Dom est le meilleur, mais ne le dit pas à Luca, il pourrait être jaloux.

Je me mis à rire.

— Avec la façon dont tu parles de lui ? Aucune chance, cet homme est clairement l'amour de ta vie.

— Ça fait plaisir à entendre, dit une voix masculine grave venant du côté.

Je levai les yeux, surprise par cette voix.

Je fis de mon mieux pour contenir ma surprise en voyant le mari de Cassie appuyé contre l'encadrement de la porte de cuisine, les mains enfouies dans les poches de son pantalon de costume.

Son apparence était pour le moins frappante. C'était un homme grand et musclé, avec des cicatrices qui lui donnaient un air dangereux et, d'une certaine manière, malgré l'amabilité de son sourire, je le soupçonnais d'être aussi dangereux qu'il en avait l'air.

— Femme ! dit-il sur un ton autoritaire, mais la douceur de son regard et le fait qu'elle rougisse témoignaient du jeu évident entre les deux.

— Ce n'est pas ce que tu penses, répondit-elle en tenant un Timbits entre son pouce et son index.

— Mmh mmh.

Il s'avança vers elle avec une grâce à laquelle je ne m'attendais pas, en gardant les yeux rivés sur elle tel un prédateur, avant de se pencher lentement et d'enrouler sa bouche autour de ses doigts pour lui voler le Timbits.

Il n'y avait rien de très spécial dans cette scène et pourtant le moment semblait si intime, si érotique, que j'eus l'impression de violer leur vie privée.

— Voleur..., dit-elle en soufflant et en rougissant lorsqu'il lâcha ses doigts qui ne tenaient plus rien.

Il se redressa et me fit un clin d'œil espiègle en mâchant la bouchée sucrée.

— Je suis ravi de te rencontrer enfin en personne, India, dit-il, en se tenant derrière Cassie, et en mettant une main à la fois protectrice et possessive sur le côté de son cou alors qu'elle appuyait sa tête contre lui.

Je ne pensais pas qu'ils s'en rendaient compte, mais ils étaient connectés, en correspondant l'un a l'autre d'une manière dont nous rêvions tous mais que nous n'obtenions que rarement.

— Moi aussi, Luca. Votre maison est magnifique. Merci de m'avoir invitée.

Il ricana, en frottant son pouce de haut en bas sur la

nuque de Cassie.

— Ne me remercie pas. Je suis heureux que tu aies pu venir. Cela me rassurera les jours où je devrai me rendre en ville de savoir que tu es ici avec cette contrebandière de nourriture.

— Techniquement, je ne suis pas la contrebandière, dit-elle en riant et en levant les yeux pour croiser son regard. En plus, c'est toi qui m'as fait ça, ajouta-t-elle en montrant son ventre en feignant l'indignation.

— Je ne me souviens pas que tu te sois plainte quand on les faisait.

— Non... mais les repas supplémentaires sont de ta faute.

Il pencha la tête sur le côté, en faisant semblant de réfléchir à la question pendant une minute.

— C'est n'importe quoi, mais je te mets un 20 pour l'originalité. Belle tentative.

— Merci ! dit-elle en rayonnant, en continuant de le regarder.

Il se pencha et embrassa ses lèvres avant de se concentrer à nouveau sur moi.

— On se verra au dîner et essaye de la freiner demain pendant que Dom et moi serons absents.

Cassie leva les yeux au ciel, mais je pus voir la véritable inquiétude dans ses yeux.

— Je le ferai ! promis-je, en n'ayant aucune idée de la manière de maîtriser cette adorable petite femme qui avait apparemment le pouvoir de plier tout le monde à sa volonté.

Il regarda sa montre et soupira.

— J'ai un appel à passer dans un moment. Sois sage,

d'accord ? demanda-t-il à Cassie.

— Toujours.

Il secoua la tête avec un petit sourire avant de quitter à nouveau la pièce.

— Il est très...

Protecteur ? Puissant ? Charismatique ? Irrésistible ? Je n'étais même pas sûr de ce que je voulais dire.

Cassie sourit, en effleurant ses lèvres avec ses doigts comme si elle pouvait encore sentir son baiser.

— Oui, il est. Les hommes comme lui sont d'une race différente.

— Des hommes comme quoi ?

Elle sembla décontenancée par ma question.

— Je... Quoi ? Non, je veux dire les hommes italiens.

Je penchai la tête sur le côté. Elle semblait trop décontenancée, trop élusive. Il y avait plus qu'elle ne voulait en dire dans sa déclaration et je me fis la promesse de découvrir de quoi il en retournait.

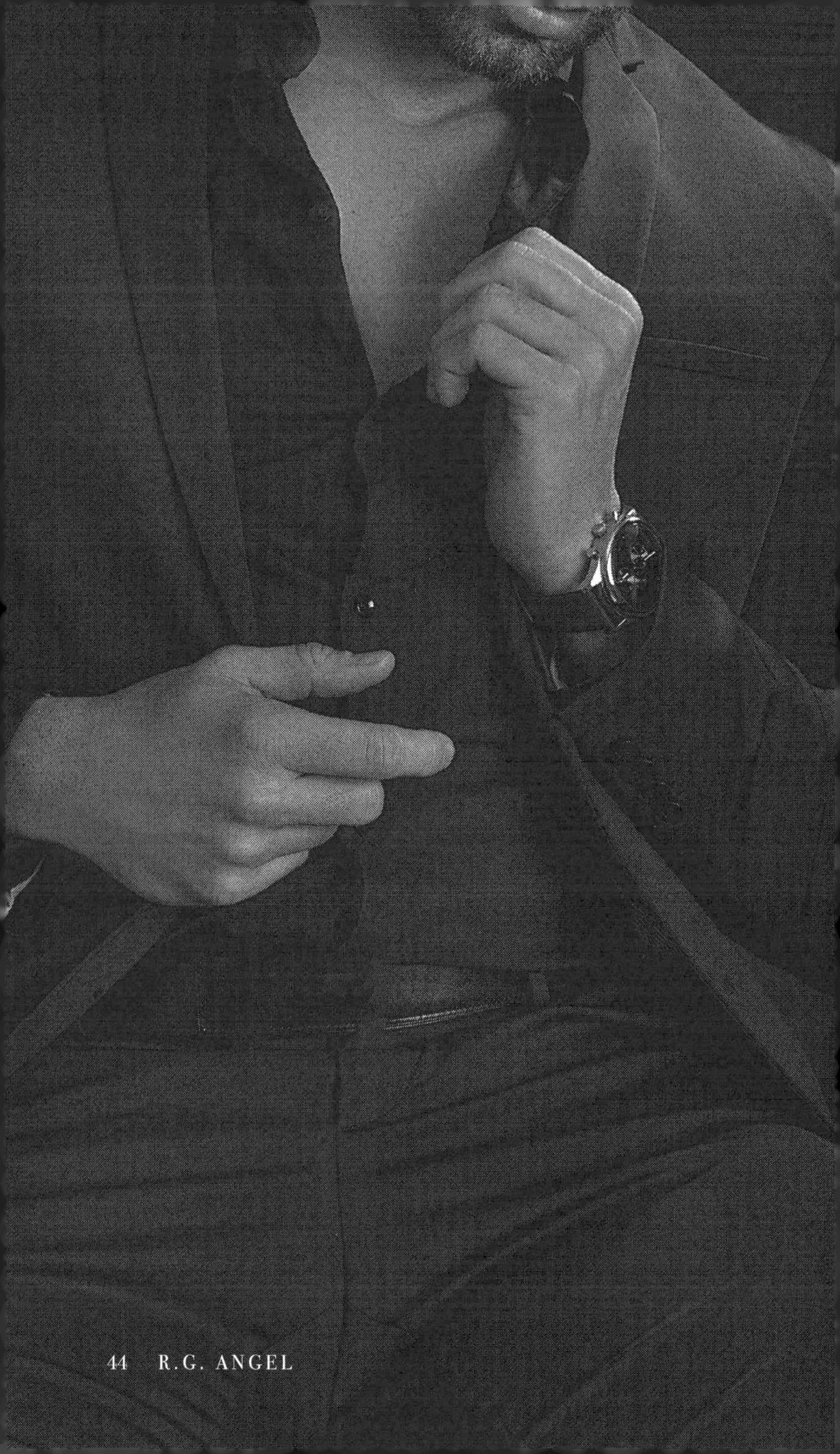

CHAPITRE 3
Dom

Dire que cette femme était belle était une insulte pour elle. Elle était à couper le souffle, le genre de femme qui vous mettait à genoux avec un simple sourire. C'était le genre de femme qui pouvait renverser un empire... Elle avait les yeux verts de Cassie, mais avec sa peau caramel, ils avaient l'air presque surréalistes.

Elle pourrait facilement faire la couverture des magazines sans utiliser Photoshop, et je détestais qu'elle ait l'air aussi gentille et intelligente.

Je secouai la tête. J'étais heureux que Luca et moi soyons partis aujourd'hui, parce que j'avais l'impression que lorsqu'elle était là, j'étais hypnotisé. Le simple fait d'être assis à côté d'elle au dîner hier soir, entendre sa voix mélodieuse, sentir son subtil parfum fleuri, avait été une torture.

J'attrapai ma veste de costume avec frustration. En l'enfilant, je mis la main dans ma poche, et me souvins du morceau de papier que j'y avais glissé à l'aéroport.

Je le sortis et le relus. Un seul mot. Un mot stupide et haineux qui pourrait ruiner tout le dur travail que j'avais fait, ruiner la personne que j'étais devenu.

« *Violeur* ». C'était un mot que je détestais, un mot

qui réveillait les voix qui me hantaient. Les voix, que je réussissais à faire taire la plupart du temps, étaient de retour et hurlaient.

J'avais regardé autour de moi, mais il n'y avait personne en vue. Si la femme qui m'avait accompagné n'avait pas été là, je serais allé au bureau de la sécurité pour vérifier les images. Je ne pouvais pas demander de l'aide pour ça. Luca aurait sorti les armes, et il avait assez de soucis en ce moment.

Il devait réparer toutes les décisions stupides de son oncle, et Dieu savait qu'il en a pris des tonnes pendant ses deux années au pouvoir. Il devait aussi s'occuper de Cassie et de la grossesse qui le terrifiait. Je ne pouvais pas l'encombrer avec ça, surtout sans savoir si c'était quelque chose qui valait le coup.

Je jetai le papier à la poubelle et je me précipitai en bas, juste au moment où Luca chuchotait à l'oreille de Cassie tout en lui caressant affectueusement le ventre, tandis qu'India était appuyée contre le mur, en les regardant avec un petit sourire.

Mon cœur se serra dans ma poitrine quand Cassie regarda Luca, ses yeux pleins d'amour et de confiance. Malgré tout ce qu'elle savait, tout ce qu'il était, elle le regardait comme son héros, son chevalier dans son armure étincelante.

Je n'étais pas jaloux d'eux. Ils ne méritaient rien de moins que le bonheur qu'ils se donnaient l'un à l'autre, mais même si je savais que je ne pourrais jamais avoir ce qu'ils avaient, je ne pouvais empêcher cette petite partie de moi de les envier, d'aspirer à cet amour sans condition, sans secrets.

Je senti les cheveux à la base de ma nuque se hérisser et je me tournai sur le côté pour rencontrer les yeux verts inquisiteurs d'India. Qu'avait-elle remarqué ? Je ne pouvais pas laisser tomber ma garde devant quelqu'un comme elle.

Je maîtrisai mes traits pour prendre une expression de froide indifférence et soutint son regard avec défi.

Elle garda le contact pendant quelques secondes avant de détourner les yeux, un demi-sourire aux lèvres. Elle s'était rendue et pourtant, pourquoi avais-je l'impression d'avoir perdu ?

— Prêt ? demandai-je à Luca alors que je descendais les dernières marches.

— Bien sûr, répondit Luca en passant sa main sur la joue de Cassie. Sois sage, d'accord ?

Elle attrapa sa main et embrassa sa paume.

— Je te le promets.

Je ricanai.

— Sais-tu ce que signifie « être sage » ?

Elle me lança un regard noir.

— Tu ferais mieux d'arrêter ou je ne donnerai pas ton nom à mon fils !

Je levai les mains en signe de capitulation. Mon Dieu, j'aimais cette femme et quand elle m'avait dit que le deuxième prénom de leur fils serait Domenico en mon honneur, j'avais eu du mal à contenir mes larmes.

— Appelle-moi s'il y a un problème, *si* ? dit Luca en tapotant la poche de sa veste.

— Bien sûr ! Maintenant, va faire ton truc, nous serons là quand tu reviendras.

Luca la regarda pendant une seconde, clairement hésitant.

Je le poussai en avant.

— Allez, plus vite on y va, plus vite on sera de retour.

Je me penchai et embrassai le front de Cassie avant de me tourner vers India et de lui faire un signe de tête cordial. Je ne pouvais pas et ne devais pas être carrément hostile envers elle. Je savais consciemment qu'elle n'avait rien fait de mal. Ce n'était pas sa faute si elle ressemblait à tous mes rêves érotiques réunis en une seule femme.

Une fois que nous nous installâmes à l'arrière de la voiture, et que le chauffeur commença à s'éloigner, Luca jeta un dernier regard nostalgique à la maison.

— Elle ira bien, Luca. Ce n'est qu'une journée.

— Je n'aime pas m'éloigner ces jours-ci, admit-il.

— Tu n'as jamais aimé la quitter, depuis New York et Savio... Non pas que je te blâme, mais les choses sont différentes maintenant. La sécurité est hermétique, et elle a India avec elle.

Il soupira en hochant la tête.

— Mais tu ne l'aimes pas, n'est-ce pas ?

C'était à mon tour de soupirer. Oui, je l'avais bien cherchée celle-là.

— Ce n'est pas que je ne l'aime pas. Je n'aime pas trop les nouvelles personnes, c'est tout. Elle a l'air assez sympa.

— Elle est adorable, et elle semble vraiment tenir à Cassie, donc c'est un très bon point pour moi. Et puis, soyons honnêtes, elle est magnifique.

Je levai un sourcil.

— Devrions-nous en parler à ta femme ?

Il rit.

— Elle est au courant. On en a discuté hier soir. Je suis heureux en ménage, Dom, mais je ne suis ni aveugle ni mort. Dire autre chose serait stupide et aussi un mensonge. Et ma femme n'est pas fan des mensonges.

Je haussai les épaules, pas vraiment prêt à m'engager sur ce terrain-là.

— Je ne sais pas pourquoi tu la rejettes à ce point. Est-ce à cause de l'effet qu'elle peut avoir sur toi ?

Je reniflai.

— Je n'ai pas envie de parler de ça.

— Oh, comment les rôles se sont inversés ! dit Luca avec un sourire moqueur.

Je lui lançai un regard noir, qui le fit rire.

— Tu avais raison, c'est amusant, en fait, ajouta-t-il, son sourire s'élargissant.

J'avais oublié cette histoire de mauvais karma.

— Elle a l'air assez sympa, concédai-je. C'est juste bizarre que quelqu'un puisse laisser tomber sa vie comme ça sur un simple appel téléphonique.

Luca détourna le regard et je savais que j'avais mis le doigt sur quelque chose, mais je savais aussi qu'il ne fallait pas insister. Luca se serait juste renfermé encore un peu plus.

Il soupira.

— Je ne vois pas pourquoi Matteo a besoin de moi pour aller à cette stupide réunion.

— Tu es le capo, Luca, c'est une réunion de capi, dis-je en secouant la tête. Je le nierai jusqu'à ma mort, mais Genovese a été plutôt bon avec toi, je crois. Il n'a pas exigé beaucoup de choses.

Luca me jeta un regard surpris.

— Je pensais que je ne verrais jamais le jour où tu serais d'accord avec Genovese.

— Je sais, dis-je en feignant un frisson d'effroi. Je suis aussi traumatisé.

— J'espère que ça ne durera pas longtemps.

Je secouai la tête.

— Ça ne devrait pas. Ce qui se passe est essentiellement entre nous, mais si tu veux, tu peux partir quand ta présence ne sera plus nécessaire. Je prendrai le relais.

Luca expira bruyamment, visiblement soulagé.

— Je sais que ça semble...

— Non, je comprends. C'est Cassie.

Il n'y avait rien d'autre à dire car je savais à quel point Luca l'aimait, et à quel point elle l'aimait en retour. J'étais aussi étonné de voir comment elle pouvait faire abstraction de tant de choses au nom de leur amour et combien il était plus heureux et plus vivant grâce à cet amour. Il n'avait rien à expliquer.

Matteo vivait dans un complexe juste avant l'entrée de la ville. Pour être honnête, cela ressemblait beaucoup plus à une installation militaire qu'à une maison, c'était froid, sans vie, trop organisé. Très Matteo, en fait.

Il y avait la maison principale à l'arrière, où seuls quelques personnes étaient autorisées à entrer et où Luca et moi étions privilégiés... ou plutôt maudits. Le bâtiment extérieur, plus proche de l'entrée principale, était la partie principale du complexe, où les réunions avaient lieu.

Notre voiture s'arrêta près du poste de sécurité, et Luca

fit glisser la vitre teintée pour nous présenter au garde.

— Mr. Genovese vous attend à la maison, dit-il avec un signe de tête.

Je levai les yeux au ciel.

— Qu'est-ce qu'il veut, maintenant, putain ?

Luca soupira, en passant une main lasse sur son visage.

— Je ne suis pas sûr mais ça ne devrait pas être long, dit-il en désignant les berlines noires déjà garées près de l'enceinte. D'autres sont déjà là.

— Oh ouais, comme si ça avait déjà dérangé Genovese de faire attendre les gens.

Matteo Genovese, le capo dei capi, notre patron, notre roi... Notre Dieu auto-proclamé régnait sur nous tous d'une main de fer et inspirait tant de respect et de crainte alors qu'il n'avait qu'une trentaine d'années.

Il avait ses favoris, c'était clair, et Luca, heureusement ou non, était l'un d'entre eux, mais cela ne signifiait pas grand-chose pour Matteo. Les règles étaient les règles, lui manquer de respect était comme signer un arrêt de mort.

— Finissons-en, marmonna Luca en sortant de la voiture et en ajustant sa veste.

Il jeta un coup d'œil à son téléphone avant de le ranger dans la poche intérieure de sa veste.

Nous frappâmes à la porte et un agent de sécurité nous laissa entrer et nous dirigea vers le bureau de Matteo.

Nous entrâmes dans la salle d'attente juste à temps pour voir un grand homme blond quitter le bureau de Matteo. Il était russe... ça c'était sûr.

Luca lança un regard noir à l'homme, tandis que je regardais Enzo, le jeune cousin de Luca, assis derrière un bureau dans la salle d'attente.

Matteo lui avait donné un travail d'assistant, ce n'était pas une chose dont il avait vraiment besoin ni une tâche pour laquelle Enzo était particulièrement qualifié, mais c'était une façon de le garder à l'œil, pour s'assurer qu'il ne cracherait pas le morceau à propos de qui avait tué son père et son frère, parce que, contrairement à ce qui se disait dans la famiglia, ce n'était pas les Albanais qui avaient tué les traîtres. Non, c'était Matteo et moi. Moi parce qu'ils avaient pris Cassie et que ça méritait la mort. Pourquoi Matteo avait-il fait ça ? Je n'étais pas sûr mais la raison devait être personnelle et égoïste. Matteo n'avait pas une once d'altruisme en lui.

Cependant, je savais que ce travail n'était pas nécessaire. Enzo ne l'avait jamais admis tout haut, mais je savais qu'il détestait son père et son frère. Ils étaient toujours les premiers à l'intimider et à l'humilier. Il nous aurait probablement payé pour les tuer.

— L-L-Luca, comment vas-tu ? demanda Enzo.

Luca grogna, en gardant les yeux rivés sur le Russe après qu'il l'eut dépassé et eut quitté la pièce.

Je levai les yeux au ciel. Luca serait toujours un sauvage.

— Enzo, tu as l'air en forme.

Et c'était vrai. Il semblait que le gamin avait retrouvé des couleurs maintenant, et il n'était plus aussi douloureusement maigre qu'il ne l'avait été l'année dernière. Être libéré de son environnement toxique avait fait des merveilles sur lui.

Enzo me sourit timidement.

— M-merci, Dom. Je suis heureux, ajouta-t-il.

Et je ne pus m'empêcher de remarquer que même son

bégaiement s'était atténué.

Je regardai Luca qui nous ignorait toujours, en fixant la porte que le Russe avait franchie, en semblant spéculer.

Je lui donnai un coup de coude avant de me tourner à nouveau vers Enzo.

— Matteo nous a demandé de venir avant la réunion.

Enzo hocha la tête.

— V-vous p-pouvez entrer, dit-il en faisant un geste vers la porte.

Je donnai un coup de coude dans le rein de Luca, ce qui le fit grogner.

Il se tourna vers moi, un regard noir sur le visage.

— Pourquoi as-tu fait ça, bordel ?

Je fis un geste vers la porte.

— Bouge.

Je toquai une fois.

— Entrez.

— Est-ce Alexeï Volkov que j'ai vu sortir de ton bureau à l'instant ? demanda Luca dès que j'eus fermé la porte derrière nous.

Gianluca Montanari...et son tact légendaire.

— Bienvenue, dit Matteo en faisant un petit sourire à Luca. Tu sais très bien que c'était lui.

— Le capo dei capi de connivence avec les Russes ? Ça va forcément faire parler les gens.

Le sourire de Matteo se transforma en un rictus qui lui donnait un air de prédateur alors qu'il attrapa le zippo sur son bureau noir et commença à jouer avec.

— Je récoltais une faveur. Tu sais à quel point j'aime les récolter, n'est-ce pas, Gianluca ?

Les narines de Luca se dilatèrent, et je savais que Luca lui devait quelque chose. Je soupçonnais que ça concernait le fait d'avoir aidé à sauver Cassie de Benny et Savio. J'avais juste peur de découvrir ce que Luca lui avait promis dans son moment de faiblesse.

Matteo soupira et nous fit signe de nous asseoir devant son bureau. Tout dans ce bureau était noir et en verre, froid et sans émotion, le véritable miroir de son propriétaire.

Matteo pris ses cigarettes sur son bureau et en alluma une.

— J'ai entendu dire que tu avais adopté une nouvelle brebis égarée ?

Luca arqua les sourcils.

— Comment ? Elle est arrivée hier.

Matteo haussa les épaules avec un petit sourire taquin.

— J'ai entendu dire qu'elle était absolument magnifique. Je devrais peut-être l'inviter à dîner.

Mon estomac se contracta alors que je ressentais une jalousie brûlante, même si je n'en avais pas le droit et qu'il n'y avait aucune raison non plus.

Luca secoua la tête.

— Absolument pas.

Matteo s'adossa à son siège, en arquant un sourcil.

— Oh, je vois, tu veux celle-là aussi ? N'es-tu pas un peu gourmand ? Ta femme est-elle heureuse de te partager ?

Luca renâcla.

— Bien sûr que non ! Je suis monogame et Cassie est tout ce dont j'ai besoin. Mais India est de la famille et je ne te lâcherais même pas sur mon pire ennemi, alors sur ma famille ? dit-il en grimaçant. Aucune chance.

J'avais envie d'embrasser Luca sur le champ, mais je ne savais pas pourquoi. Je voulais protéger India, pour le bien de Cassie, mais je savais que je n'avais pas le droit de le faire. Luca l'avait lui. En tant que chef de famille, il pouvait coller un panneau « Défense d'y toucher » sur elle sans que personne ne se perde en conjectures.

Matteo rit.

— C'est vrai, Montanari. Si seulement tu voyais l'ironie de ta déclaration.

Je fronçai les sourcils. Matteo semblait abandonner trop facilement, comme s'il n'avait jamais eu l'intention de demander à India de sortir avec lui. C'était ce qu'il y avait de plus ennuyeux chez Matteo Genovese... Enfin, c'était *l'une* des choses les plus ennuyeuses : cet homme était *toujours* en train de jouer, de tester, d'évaluer. On n'était jamais sûr de l'intention réelle des mots qui sortaient de sa bouche.

Luca fronçait lui aussi les sourcils.

— Qu'est-ce que tu veux dire par là ?

Matteo fit un signe dédaigneux de la main, en soufflant sa fumée vers moi.

— Je me moque juste de toi.

— Ne le fais-tu pas toujours ? grommelai-je.

Ses yeux bleus glacés et calmes se tournèrent vers moi.

— Bien sûr que si, c'est la partie la plus amusante, répondit-il avec un sourire taquin.

— Pourquoi voulais-tu nous voir avant la réunion ? demanda Luca.

Je supposai qu'il n'avait pas le temps pour les facéties de Matteo aujourd'hui, tant mieux pour lui.

— À propos de notre petit problème, annonça-t-il en

écrasant sa cigarette dans le cendrier.

Petit problème. C'était une façon de le dire. Un traître était dans nos rangs, quelqu'un d'assez intelligent pour utiliser Benny et Savio comme un marionnettiste et pour s'en tirer comme ça. Ce n'était pas un petit problème, c'était une bombe nucléaire, et je n'aurais pas voulu être à sa place une fois que Matteo aurait mis la main sur lui. Matteo avait déjà gardé un homme en vie pendant cinq jours, en le torturant juste assez pour qu'il reste en vie et souffre avant d'en finir avec lui. Il avait l'air d'être le calme personnifié, mais il était le plus sadique et le plus dément de nous tous. Un homme sans cœur, sans conscience, ne vivant que selon les règles de la famiglia, prêt à sacrifier tout et tout le monde pour obtenir ce qu'il voulait.

— J'ai quelques pistes. Alexeï a dit que nous devrions aller chez Verdi ce soir. Il y a un homme que nous pourrons récupérer dans la ruelle latérale quand nous serons prêts. Nous aurons une petite discussion.

Pour Matteo, « une petite discussion » ne signifiait rien d'autre qu'une séance de torture dans le sous-sol de ce bâtiment, qui se terminerait soit par une complète confession suivit d'une mort rapide ou par un silence réfractaire et une mort lente.

En fait, en y réfléchissant, chaque « petite » chose sortant de la bouche de Matteo était une atrocité en devenir.

Luca secoua la tête.

— Je te l'ai déjà dit, je ne passerai pas une nuit loin de ma femme, surtout à un stade si avancé de sa grossesse. Ce n'est pas négociable.

— Mais maintenant tu as ce…, commença Matteo en

faisant un geste dédaigneux de la main, …ce médecin ou je ne sais quoi à demeure.

Luca soupira.

— C'est une psychologue, pas un médecin, et elle pourrait même être chirurgienne obstétricale pour ce que j'en ai à faire. Je ne passerai pas une nuit loin de ma femme.

— Les débuts de l'amour ! se moqua Matteo.

— Quelque chose que tu ne peux clairement pas comprendre, dis-je sans pouvoir m'empêcher de lui rappeler.

Matteo se tourna vers moi, les yeux pleins d'amusement.

— Et toi, tu peux ? En fait, peut-être que la psychologue à demeure te fera suivre une thérapie intensive. Nous savons tous que tu en as grand besoin.

Cela me rappela le message que j'avais reçu, quelque chose dont je devais discuter avec lui.

— *Basta*, grogna Luca, toujours si protecteur envers moi et notre petit cercle. Commençons la réunion du conseil maintenant. Nous ne sommes pas venus pour bavarder.

— Oh ! Maintenant tu me blesses, Gianluca, dit-il en posant la main sur son torse avec une moue feinte. J'étais là, assis, à penser au plaisir que c'était de passer du temps avec vous deux...

Je me penchai en avant sur ma chaise avant de dire :

— Que feraient des Italiens chez Verdi ? C'est un territoire russe. Ce serait remuer la merde. Ce serait comme se tatouer traître sur le front.

Matteo secoua la tête.

— Aucun de nous n'est aussi stupide, dit-il.

— Je ne viens pas, insista Luca avec plus de force.

Matteo lui jeta un regard noir. Cet homme n'acceptait

pas facilement un « non » en guise de réponse.

— Je vais y aller, proposai-je.

Luca était mon meilleur ami, nous nous soutenions mutuellement. Je savais qu'il aurait fait la même chose si les rôles avaient été inversés.

Matteo soupira.

— Je suppose que je vais devoir me contenter de la version bon marché du capo de Wish.com.

Je lui souris.

— C'est à prendre ou à laisser, ajoutai-je en essayant d'avoir l'air indifférent.

Mais ça me blessait parce que c'était ce que je ressentais à chaque fois que nous sortions de la maison pour nous retrouver avec la famiglia.

Je savais déjà à quel point je ne me sentirais pas à ma place aujourd'hui quand j'entrerais dans la salle de réunion aux côtés de Luca, en sachant que Luca et moi recevrions des regards pleins de suppositions. Choisir un simple homme de main comme consigliere était du jamais vu, et pourtant il l'avait fait. En même temps, un capo n'était pas censé se marier en dehors de la famiglia, et il l'avait fait aussi en choisissant Cassie.

Luca était un capo qui suivait plus sa tête et son cœur que les règles traditionnelles, et il était assez puissant pour s'en tirer.

Certains étaient impressionnés, d'autres jaloux, et d'autres encore attendaient qu'il tombe, mais je connaissais la vérité. Luca était le meilleur capo qui soit.

Matteo fit un signe de menton vers la porte du bureau.

— Vous feriez mieux d'y aller. Nous ne voudrions

pas que les autres pensent que vous êtes les chouchous du professeur.

Luca soupira mais hocha la tête.

— Plus vite on commencera, plus vite je rentrerai chez moi.

— Qu'est-ce que tu crois que le Russe a à voir dans tout ça ? demandai-je à Luca dès que nous fûmes sortis de la maison.

Luca soupira.

— Marchons, dit-il avant de faire un geste au chauffeur et de lui dire en italien d'aller garer la voiture devant l'enceinte, près du portail.

Luca enfouit les mains dans ses poches alors que nous prenions le chemin de l'enceinte.

— Je ne sais pas, mais Matteo est probablement l'homme le plus intelligent et le plus calculateur que j'aie jamais rencontré. Il ne fait rien sans avoir envisagé toutes les possibilités.

Je lui jetai un regard en coin.

— Tu as l'air à la fois impressionné et un peu amoureux, le taquinai-je.

Luca renâcla.

— Dans tes rêves, mais quand Matteo est de ton côté, c'est l'arme la plus mortelle à ta disposition.

— Tu crois qu'il est vraiment de notre côté ? ne pus-je m'empêcher de demander.

Comme Luca l'avait laissé entendre, Matteo était un maître dans l'art de la manipulation, qui pouvait dire s'il travaillait vraiment avec nous ? Il devait avoir son propre plan.

— Je le nierais si jamais tu disais quoi que ce soit à ce sujet, mais oui, je le pense, répondit Luca en haussant les épaules alors que la bâtisse se dessinait devant nous. Je sais que cet homme serait assez honnête pour nous dire d'aller nous faire foutre s'il ne voulait pas nous aider. Je pense qu'il a besoin de savoir s'il y a une balance dans nos rangs encore plus que nous, donc oui, tant que nos intérêts sont convergents, je pense que nous pouvons lui faire confiance.

Ce n'était pas la meilleure marque de confiance, car on pouvait légitimement se demander ce qui se passerait lorsque nos intérêts et les siens ne seraient plus convergents.

Je n'eus pas l'occasion d'en demander plus car Romero, l'un des membres les plus âgés du conseil, nous repéra et alerta les autres patrons qui fumaient près de la porte de notre arrivée.

— Que le spectacle commence, marmonnai-je à Luca alors que nous plaquions tous les deux un sourire froid sur nos visages.

CHEVALIER BRISÉ

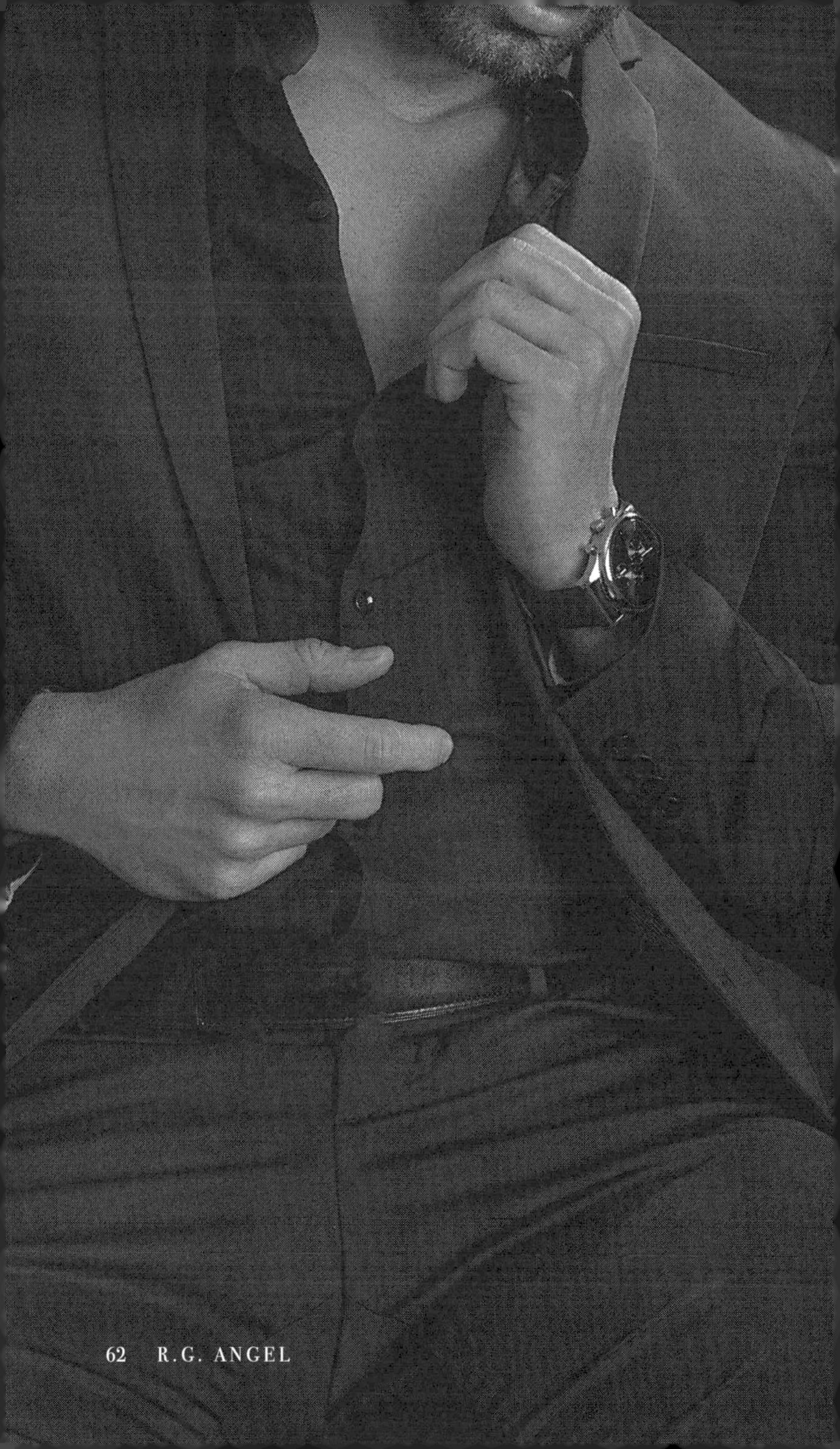

CHAPITRE 4
Dom

La réunion fut aussi longue et fastidieuse que d'habitude. Les patrons donnaient leur avis sur ce que faisaient les autres patrons, et je voyais que Luca était de plus en plus agacé par la remise en question de ses décisions et son désir de rentrer chez lui. Je devais admettre que cette version de Luca était la meilleure à ce jour, une version que je n'aurais jamais imaginée qu'il puisse devenir, mais je supposais que c'était ce que l'amour d'une femme au grand cœur pouvait vous faire.

Une fois la réunion terminée, Matteo congédia les autres patrons assez rapidement, leur offrant à tous un repas gratuit dans son restaurant en ville avant qu'ils ne rentrent chez eux dans leurs jets privés.

— Tu es sûr que tu veux rester ? me demanda Luca une dernière fois avant de monter dans sa voiture.

Je me retournai pour voir Matteo appuyé contre la porte de l'enceinte avec un sourire en coin.

Je soupirai.

— Oui, ce ne sera pas la première fois que nous passons un moment privilégié ensemble.

C'est ce qui s'était passé après que Matteo et moi avions tué Benny et Savio parce qu'ils avaient kidnappé Cassie et organisé la mort de la famille de Luca.

— Mais…, ajoutai-je.

— Mais ? m'encouragea Luca, en s'appuyant contre la portière de la voiture. Demande-moi ce que tu veux.

— J'ai peut-être promis quelque chose à quelqu'un et…, dis-je avec un sourire penaud.

Luca grogna.

— Qu'est-ce qu'elle veut ?

— Des donuts du Donuts Palace… Six, répondis-je en lui tendant le papier que je gardais plié dans ma poche. Ce sont les goûts qu'elle veut et les alternatives potentielles.

Il leva les yeux au ciel et pris le morceau de papier.

— Je jure que ma femme te mène vraiment par le bout du nez.

Je ne pus m'empêcher de sourire en entendant ça.

— C'est vraiment l'hôpital qui se fout de la charité.

Il gloussa.

— C'est vrai. Je vais aller lui chercher à manger. On se voit demain, *fratello*.

Je me retournai vers Matteo une fois que Luca était dans la voiture.

— Vous êtes adorables tous les deux.

— Mmh mmh. Ça s'appelle l'amitié, tu devrais essayer un jour.

— L'amitié ? dit-il en fronçant le nez en signe de dégoût. Ça a l'air affreux.

Je secouai la tête mais je ne pus m'empêcher de sourire en voyant le dégoût à peine voilé de Matteo.

— Qu'est-ce que tu veux ? demanda Matteo dès que la voiture de Luca eut disparu de vue.

— Qu'est-ce que tu veux dire ?

Matteo leva les yeux au ciel avant de réajuster sa cravate.

— Tu as sauté bien trop vite sur cette occasion de m'accompagner, et je sais que tu n'apprécies pas particulièrement ma compagnie... malgré le fait que je sois du pur délice.

— Tu es un sociopathe.

— Et alors ? dit-il en haussant les épaules. Les deux ne s'excluent pas l'un l'autre.

— Bien sûr que si.

— Restons-en là.

— Alors qu'est-ce qu'on fait maintenant ?

Il regarda sa montre

— La réunion a duré plus longtemps que prévu. Prenons la voiture et allons en ville maintenant, tu pourras me dire ce que tu veux. J'espère juste que tu ne m'ennuieras pas trop.

— Tu es impatient de récupérer ton prix ? demandai-je, en pensant au pauvre bâtard qui était sur le point de croiser le chemin de Matteo.

— Je m'ennuie ces temps-ci. J'aimerais avoir quelqu'un avec qui m'amuser.

— Et ensuite tu vas dire que tu n'es pas un sociopathe.

— Je n'ai jamais dit que je ne l'étais pas.

Ça me fit taire. C'était vrai. Matteo n'avait jamais nié être un sociopathe. Je restai silencieux jusqu'à ce que nous atteignîmes l'autoroute, en ne sachant pas comment aborder mon problème avec lui, et était-ce même un problème ? C'était juste un message isolé...

Je soupirai en m'appuyant plus profondément sur le

dossier.

Matteo me regarda curieusement avant de dire :

— Je suis intrigué maintenant. Qu'est-ce qui t'a mis dans tous tes états ?

— Peut-être rien.

— Je vois.

Il hocha la tête, en passant les vitesses de sa BMW M3. En vrai Italien qu'il était, il considérait les transmissions automatiques comme une insulte aux voitures.

— Je suis en train de perdre rapidement tout intérêt, ajouta-t-il.

Je secouai la tête.

— C'est juste que... Qui est au courant me concernant ?

Les mains de Matteo se crispèrent sur le volant avant qu'il ne me lance un regard méfiant. Ce n'était pas un regard auquel j'étais habitué venant de Matteo Genovese... Il n'était pas du genre méfiant.

— *Cosa vuoi dire* ?

Je fronçai les sourcils. Matteo parlait rarement l'italien, bien que ce soit sa langue maternelle.

— Ce que je veux dire, c'est qui connaît mon enfance, ce qu'était mon père. Ce qu'il..., m'interrompis-je en grimaçant et en essayant d'avaler malgré la boule de honte logée ma gorge. Ce qu'il m'a fait faire.

Sa prise sur le volant se relâcha et ses épaules se détendirent.

— Ah !

Est-ce qu'il était soulagé ? Pourquoi le serait-il ?

— Il n'y a plus grand monde, poursuivit-il. Romero, Luca, moi..., s'arrêta-t-il en secouant la tête. Les *activités* parallèles de ton père n'étaient pas une chose dont la majorité d'entre nous étaient fiers.

— Et pourtant, personne n'a rien fait.

Il haussa les épaules.

— Ce n'était pas à moi d'intervenir. Personne ne m'a demandé de l'arrêter, et il rapportait beaucoup d'argent à la famiglia. L'argent a tendance à rendre aveugle.

Je secouai la tête. Allez dire ça au garçon de treize ans que j'avais été. Allez dire ça à toutes les jeunes filles que mon père avait enlevées et détruites. Allez dire ça à ma mère qui avait choisi de se suicider alors que je n'étais qu'un petit garçon plutôt que de se faire violer une fois de plus par la pourriture maléfique qui partageait mon ADN.

Mais quoi qu'il en soit, je ne pouvais pas en vouloir à Matteo, car malgré ce qu'il pensait, il n'avait que quinze ans à l'époque. Il se voyait comme un homme, mais il était ce que j'étais aussi... juste un enfant.

— Pourquoi tu demandes ça ?

Je soupirai.

— Je ne sais pas. Je me demande juste.

— Tu te demandes juste ? dit-il en hochant la tête. Euh... *Quanto pensi che sia stupido* ?

Je levai les yeux au ciel.

— Je ne pense pas que tu sois stupide. Je me demandais juste, vraiment.

— *Bene*. Fais comme tu veux, répondit-il en se garant dans une rue sombre devant la ruelle derrière chez Verdi.

Je regardai ma montre.

— Combien de temps devons-nous attendre ?

Matteo se pencha en arrière sur son siège, en s'asseyant

plus confortablement.

— Pourquoi ? Je t'ennuie déjà ?

Je lui jetai un regard en coin. Nous savions tous les deux que nous n'appréciions pas vraiment la compagnie de l'autre.

— Ça ne devrait pas être trop long. Il a dit qu'il devait venir travailler à cette heure-ci. Il m'enverra un message quand on sera prêt à collecter.

Je me tournai vers Matteo maintenant. Ce n'était pas un gars pris au hasard que les Russes nous donnaient, c'était l'un des leurs.

— Qu'est-ce que Volkov voulait ? demandai-je en croisant les bras sur mon torse. Ça devait être quelque chose d'important pour qu'il te donne l'un des siens.

Matteo haussa les épaules.

— Ce n'est pas vraiment un de leurs gars. C'est un Albanais opportuniste qui semble manger à tous les râteliers. Et depuis quand sommes-nous devenus *confidanti,* toi et moi ?

— Je ne dis pas que je suis ton confident, Genovese, répondis-je en haussant les épaules. On va être assis dans cette voiture pendant Dieu sait combien de temps. Tu veux qu'on reste dans le silence total ?

En fait, c'était peut-être mieux comme ça.

— Oublie ça, ajoutai-je en soupirant.

Matteo garda les yeux rivés sur la ruelle pendant quelques minutes de plus avant de parler.

— Il voulait la seule chose qui rend les hommes comme lui faibles et vulnérables. L'amour.

Je me tournai vers lui, en restant silencieux. J'étais

d'accord pour dire que l'amour pouvait vous rendre plus faible, mais pas le vrai. Le véritable amour, celui que Luca et Cassie partageaient, vous rendait tellement plus fort. Il pouvait vous faire franchir même les obstacles les plus ardus et c'était magnifique.

— Alors quel est le secret ? Tu n'aimes simplement pas ? demandai-je d'un air moqueur.

— Non, répondit Matteo avec une voix plus basse, plus sombre. Le secret n'est pas de ne pas aimer, on ne peut pas arrêter le virus une fois qu'on l'a attrapé. Le secret est de supprimer tout risque potentiel de ta vie.

— C'est une existence bien solitaire.

Matteo laissa échapper un rire las.

— *Lo so*.

Il savait ? Comment le savait-il ? Le roi cruel, l'homme le plus froid que j'aie jamais rencontré, avait-il un jour risqué de se dégeler ?

— Tu es en train de me dire que...

— Là ! s'écria Matteo en désignant la ruelle et l'homme inconscient qui avait été jeté dehors par deux grands types avec des tatouages de la mafia russe sur le cou.

J'étais en quelque sorte reconnaissant de cette interruption. J'étais sur le point de poser une question complètement stupide. Il n'y avait aucune chance que Matteo Genovese puisse un jour tomber amoureux. Les hommes comme lui ne ressentaient rien d'autre que du mépris, de la colère et une pointe de sadisme. J'avais de la peine pour la pauvre femme qui finirait éventuellement par l'épouser et lui donner un héritier.

— Va le chercher, on n'a pas toute la nuit !

Je pointai du doigt ma poitrine.

— Pourquoi moi ? demandai-je en secouant la tête. C'est toi qui le voulais.

Matteo arqua un sourcil.

— Remets-tu en question *mes* ordres ? *Mes* ordres ? As-tu oublié qui j'étais ?

Comment pourrais-je l'oublier ? Et oui, remettre en question ses ordres était plus que stupide et pourtant, je ne pouvais pas m'empêcher de soutenir son regard, juste quelques secondes de plus. Peut-être étais-je suicidaire après tout.

— Tu vas le chercher, je m'amuse avec lui.

Il fit un geste vers l'homme inconscient près des bennes à ordures qui débordaient.

— À moins que…, ajouta-t-il avec un sourire carnassier. À moins que j'aille le chercher et que tu t'amuses avec lui. C'est ce que tu veux, Domenico ? Explorer ton côté… *joueur* ?

Je restai stoïque mais je grimaçai intérieurement. J'avais vu Matteo « *jouer* » plusieurs fois et c'était quelque chose que je n'aurais jamais été capable de faire.

Je soupirai en ouvrant la porte de la voiture.

— Ouvre le coffre.

Matteo renâcla.

— C'est ce que je pensais.

Je descendis dans la ruelle et fis un signe de tête aux deux Russes qui attendaient près de la porte pour s'assurer que le paquet serait bien récupéré.

Je retournai le corps du type, il n'y avait aucune marque sur lui. Je jetai un regard interrogateur aux Russes.

Le plus petit fouilla dans sa poche pour me montrer une seringue vide.

— Travail intelligent, pas brutal, dit-il avec son fort accent.

Celui-là venait de la Mère Russie.

Je tirai le gars vers le haut et soufflai. Putain, il était plus lourd qu'il n'en avait l'air.

— Un peu d'aide ?

Le plus grand attrapa ses cigarettes.

— Ce n'est pas notre travail, *mudak*. Nous vous avons livré le paquet. C'est votre problème maintenant. Le patron a dit de s'assurer qu'on ne puisse pas le retrouver.

— Ce ne sera pas un problème, *coglione*, répondis-je.

Il m'avait appelé « connard » en russe, et je lui rendais juste la pareille.

— Après que le patron en aura fini avec lui, poursuivis-je, personne ne le retrouvera jamais.

Je luttai pour l'amener à la voiture, et Matteo décida d'être un vrai connard et ne vint pas m'aider à le soulever pour le mettre dans le coffre même en me voyant souffler comme un bœuf.

Le coffre lui-même était recouvert de plastique noir lavable et je me demandais combien de corps ce coffre avait transporté pour que le plastique devienne un élément permanent.

— Merci de m'avoir aidé, crachai-je à bout de souffle lorsque je le rejoignis dans la voiture.

— Oh, tu avais besoin d'aide ? me demanda-t-il, en démarrant la voiture et en roulant un peu plus vite que je ne l'aurais souhaité.

J'imaginais qu'il était plus excité de jouer avec sa proie que je ne le pensais.

— Qu'est-ce que tu en penses ? l'interrogeai-je, en réajustant mes vêtements avant de mettre un peu d'ordre dans mes cheveux.

— Je pense que le grand, fort et courageux Domenico Romero n'a jamais besoin de personne.

Le sarcasme était vraiment sa seconde nature... Trou du cul !

***

Je pris une gorgée de la boisson que Matteo m'avait servie en attendant que l'Albanais se réveille.

Matteo l'avait attaché à une chaise au milieu de la pièce il y avait plus d'une heure, et nous devenions tous les deux un peu impatients maintenant.

Je m'adossai à ma chaise et je regardai la salle de jeux de Matteo. Enfin, c'était comme ça qu'il appelait son sous-sol : la salle de jeux. Ça n'avait rien à voir avec ce truc merdique de *Cinquante nuances de Grey*. Non, c'était loin d'être ce genre de jeux.

Je détaillai tous les instruments qu'il avait sur le mur du fond. Ce sous-sol n'était rien de plus qu'une salle de torture.

Matteo soupira, en regardant l'horloge sur le mur.

— Sérieusement, qu'est-ce qu'ils lui ont donné, putain ? grogna-t-il de frustration. Tu crois qu'il se réveillera si je lui coupe le petit doigt ? demanda-t-il en attrapant le sécateur posé sur la table en métal.

Tout dans ce sous-sol était fait de métal et de béton.

Mes yeux dérivèrent vers l'une des évacuations sur le sol, juste sous l'Albanais. Ces évacuations qui devenaient utiles lorsque la pièce était arrosée pour faire disparaître tout le sang après une des « discussions » avec Matteo.

Ce fut à ce moment-là que l'Albanais grogna et releva la tête, en clignant rapidement des yeux.

— C'est comme s'il t'avait entendu, taquinai-je Matteo avant de prendre une autre gorgée de ma boisson.

— Je sais.

Il pencha la tête sur le côté, en remettant le sécateur sur la table.

— Si seulement il avait attendu une minute de plus, j'aurais vraiment aimé le réveiller à ma manière.

Je savais que ce n'était pas non plus une blague, cet homme était un vrai sadique.

Les yeux du gars s'écarquillèrent lorsqu'il revint enfin à lui et il commença à cracher des choses en albanais. Je n'avais pas besoin de parler la langue pour savoir qu'aucun de ses mots n'était amical.

Matteo semblait complètement imperturbable face à cette explosion de colère alors qu'il enlevait sa veste de costume et la posait sur le dossier de la chaise qu'il occupait auparavant.

Il se concentra sur l'homme qui criait toujours en albanais. Son visage était rouge, les veines de son cou sur le point d'éclater alors qu'il nous regardait fixement, la haine dans ses yeux, clairement visible.

Il bougeait les bras, en essayant de se détacher, puis hurla de douleur lorsque le métal entailla sa chair.

Ce lien était l'une des fiertés de Matteo, une corde

mélangée à du fil barbelé. Plus vous vous débattiez, plus elle vous serrait.

Matteo se tenait devant lui, stoïque, les yeux bleu clair aussi froids et sans expression que l'homme de glace qu'il était.

— Tu as fini ? demanda-t-il d'un ton calme et égal une fois que l'homme eut cessé de crier. Je ne vais pas te mentir, tu vas mourir ce soir. Il n'y a aucun doute là-dessus, mais tu peux choisir *comment* tu vas mourir. Si tu parles maintenant, je te donnerai une mort rapide et sans douleur, dit-il en tapotant sur l'étui contenant son arme. Ou nous pouvons en faire un jeu, continua-t-il en faisant un signe vers le mur de son sous-sol où trônaient fièrement la plupart de ses outils de torture. J'ai assez de liquides intraveineux et de compétences pour te maintenir en vie au moins deux jours dans une douleur atroce. Personnellement, j'aimerais que tu choisisses l'option deux. J'ai fini ma série sur Netflix et je m'ennuie un peu.

— Quelle série ? demandai-je sans pouvoir m'en empêcher.

— *Sociopath Unchained.*

— Ah ! fis-je en hochant la tête. N'est-ce pas la masterclass que tu as enseignée ?

Les lèvres de Matteo se soulevèrent légèrement en coin, c'était ce qui se rapprochait le plus d'un véritable sourire chez lui.

— Effectivement, dit-il en se tournant vers le gars qui regardait Matteo avec une haine brûlante dans les yeux. Alors, qu'est-ce que ce sera ?

— Va te faire foutre, ordure italienne. Je te dirais que

dalle !

Le visage de Matteo se transforma en un large sourire, comme un enfant le matin de Noël.

— Bonne réponse ! s'exclama-t-il en se tournant vers moi. Tu veux rester et me regarder jouer ?

Je secouai la tête avec un petit rire.

— Non, merci. Je pense que je vais monter et manger les lasagnes que ta gouvernante a préparées.

Il haussa les épaules.

— *Fai come vuoi*, sers-toi. On se verra tout à l'heure.

Je jetai un autre regard à l'Albanais, en me sentant presque mal pour lui. Il n'avait aucune idée de ce qui était sur le point de se déchaîner sur lui.

J'appelai Luca dès que j'eus fermé la porte du sous-sol derrière moi et lui fis un rapide topo sur la situation.

Je pris le plat de lasagnes, et je venais de le mettre au four quand Matteo entra dans la cuisine en soupirant.

Je le regardai tandis qu'il essuyait ses mains mouillées sur une serviette rouge. Je soupçonnais que c'était une couleur choisie exprès.

— Déjà ? dis-je en regardant ma montre. Ça ne fait que vingt minutes.

— Je sais, répondit-il en secouant la tête. C'est toujours ceux qui se prennent pour des durs qui craquent en premier. Je lui ai mis quoi ? Deux lames de rasoir sous les ongles et il chantait comme un canari.

— Un rossignol ?

— Quoi ? demanda Matteo en fronçant les sourcils et en jetant la serviette sur son épaule. *Cantava come un usignolo*.

Je hochai la tête.

CHEVALIER BRISÉ

— En français *usignolo*, c'est rossignol pas canari.

— *Perche* ?

— Parce que, répondis-je.

Il leva les yeux au ciel, en agitant la main d'un geste dédaigneux.

— Merci pour la leçon de français même si je m'en branle. Je t'apprendrai à torturer un jour.

— Tu as découvert quelque chose ? demandai-je car je ne voulais pas le contrarier davantage. Je laissai mes yeux descendre plus bas et m'arrêtai à son col.

— Tu as du sang, là, dis-je en touchant le même endroit sur mon col.

— Il était du genre à saigner beaucoup, confirma-t-il avec un signe de tête.

— Alors, tu as découvert quoi ?

Il tordit sa bouche sur le côté, visiblement irrité.

— Soit Volkov se joue de moi, soit cet homme faisait semblant d'en savoir plus qu'il n'en savait.

Il se dirigea vers le réfrigérateur et attrapa une bouteille d'eau. Il prit une longue gorgée.

— Il a dit que l'homme avec qui il avait parlé semblait jeune et viendrait de New York, ajouta-t-il.

— Je vois... Ça ne réduit pas franchement les possibilités…

Il leva les yeux au ciel.

— Au moins, il a confirmé mes doutes, ce n'était ni Benny ni Savio. Il a dit que l'homme se faisait appeler *Mano Vendicativa*.

— La main vengeresse ?

Nous grimaçâmes tous les deux, c'était plus que ringard.

— Il n'a jamais rencontré l'homme en question. Il était prudent et ne parlait que via des téléphones jetables. Il a dit qu'il avait un plan pour que la famiglia tombe, et que quand il serait au sommet, il se souviendrait des gens qu'ils l'avaient aidé.

— Hum, donc on n'a pas grand-chose ?

Il secoua la tête.

— Non, mais apparemment il y a un type qui s'appelle Hoxha, aussi connu sous le nom de « fantôme vivant ».

— Sais-tu qui c'est ?

— Pas encore, mais ce n'est qu'une question de temps, et quand je le saurai..., dit-il alors que ses narines se dilatèrent en affichant le seul signe physique de son irritation. Rien ne pourra le sauver.

— Je n'en ai aucun doute.

Et c'était vrai. Matteo était comme un chien de chasse. Une fois qu'il était sur une piste, rien ne l'arrêtait, et je n'aurais pas voulu être ce fantôme vivant.

La sonnerie du four retentit et je levai la tête vers lui.

— Tu en veux ?

Il secoua la tête.

— Je vais prendre une douche. Tu peux rester ici ce soir, il est tard. Il y a une chambre prête, premier étage, deuxième porte à gauche.

Je ne m'attendais pas à ce qu'il s'inquiète de mon sort, ce n'était pas du tout du genre de Matteo, et malgré tout, je ne pus m'empêcher de demander.

— Pourquoi ?

— Pourquoi quoi ?

— Pourquoi nous aides-tu avec tout ça ?

Il se retourna lentement, son regard rencontrant le mien.

— Avoir un rat intelligent dans nos rangs n'est pas une bonne chose.

— Il n'est pas contre toi.

— Il élimine des membres de la famiglia sans mon autorisation. Il est contre moi. Il est intelligent et rusé. Je ne peux pas le laisser agir en toute impunité.

Je le regardai en silence pendant une seconde.

— C'est tout ce qu'il y a ?

— Qu'est-ce que ça pourrait être d'autre ? demanda-t-il en haussant les épaules. *Sono l'uomo dal cuore di ghiaccio*, ajouta-t-il avant de quitter la pièce.

Je regardai mes lasagnes... L'homme au cœur de glace... Et pour la première fois depuis que j'avais rencontré Matteo Genovese, je me demandai si c'était vrai.

R.G. ANGEL

CHAPITRE 5
India

J'avais vingt-sept ans et pourtant je me sentais comme une adolescente sur le point d'aller à un rendez-vous avec la brute épaisse pour laquelle elle avait le béguin. Sauf que je n'étais pas une ado, et que Domenico n'était pas mon coup de cœur, et pourtant j'avais vérifié trois fois ma tenue et ma coiffure avant d'aller le chercher au manoir.

Je portais le jean qui m'allait le mieux, celui qui mettait vraiment mes fesses en valeur, et mon top rouge qui en montrait juste assez pour être séduisante.

Cet homme était vraiment un mystère avec ces deux facettes si différentes. J'avais vu ses petites attentions envers Cassie, sa gentillesse et sa bonne humeur. Je l'avais entendu parler au téléphone avec Jude et c'était adorable et pourtant, dès que j'entrais dans la pièce ou que j'apparaissais dans son champ de vision, il se transformait en glace. Je pouvais presque voir les murs qui s'érigeaient autour de lui, et ça m'irritait au plus haut point.

C'était peut-être la psychologue en moi qui parlait, mais j'avais besoin de comprendre pourquoi il était comme ça avec moi alors que ce n'était clairement pas dans sa nature d'être froid et dédaigneux. Pensait-il que j'étais une menace pour sa famille ?

Il fallait qu'il voie la vérité. J'étais ici depuis plus d'une semaine maintenant et, à l'exception des conversations forcées que nous avions au dîner ou lorsque nous étions obligés de nous retrouver ensemble, il n'était jamais devenu plus chaleureux avec moi, et je n'aimais pas ça.

Mon téléphone vibra sur mon lit et une partie de l'appréhension que j'éprouvais à l'idée de retrouver Dom s'estompa. Le nom de Jake clignotait sur l'écran... Pourquoi m'appelait-il ? Comment *osait-il* m'appeler ? Je pouvais sentir mes pommettes picoter alors que je rejetai son appel. J'avais voulu bloquer son numéro, mais qui savait ce qu'il aurait fait pour me contacter ? Il ne viendrait pas ici, ça je le savais, et s'il essayait, il affronterait enfin des hommes qui lui apprendraient les bonnes manières.

Peut-être devrait-il venir voir comment les gens de sa taille réagiraient face à son attitude. Jake ressemblait à tout ce qu'une femme pourrait désirer et je devais admettre que le fait qu'il se soit intéressé à moi m'avait fait vaciller. Il était riche, beau et bien élevé, apparemment un cadeau pour les femmes... un cadeau empoisonné, c'était le moins qu'on puisse dire.

Je soupirai en secouant la tête. Je ne laisserais pas Jake Warner voler un bon moment de plus dans ma vie, un sourire de plus ou une seule seconde de bonheur, il ne le méritait pas. J'arrangeai mes boucles pour qu'elles tombent joliment sur mes épaules et j'essayai d'ignorer l'excitation qui s'installait au creux de mon estomac à la pensée de ce grand homme maussade qui semblait me détester par principe.

Je le trouvai dans la salle de jeu, assis à la table

d'échecs, face à un ordinateur portable. Il jouait une partie avec quelqu'un que je ne pouvais pas voir.

— Chevalier en D3 ? Tu es sûr, petit homme ?

— Dom, déplace juste ma pièce.

Cette voix ne m'était pas vraiment familière, mais d'après sa jeunesse, il ne pouvait s'agir que de Jude.

Dom gloussa.

— Si jeune et déjà si autoritaire, tu as ta place dans cette famille.

Je l'étudiai. Il parlait à Jude avec une fierté et une affection évidentes, avec un regard que j'avais souvent vu sur son visage... Enfin, jamais quand il me regardait moi.

Il était vêtu d'un pantalon noir et d'une chemise blanche remontée jusqu'aux coudes, en révélant ses avant-bras bronzés et musclés. Je n'avais jamais considéré les avant-bras comme attrayants, et pourtant, je ne pouvais m'empêcher de les regarder pendant qu'il déplaçait les pièces sur le plateau.

Je ne me sentais pas à l'aise d'espionner leur moment partagé, mais je me sentais obligée de continuer, cet homme était un mystère pour moi.

— Comment va Cassie ?

— Cassie va très bien, petit. Elle a tellement hâte que tu rentres à la maison et que tu rencontres les bébés. Tu ne lui as pas parlé hier ?

— Si, mais elle essaie toujours de me protéger. Ce n'est pas nécessaire. Je sais que toi tu me diras la vérité.

Dom leva les yeux et me regarda à travers l'entrebâillure de la porte.

— Toujours, dit-il d'une voix assurée, en gardant les

yeux rivés sur moi d'une manière qui m'empêcha de dire le contraire.

Pourtant Il venait juste de mentir à cet enfant. Cassie n'allait pas très bien. Elle avait des contractions et c'était pour ça que Luca et elle étaient partis aujourd'hui, et c'est aussi pour ça que j'étais à la recherche de cet homme qui ne m'aimait pas.

J'entendis une forte sonnerie venant de l'ordinateur.

— Je dois aller en cours. Merci pour cette partie. On la terminera ce soir.

Dom baissa les yeux sur l'écran et fit un clin d'œil à Jude.

— Bien sûr, mon grand. Amuse-toi bien en cours.

— Toujours !

Il soupira, en refermant l'ordinateur portable.

— Es-tu toujours en train d'espionner les gens ? demanda-t-il, en s'adossant à sa chaise, et en s'y vautrant comme un roi sur son trône.

Je haussai les épaules, en essayant de donner l'impression que je n'étais pas gênée.

— Tu n'es pas une personne très ouverte. J'essaye de comprendre qui tu es, admis-je.

Il n'y avait aucune honte à cela.

— Ce n'est pas la peine, dit-il en se levant et en se redressant de tout son long, en me rappelant une fois de plus à quel point il était bien bâti. Tu as besoin de quelque chose ?

Je hochai la tête.

— Oui. Cassie est partie un peu en panique ce matin, et elle a parlé de bouger les fleurs dans la serre. J'ai promis que je le ferais, mais je ne suis pas sûre de ce qu'elle voulait dire.

Il regarda par la fenêtre et lorsque la lumière du soleil frappa son visage sous cet angle, je vis que ses yeux n'étaient pas aussi foncés que je le pensais. Ils étaient plus miel foncé que bruns.

Il se tourna à nouveau vers moi et me fit un bref signe de tête.

— Ne t'inquiète pas. Je vais m'en occuper, dit-il en se tenant devant la porte et en fronçant les sourcils car je lui bloquais toujours le passage. Qu'est-ce que tu fais ?

Je levai les yeux, sans bouger.

— Je veux aider. C'est pour ça que je suis là.

Il secoua la tête.

— Ce n'est pas nécessaire. J'ai dit que je le ferai, répondit-il, ou plutôt aboya-t-il.

Je le prenais à rebrousse-poil, mais je savais que c'était le meilleur moyen d'obtenir une réaction sincère.

Il essaya de me contourner, mais je continuai de lui barrer l'accès.

— Quoi ?

— Je veux aider. S'il te plaît, laisse-moi aider.

Il grogna.

— Tu ne vas pas laisser tomber, hein ?

Je secouai la tête.

— Je suis aussi têtue que Cassie quand elle veut des donuts.

Je pouvais le voir lutter contre son sourire.

— C'est absurde. Personne n'est aussi têtue.

Je lui donnai un petit coup de coude dans le bras.

— Allez, donne-moi une chance. Je ne suis pas si mauvaise.

— Bien, concéda-t-il en soupirant et en regardant vers le ciel. Allons-y.

Je le suivis en silence jusqu'à la serre et je fus stupéfaite de voir à quel point elle était grande et dense. Il y avait tellement de couleurs que cela semblait à peine réel.

— C'est... ouah ! dis-je faute de trouver le mot juste.

Il sourit.

— Oui, Cassie a un don, dit-il en montrant la table en bois longue et étroite. Nous devons déplacer les fleurs de cette table vers la zone ombragée.

Il désigna une zone recouverte d'une bâche en plastique vert foncé.

— Pourquoi doit-on faire ça ?

Je fronçai les sourcils, en regardant les petites fleurs violettes dans les pots.

Il haussa les épaules.

— Je ne sais pas et je n'ai pas demandé. Je fais juste ce que la reine veut que je fasse. Les hormones la rendent carrément effrayante.

— Et excitée.

Je grimaçai en repensant à l'endroit où les mains de Cassie étaient posées sur Luca hier quand j'étais entrée sans prévenir dans la bibliothèque... une erreur que je ne referais plus jamais.

— Ouais, enfin je ne pense pas qu'on puisse entièrement blâmer les hormones concernant ce dont tu as été témoin. Sois juste reconnaissante de ne pas être arrivée ici quand son ventre n'était pas encore aussi gros. J'ai vu des parties d'elle et de lui que j'aurais souhaité ne jamais voir, ajouta-t-il en simulant un frisson.

— Que le Seigneur nous vienne en aide !

Il me regarda avec un petit sourire, et c'était agréable, pour une fois, d'en être la destinataire.

— Tu vois, je ne suis pas si terrible, dis-je en prenant l'un des pots de fleurs et en me dirigeant vers la zone ombragée.

— Je n'ai jamais dit que tu l'étais. C'est juste que je n'aime pas que des étrangers envahissent notre espace. Je veux garder la famille en sécurité. Il n'y a rien de personnel.

— Ça semble personnel, rétorquai-je en me tournant vers lui, en tenant le pot près de ma poitrine. Tu sais, je ne suis pas complètement ignorante concernant ce qui se passe.

Il se tint plus droit, la mâchoire serrée, les doigts se resserrant autour du pot en terre cuite dans sa main. Qu'est-ce que tu veux dire ?

C'était le moment de dire la vérité. Peut-être que ça atténuerait sa méfiance à mon égard.

Je soupirai, en reposant le pot que je tenais sur la table.

— Comme nous le savons tous les deux, Cassie est assez bavarde, et après m'avoir annoncé qu'elle s'était mariée, elle est devenue assez... discrète à propos de son mari, répondis-je avant de hausser les épaules. J'ai d'abord pensé qu'il pouvait être violent et ça m'a fait peur, admis-je. Mais ensuite, je suis allée sur cette chose étonnante appelée Google et ça a expliqué beaucoup de choses.

— Ah oui ?

J'agitai les doigts en l'air.

— C'est une rumeur, bien sûr. Le mot « présumé »

revient d'ailleurs à plusieurs reprises, alors tu sais...

Je penchai la tête sur le côté, en me retrouvant avec ma frange dans les yeux. Je soufflai dessus.

— Je lui ai accordé le bénéfice du doute, et puis je suis venue ici et tout est devenu clair. Les rumeurs étaient bien plus que de simples allégations.

Il reposa lentement la plante en pot sur la table, tout en gardant les yeux fixés sur moi. Son visage était un masque froid, mais il semblait plus méfiant qu'hostile en ce moment.

— Que vas-tu faire ?

Sa voix était étrangement calme et posée, ce qui la rendait un peu terrifiante.

— Rien, dis-je en haussant les épaules. Cassie est extrêmement heureuse, bien plus que ce que j'aurais pu espérer, et Luca est clairement un homme bien, du moins selon mes critères, et en plus... je ne veux pas mourir.

— Ah, acquiesça-t-il. OK, alors.

Il ramassa sa plante en pot et se remit à marcher vers la zone ombragée.

Je le suivis des yeux, en observant la façon dont les muscles de son dos bougeaient sous sa chemise blanche moulante.

— OK, alors ? répétai-je.

C'était une réponse tellement décevante.

Il posa la plante par terre et en attrapa une autre avant de me jeter un rapide coup d'œil.

— Quoi ?

— Non, c'est juste que..., secouai-je la tête. Je ne sais pas. Ce n'est pas ce à quoi je m'attendais.

— Je te jure, vous les filles, vous devriez vraiment arrêter de regarder des films, grommela-t-il avant de désigner le pot que j'avais remis sur la table. Plus de boulot et moins de bavardages. Tu voulais aider, allons-y.

Je rougis de honte à l'idée de me faire réprimander comme une ado, mais je pris sur moi et je terminai la tâche en silence. C'était une sorte de silence confortable, comme s'il y avait une trêve entre nous. L'atmosphère, sans être paisible, n'était évidemment pas aussi tendue.

— À quoi t'attendais-tu ? me demanda-t-il trente minutes plus tard, lorsque nous sortions de la serre après avoir accompli toutes les tâches que Cassie avait détaillées dans un petit carnet.

— Qu'est-ce que tu veux dire ? l'interrogeai-je, en marchant à côté de lui.

Si je me souvenais bien, c'était la première fois qu'il initiait une conversation entre nous.

— Tu as dit que tu ne t'attendais pas à ma réaction, à quoi t'attendais-tu ?

Il s'arrêta et se tourna vivement vers moi, en me faisant reculer.

Son froncement de sourcils s'accentua en voyant ma réaction.

— Je ne vais pas te faire de mal, ajouta-t-il.

— Non. Je sais, c'est juste que...

Je m'arrêtai et baissai les yeux, les joues brûlantes d'embarras. Certaines choses étaient mieux gardées dans la boîte secrète dans ma tête.

— Je pensais juste que le fait que je connaisse la vérité te contrarierait davantage, dis-je.

Il secoua la tête, en se remettant à marcher.

— Ce qui est fait est fait. La loyauté est cruciale dans cette famille, mais je suis sûr que tu le sais déjà.

— Je le sais.

— OK, alors.

Sans réfléchir, j'attrapai son bras au moment où il se dirigeait vers la porte arrière. Je sentis ses biceps se tendre sous mes doigts. Cet homme était vraiment musclé.

Il se figea et regarda ma main sur son bras comme si elle lui faisait mal.

— Mais il y a plus, n'est-ce pas ? demandai-je.

— Tu es très belle.

Je lâchai son bras. Parmi toutes les choses auxquelles je m'attendais, je ne m'attendais pas à celle-là.

J'avais souvent entendu cela, surtout depuis que j'avais atteint la puberté, mais d'une certaine manière, venant de lui, c'était différent. Ça me faisait plaisir qu'il me trouve belle, mais en même temps, ça ressemblait plus à un défaut qu'autre chose, venant de sa bouche.

— OK. Dois-je me sentir désolée à cause de ça ? C'est juste la génétique.

Il soupira.

— Non.

Il ouvrit la porte et tourna la tête vers l'intérieur comme une invitation silencieuse à le suivre.

Je marchai derrière lui mais restai près de la porte arrière, le regardant alors qu'il attrapait la bouteille de scotch sur l'étagère du haut dans la cuisine.

— Tu en veux un ?

Je secouai la tête.

— Non, merci. Je ne bois pas.

Plus jamais.

— D'accord, je vais boire le tien aussi, annonça-t-il en se servant un verre d'une taille impressionnante.

— Donc ton problème avec moi c'est que je suis belle ? dis-je, en lui montrant que je n'étais pas prête à laisser passer ça, tout en aimant le dire.

J'aimais le fait qu'il me trouve belle même si, à vrai dire, cela avait parfois été plus un obstacle qu'autre chose dans ma vie.

Il me lança un regard agacé qui me fit presque sourire.

— Le problème n'est pas que tu sois belle. Le problème, c'est que tu es censée être cette psychologue à succès avec une vie incroyable au Canada, et après que Cassie t'a téléphoné pour te dire que la grossesse était un peu plus difficile que prévu, tu as tout quitté.

Il prit une gorgée de son verre, en gardant les yeux rivés sur moi comme s'il y cherchait un indice, et c'était probablement le cas. Dommage qu'il soit en train de jouer avec une experte.

— Tu ne parles jamais de ta vie là-bas, continua-t-il, tu ne mentionnes jamais d'amis, de petits amis, rien... Je suis désolé de dire que ça me semble suspect.

Je hochai la tête.

— Dit le gars avec un seul ami.

Il leva deux doigts.

— Deux, en fait. Deux et demi si on compte le gamin, ajouta-t-il en me faisant un petit sourire en coin. En plus, j'ai une bonne excuse pour ça. Mon travail n'est pas idéal pour se faire des amis.

Il avait raison. Je n'avais pas besoin d'être une experte

de la mafia pour deviner que c'était un monde assez solitaire.

Je m'assis sur un tabouret en face de lui.

— Tu sais que tu aurais pu demander au lieu d'agir de façon suspecte. La communication est importante dans toute relation.

— Nous n'avons *pas de* relation.

Aïe, ça pique.

— Si nous en avons une. Il existe de nombreux types de relations, tu sais. Toutes n'impliquent pas des sentiments romantiques ou du sexe. Nous avons une relation, même si nous sommes à peine plus que des connaissances.

Je secouai la tête.

Son air renfrogné s'accentua.

— Je ne suis pas à la recherche d'une thérapeute.

Je voyais bien que je n'arriverais à rien avec lui. Il était trop sur la défensive. Peut-être plus tard, quand il me ferait confiance.

— Je continue de travailler, tu sais.

Il arqua les sourcils en sirotant son verre, seul signe de sa surprise.

— Je suis une thérapeute à succès, même si Cassie m'a probablement survendue, dis-je avec un petit sourire. Je travaille pour une société de thérapie en ligne appelée *BZen*. Je suis une thérapeute agréée du site et toutes mes séances se font via Zoom. Cela me permet d'avoir une certaine flexibilité dans la vie que j'apprécie, et ça me permet également d'avoir un contrôle total sur mon emploi du temps et mon lieu de travail, poursuivis-je en haussant les épaules. C'est peut-être un peu moins rémunérateur que d'avoir son propre cabinet, mais ça en vaut la peine pour moi, conclus-je avant de regarder ma montre. J'ai trois séances aujourd'hui. J'en ai eu une ce matin et j'en ai une dans quelques heures, précisai-je en longeant avec mon index les motifs sur le marbre blanc du bar du petit-déjeuner. Pour ce qui est de ma famille, il n'y a que ma mère et elle voyage depuis un certain temps. Depuis neuf ans, en fait. Elle a commencé quand je suis entrée à l'université. Elle se cherche et j'espère qu'elle se trouvera, dis-je en me râclant la gorge.

Je commençais à avoir soif et je regrettais de ne pas avoir accepté le verre de scotch. Je n'étais plus la même fille que j'avais été auparavant, et Dom n'était pas Jake.

Il sortit un pichet de thé glacé à la pêche du frigo et en remplit un verre avant de le faire glisser vers moi. Je ne pensais pas qu'il s'en était rendu compte, mais ça en disait long sur son caractère. Il réagissait instinctivement. Peu importait ce qu'il disait, il était d'une nature bienveillante.

— Tu ne sembles pas amère d'avoir une mère absente.

— Elle n'était pas absente, elle était elle-même. Je ne peux pas lui reprocher d'essayer de trouver un sens à sa vie. Elle m'a bien élevée. J'avais toujours de la nourriture sur la table, des vêtements propres, un lit chaud... Quand j'ai eu dix-huit ans et que j'ai commencé l'université, elle est partie, répondis-je en haussant les épaules. J'ai eu une enfance intéressante.

— Je suis sûr que c'était le cas.

— Je te raconterai tout ça un jour, lui dis-je sans trop savoir pourquoi j'avais dit ça. Et toi ?

— Et moi, quoi ?

Je levai les yeux au ciel. Il était un tel spécialiste de

l'évitement.

— Ton enfance.

Il haussa les épaules et termina son verre d'une traite. Il détourna le regard une seconde, ses yeux s'assombrissant de douleur.

J'étais sur le point de lui demander comment il se sentait quand son visage redevint froid et qu'il haussa les épaules.

— Oh, tu sais, une enfance classique : meurtres, racket, courses de chevaux, lames de rasoir sous ma casquette.

— Tu viens littéralement de décrire un épisode de *Peaky Blinders*.

— Et alors ? dit-il en me faisant un sourire. *Peaky Blinders* est une série géniale.

— T'es bête, dis-je en gloussant.

Il pencha la tête sur le côté, une lueur d'amusement dans les yeux. Il ne m'avait jamais regardée comme ça avant et ça faisait des choses que je n'avais pas ressenties depuis très longtemps dans mon ventre.

— C'est ton diagnostic professionnel ?

Non, mon diagnostic professionnel est que quelqu'un t'a blessé de façon irrémédiable et que même si tu as soif d'amour, tu ne sais pas comment laisser quelqu'un t'aimer.

— Oui, tout à fait.

Il acquiesça.

— Tu as raison. Je suppose que tu es crédible. Tu n'as pas que le physique, tu as aussi le cerveau.

Son téléphone vibra dans sa poche.

— On se voit plus tard, docteur, dit-il. *Pronto* ?

Je le regardai sortir de la pièce. Est-ce qu'il s'était rendu compte du compliment qu'il m'avait fait ? Probablement pas et ça donnait à son compliment encore plus de valeur.

***

Je me sentais très bien cet après-midi. La séance que je venais d'avoir avec mon patient avait été très productive et je m'étais sentie utile. Ça avait été la principale raison pour laquelle j'avais décidé de devenir psychologue. Je voyais les traumatismes, la douleur, et je voulais aider. J'avais envie d'aider les gens à retrouver une certaine paix intérieure.

— India, je peux te voir une minute ?

Je m'arrêtai au bas de l'escalier, en regardant Luca appuyé contre l'encadrement de porte de la petite bibliothèque.

Luca était un homme bien, mais il n'était pas du genre à bavarder.

— Euh, ouais, bien sûr. Est-ce que Cassie va bien ? J'étais sur le point d'aller lui faire du thé.

Il hocha la tête avec un petit sourire, en apaisant un peu mon inquiétude.

— Oui, elle va bien. J'étais là-haut, elle fait une sieste. Ce ne sera pas long.

Il quitta sa place devant la porte en m'invitant silencieusement à le suivre.

Une fois que je fus entrée, il ferma la porte et me fit signe de m'asseoir sur le fauteuil en cuir marron en face de la cheminée.

— Est-ce que j'ai fait quelque chose de mal ? demandai-je, inquiète pour moi maintenant.

C'était un chef de la mafia après tout.

— Non, bien sûr que non, railla-t-il en s'asseyant en face de moi. Merci de prendre soin de Cassie comme tu le fais. Elle n'arrête pas de s'extasier en parlant des points de pression qui soulagent sa douleur ou des tisanes qui font des merveilles pour soulager son estomac et ses autres petits problèmes.

Je haussai les épaules, en ne sachant pas où il voulait en venir.

— Pas besoin de me remercier. Ce n'est pas un problème. Cassie est adorable.

Il acquiesça.

— Elle l'est vraiment, confirma-t-il, un petit sourire tendre naissant au coin de sa bouche balafrée.

— Et la tisane n'a rien de spécial. Ma mère a suivi une formation de doula holistique, j'ai beaucoup appris avec elle.

— Oui, soupira-t-il en regardant vers la cheminée inutilisée. Le médecin va pratiquer une césarienne sur Cassie, elle est prévue dans deux semaines, déclara-t-il en m'étudiants avec ses yeux perçants. Tu ne sembles pas surprise.

Je secouai la tête.

— Je ne le suis pas. Je m'en doutais un peu. Cassie est minuscule et elle est plutôt grosse à quatre semaines de la naissance, en plus les grossesses gémellaires vont rarement à terme et une césarienne est sans doute ce qu'il y a de plus sûr pour les trois.

— Oui, c'est ce qu'il a dit, et il sait qu'il ne faut pas mentir à un capo, n'est-ce pas ?

Mon cœur tomba jusque dans mon estomac. Il savait

que je savais. *Va te faire foutre, Dom* !

— C'est en fait ce dont je voulais te parler, continua-t-il quand il me vit rester silencieuse.

— Je ne le dirai à personne. À qui le dirai-je ?

— Non, je sais, c'est juste que..., commença-t-il en détournant le regard, tout en rassemblant ses pensées. Dom a dit que tu savais pas mal de choses.

— Eh bien, je connais les rumeurs.

Il me jeta un regard en coin.

— Abandonnons les faux-semblants, d'accord ? Je suis le capo de la côte Est de la mafia italienne.

J'essayais de garder un visage impassible alors que mon esprit criait : « *Seigneur, bouche-toi les oreilles, tu ne veux pas entendre ça. Tu vas finir morte !* » Mais tout ce que je dis fus :

— OK ?

Je ne l'avais peut-être pas dupé aussi bien que je l'espérais car il continua rapidement.

— Je ne vais pas te faire de mal, et Dom non plus, même si je sais qu'il a été un peu dur avec toi.

Je ricanai.

— Ah, ne le sous-estime pas. Il a vraiment joué au con.

Luca éclata de rire.

— C'est Dom, confirma-t-il. Je vais lui demander de se calmer.

Je fis un geste de la main pour signifier que c'était sans importance.

— J'ai l'habitude de l'intimidation. Laisse-le donner son maximum, je peux gérer.

Luca fronça les sourcils.

— Tu n'as pas vraiment l'air ni le comportement d'une fille qui aurait été brutalisée.

— Je suis à moitié indienne et je m'appelle « India ». Comment crois-tu que l'école se soit passée pour moi ?

Il fit une grimace.

— Exactement ! m'exclamai-je en gloussant. Ma mère est adorable mais écervelée et insouciante. Elle est la quintessence même de la hippie bohème. Elle a fait une retraite de yoga en Inde quand elle avait vingt ans. Elle a rencontré ce charismatique yogi indien, et me voilà. Elle m'a appelé India parce que c'est là que j'avais été conçue.

— Je vois.

Je ris. D'une certaine façon, je ne le croyais pas. Sa maison, ses vêtements, sa façon de parler, tout en lui montrait une éducation traditionnelle, sévère... Mafia ou pas mafia.

— OK, pour en revenir au sujet de ma... carrière, continua-t-il sur un ton égal, en gardant ses yeux fixés sur moi.

Je soupçonnais Luca d'être un peu comme moi, doué pour lire les gens.

Carrière. C'était une façon de dire les choses.

— Je t'écoute.

— Je ne veux pas que tu sois en colère contre Cassie.

Bon, ça ne se passait pas comme je m'y attendais.

— Je ne le suis pas. Pourquoi le serais-je ?

— Elle voulait te parler de moi, de nous, et de la vie que nous menons, mais je l'en ai dissuadée.

Je hochai la tête.

— Parce que tu ne savais pas si tu pouvais me faire

confiance, c'est logique.

Il secoua la tête.

— Non, eh bien… commença-t-il avant de pencher la tête sur le côté. Peut-être partiellement mais Cassie te faisait confiance. C'était une validation suffisante pour moi. Non, c'était plus le fait que connaître la vérité puisse te mettre en danger.

J'essayai d'avaler la boule d'anxiété qui s'installait dans ma gorge.

— Je te protégerai, Dom te protégera.

Il se pencha en avant sur sa chaise, en posant ses avant-bras sur ses cuisses.

— Mais la seule chose à laquelle Cassie tenait c'était à ta sécurité, rien de plus, ajouta-t-il.

Je me penchai aussi en avant et je tendis la main pour serrer la sienne.

— Je n'ai jamais douté d'elle. Cassie est beaucoup de choses mais elle n'est pas mesquine. Je comprends et je te promets d'être prudente.

Il acquiesça.

— Bien, je voulais juste clarifier les choses.

Je savais qu'il avait fini et que j'étais congédiée.

Je me levai et me dirigeai vers la porte mais m'arrêtai et me mit à parler sans pouvoir m'en empêcher.

— Je sais que tu as peur pour elle et je le comprends. C'est l'une des personnes les plus importantes de ta vie et tu as déjà tellement perdu. Mais elle va bien.

Il me fit un petit sourire.

— Je sais, mais cette peur…, dit-il en tapotant le centre de sa poitrine avec son index. Je ne peux pas l'étouffer. Je peux à peine la contenir. Une partie irrationnelle de moi a juste envie de la prendre et de l'enfermer dans une tour entourée d'oreillers pour être sûr que rien de mal ne lui arrivera jamais. Parce que même si tu as visé plutôt juste, ton analyse présente un défaut majeur, déclara-t-il avant de prendre une profonde inspiration. Cassie n'est pas l'*une* des personnes les plus importantes de ma vie, elle *est* ma vie. Elle est ma personne, celle qui m'a ramené à la vie. Elle n'est pas seulement ma femme et mon amour... elle est mon tout.

Je regardai cet homme grand, balafré et terrifiant, assez courageux pour mettre son âme à nu et admettre à haute voix l'étendue de son amour pour Cassie, et je ne pus m'empêcher de ressentir cette petite pointe de jalousie qui me serra le cœur.

Aurais-je jamais la chance d'être aimée de cette façon ? Ne le méritais-je pas ?

— Alors vous êtes tous les deux bénis... d'une manière terrifiante, lui souris-je. Je vais aller lui faire du thé maintenant. À plus tard et merci d'avoir été honnête, ajoutai-je avant de sortir de la pièce.

Dom était en train de franchir la porte de derrière quand j'entrai dans la cuisine. Je grimaçai silencieusement les yeux rivés dans sa direction avant de me tourner vers les armoires pour préparer le thé.

Je m'attendais à ce qu'il passe à côté de moi sans me regarder, comme il le faisait à chaque fois que nous étions seuls et qu'il n'avait pas à faire semblant pour Cassie.

C'était pour ça que je sursautai quand il se mit à parler.

— Pourquoi cette mine renfrognée ? demanda-t-il avec

désinvolture.

Je me retournai, cet air renfrogné toujours présent sur mon visage.

Il attrapa une pomme rouge dans le bol de fruits, la frotta contre sa chemise sur ses pectoraux, et en prit une grosse bouchée, complètement indifférent à ce que j'aimais appeler « mon regard mortel ».

— Quoi ? demanda-t-il, la bouche encore pleine de pomme.

— Tu m'as balancée ? Sympa.

— Et alors ?

Je croisai les bras sur ma poitrine.

— Les mouchards finissent dans les fossés !

Il éclata de rire, le genre de rire qui faisait pleurer, grogner et provoquer des crampes d'estomac. Il était presque plié en deux, en riant si fort qu'il était à bout de souffle.

— Mon Dieu, c'est quoi ce vacarme ? demanda Luca en entrant dans la pièce.

Son visage se fendit d'un large sourire quand il vit le visage de Dom, les yeux brillants de larmes de rire.

— Elle vient de me menacer ! haleta-il entre deux éclats de rire agaçants en me pointant un doigt alors que son rire se calmait un peu. Les mouchards finissent dans les fossés, elle m'a dit..., raconta-t-il avant de secouer la tête. Les mouchards finissent dans les fossés ! répéta-t-il, son rire reprenant de plus belle.

Je souhaitais au fond de moi qu'il s'étouffe de rire. *Trou du cul* !

Luca se tourna vers moi, en essayant d'avoir l'air sérieux, mais ses yeux étaient hilare.

— Eh bien, elle n'a pas tort. Les mouchards finissent dans les fossés. Mais ne dit-on pas : « Les balances finissent avec des points de sutures » ?

— Peut-être, grommelai-je.

Maudit sois-tu, Paul Bettany !

Dom essuya les larmes sous ses yeux.

— En italien, on dit : « *la spia non è figlio di Maria* », dit-il en secouant la tête tout en reprenant son souffle. Je pense que je n'ai pas ri autant depuis...

— Je ne pense pas t'avoir déjà entendu rire autant auparavant, ajouta Luca, en me regardant en semblant faire des spéculations.

— Ça vient de quel film mafieux ? demanda Dom, en ayant malheureusement récupéré de son four rire sans mourir. Tu dois partager tes mauvaises références cinématographiques avec Cassie.

Je haussai les épaules, en me tournant à nouveau vers le placard pour préparer le thé de Cassie. Je mourrais avant d'admettre où j'avais entendu ça.

— *Dai, lasciala in pace*. Viens avec moi au bureau, je dois te parler de New York.

Dom ricana en secouant la tête.

— Bien sûr, je vais la laisser tranquille. À plus tard, madame la mafieuse.

Ils me laissèrent dans la cuisine, en s'éloignant et en riant ensemble, tandis que je préparais le thé avec des envies de meurtre.

CHEVALIER BRISÉ 103

104 R.G. ANGEL

CHAPITRE 6
India

Je regardais Cassie, appuyée contre le cadre du lit, en essayant de faire tenir en équilibre sa petite balle anti-stress rouge sur son ventre très rond.

Je soupirai, assise à ses pieds.

— Comment vas-tu ? Vraiment ? demandai-je, en me penchant vers elle et en massant doucement sa cheville enflée.

Elle me répondit avec un petit haussement d'épaules et une petite moue qui me fit sourire.

— Je vais bien. C'est juste que..., commença-t-elle avant de se frotter doucement le ventre. Jude vient de rentrer et je suis trop fatiguée et endolorie pour faire quoi que ce soit avec lui, et maintenant je vais le déraciner et il va rester New York pendant la moitié de ses vacances.

Jude était le rayon de soleil que j'avais imaginé, et il était sacrément intelligent. J'avais presque oublié que je parlais à un garçon de onze ans, et quand je le voyais avec Luca, il se comportait avec une fierté presque paternelle lorsque Jude racontait ses nombreux exploits scolaires et la façon dont il s'épanouissait.

— Tu sais que ce garçon est mûr pour son âge, n'est-ce pas ? En plus, je suis sûre qu'il appréciera de passer du temps en ville. Je l'emmènerai voir des spectacles et tout, dis-je en serrant sa jambe. Il sait combien tu l'aimes, et il est clairement excité de bientôt rencontrer son neveu et sa nièce.

— Oui, j'ai du mal à croire que les bébés seront là dans une semaine.

Je fronçai les sourcils. Elle avait l'air plus inquiète que ravie.

— Tu n'es pas excitée ?

— Non, si. Je veux dire...

Elle soupira, pencha sa tête en arrière, et se mit à regarder le plafond.

— J'aime mes bébés, poursuivit-elle. Comment pourrais-je ne pas les aimer ? Ils sont une partie de Luca et de moi. Je suis si excitée de les voir, mais j'ai peur aussi, tu sais ? Je vais être maman, et le monde dans lequel nous vivons...

Elle s'arrêta, détournant les yeux avec embarras.

Je voulais lui dire que je connaissais la vérité, que c'était OK, mais j'avais promis à Luca d'attendre que les bébés soient nés.

— C'est vrai, le monde est dangereux, mais ces bébés vous auront Luca et toi. Une mère aimante et attentionnée et un père férocement protecteur, déclarai-je en lui faisant un clin d'œil. Ces enfants ont remporté le ticket gagnant.

Ses épaules se détendirent alors qu'elle s'appuyait davantage sur les oreillers derrière son dos.

— Oui, je suppose que tu as raison.

Son sourire tendu devint authentique, et je sus que j'avais dit exactement ce que je devais dire.

— Tu sais ce que j'aimerais ?

Je lui jetai un regard en coin.

— Laisse-moi deviner ? Des sucreries ?

Son sourire s'élargit, en lui donnant un air mutin. Il était difficile de la voir comme l'épouse mafieuse enceinte de vingt-deux ans qu'elle était devenue. Elle avait l'air d'être trop jeune pour conduire, et l'innocence qui se dégageait d'elle la faisait paraître encore plus jeune, même si je savais à quel point elle était féroce et combative.

— Il faut que j'aille à la boutique, gloussai-je. Je suis sûre qu'on peut trouver une solution pour m'emmener au magasin de bonbons du coin.

— Oui, tu peux demander à Dom de t'accompagner.

Je grimaçai. Je ne pouvais pas m'imaginer passer du temps seule dans une voiture avec Dom qui m'appelait « Madame la mafieuse » dès qu'il en avait l'occasion.

— Quelqu'un d'autre pourrait m'emmener ? Sinon, je pourrais peut-être y aller toute seule. Il y a au moins cinq voitures ici.

Elle fronça les sourcils.

— Pourquoi ? Il s'est passé quelque chose ? Dom a été méchant avec toi ?

Je secouai la tête. Ce n'était pas le moment d'aborder le sujet de mes problèmes avec Dom et de mon attirance exaspérante pour lui.

— Je ne veux pas le déranger. Il est probablement très occupé à tout préparer pour le voyage à New York.

Elle pencha la tête sur le côté, en réfléchissant, et je pensais avoir gagné jusqu'à ce qu'elle reprenne la parole.

— Luca n'a confiance en personne, sauf en Dom, tu sais, dit-elle en tordant la bouche. Je ne suis pas sûre qu'il soit content que tu y ailles seule. Cela dit, je peux essayer de demander à Sergio...

Je levai la main pour l'arrêter. Je savais que cela la dérangeait, et je n'étais pas là pour lui causer un stress inutile.

— Ne t'inquiète pas. Je vais lui demander. C'est juste un trajet rapide. Je lui demanderai de m'emmener.

Elle soupira de soulagement, et je me sentis mal de l'avoir rendue un tant soit peu inquiète.

Je levai les yeux au ciel.

— Il est toujours en train de me taquiner, j'ai envie de le frapper dans les couilles.

Elle rit.

— Dom produit le même effet sur nous tous. Il ne taquine que les gens qu'il aime bien. Je vois ça comme un rite de passage.

— Hum !

Je ne devrais pas m'en soucier, alors pourquoi mon cœur faisait-il des bonds dans ma poitrine à l'idée que Dom m'aime bien ?

— Ça va passer. Il suffit de ne pas lui montrer que ça t'embête. Plus il saura que ça t'énerve, plus il le continuera.

— Comme un garçon de sixième.

Cassie hocha la tête.

— À peu près, oui.

Je soupirai, me levant de ma place sur son lit.

— Je vais aller le trouver maintenant, et quand nous reviendrons, je t'aiderai à faire tes bagages, d'accord ?

— Bien sûr. Peux-tu faire venir Jude, si tu le vois ? Je pense que nous avons besoin de passer du temps ensemble.»

— Bien sûr. Et sinon, quel type de bonbons veux-tu ?

— Peu importe... Attends ! Non, juste des bonbons acidulés, des Jelly Belly, des jelly beans et des Skittles... Oh ! Et des Twizzlers.

— C'est noté. À tout à l'heure !

Je descendis dans la chambre de Jude, en m'attendant à le trouver plongé dans l'un de ses romans, mais sa porte était ouverte et je pouvais entendre sa voix ainsi que la voix plus masculine et plus profonde dont je sus en un clin d'œil qu'elle appartenait à Dom.

Je jetai un coup d'œil discret et vis Jude debout devant son miroir dans un costume gris, avec Dom juste derrière lui,

— De quoi as-tu besoin alors ?

— J'essaie de faire ma cravate, mais je n'y arrive pas. Cassie ne m'a jamais appris.

Il leva les yeux, en rencontrant ceux de Dom dans le miroir.

Dom posa ses mains sur ses hanches ciselées.

— Et tu veux que je t'apprenne ?

Jude hocha la tête.

Dom sourit, d'une manière aussi présomptueuse qu'il pouvait l'être, en faisant une fois de plus bondir mon cœur dans ma poitrine. Quand exactement étais-je redevenue une adolescente ?

— Tu as eu raison de m'appeler, petit homme. Luca pense qu'il est doué, mais pas autant que moi. Je t'apprendrai à faire les meilleurs nœuds. Pourquoi as-tu besoin de ça ? Tu as un rendez-vous galant ?

Je souris en entendant ça. Dom était si gentil avec Jude.

Jude secoua la tête, en effleurant de sa main la soie bleue de sa cravate.

— Non, les bébés seront bientôt là, et en tant que leur oncle, je veux leur faire une bonne première impression.

— D'où le costume ?

— Oui.

Dom hocha la tête et s'agenouilla.

— C'est logique. Laisse-moi te montrer, proposa-t-il, en défaisant sa propre cravate noire.

Je n'avais pas remarqué combien il était habillé de manière formelle aujourd'hui, il avait probablement une réunion ou un truc du même genre.

Mon cœur fondit alors que je continuais à les regarder en voyant la patience avec laquelle Dom expliquait et montrait à Jude comment faire son nœud de cravate.

Je savais que j'avais largement dépassé le stade du simple coup d'œil, et j'avais franchi la limite de l'espionnage comme une perverse il y avait déjà quelques minutes, mais je ne pouvais pas m'en empêcher, voir ce grand homme à l'air sérieux à genoux en train d'expliquer à un garçon assez unique en son genre comment faire sa cravate... en prenant cela tout aussi sérieusement que Jude le prenait visiblement... Seigneur, c'était étonnant que mes ovaires n'aient pas encore explosé.

— Madame la mafieuse ?

Je reculai brusquement et croisai le regard sombre de Dom dans le miroir.

— Quoi ? demandai-je.

— Il t'a demandé ce que tu voulais ? intervint Jude, son nœud cravate maintenant fait, même s'il était un peu de travers.

Combien de temps étais-je restée distraite ?

— Ta sœur aimerait te voir.

— Oh ! s'exclama-t-il en se retournant rapidement. Je vais d'abord me changer. Je veux que le costume reste une surprise.

Je hochai la tête et je ne pus m'empêcher de sourire en le regardant filer dans sa salle de bain.

Je me tournai vers Dom qui refaisait sa cravate.

— C'est un petit garçon tellement incroyable.

— Le meilleur qui soit, répondit-il en hochant la tête.

Je pouvais voir à quel point il aimait Jude, et c'était un autre signe qu'il était un homme bon, mafieux ou non.

— Tu as besoin d'autre chose ? Un mouchard que tu veux que je t'aide à mettre dans un fossé ?

Je levai les yeux au ciel.

— Quand vas-tu me laisser tranquille avec ça ? demandai-je, en essayant de montrer une forme d'agacement que je ne ressentais pas vraiment.

J'appréciais le badinage, c'était tellement mieux que la froideur qu'il avait l'habitude de me servir avant.

— Pas de sitôt. Mais de quoi as-tu besoin ?

— J'ai besoin d'aller en ville. Pourrais-tu m'y conduire ?

Il fit un geste dédaigneux de la main.

— Donne-moi une liste de ce qu'il te faut. Je m'en occupe.

— Non, je dois vraiment y aller.

Il soupira comme si je faisais la difficile.

— Écoute, tout ce dont tu as besoin, je peux aller te le

chercher, OK ? Je ne suis pas ce...

— De tampons, j'ai besoin de tampons. Mes règles sont arrivées plus tôt que prévu, alors si tu pouvais prendre ceux avec applicateur, ce serait génial. Et aussi, ne prends pas ceux pour les flux...

— OK, allons-y.

Il détourna le regard et même si je ne pouvais pas en très sûre, il me semblait qu'il rougissait légèrement sous sa peau bronzée.

— Sois à la voiture dans cinq minutes, ajouta-t-il, en sortant rapidement de la pièce.

— Oui, c'est bien ce que je pensais, marmonnai-je dans son sillage.

Et la façon dont il se retourna pour lancer un regard noir montrait clairement qu'il m'avait entendue et n'était pas amusé, ce qui, étrangement, m'amusait encore plus.

Si tu peux te moquer de moi Dom, je peux me moquer de toi aussi.

***

Ce à quoi je ne m'attendais pas, c'était de me trouver dans l'allée des produits féminins avec le grand et effrayant Dom à mes côtés, les bras croisés, en regardant les boîtes devant lui avec une sorte de perplexité.

— Tu peux y aller, tu sais, dis-je en faisant un geste vers le bout de l'allée. Je suis sûre que je réussirai à retrouver tes grosses fesses dans ce magasin une fois que j'aurai fini.

Il haussa un sourcil vers moi.

— Mes grosses fesses ? demanda-t-il en regardant

derrière lui. T'es sérieuse ? Mes fesses sont de parfaites brioches d'acier, merci beaucoup ! Les squats sont mon mode de vie.

Je haussai les épaules. Mais c'était vrai, il avait un beau cul, et je ne pouvais m'empêcher de me demander s'il était aussi ferme qu'il en avait l'air. Bon sang, je devenais perverse... Non, c'étaient mes règles, elles perturbaient mes hormones et me transformaient en une ado excitée.

— Non, je suis fasciné, dit-il en pointant du doigt la boîte rose et violette juste devant lui. Tu en as besoin pour faire de l'équitation ? Ou plus pour faire du yoga ? demanda-t-il en désignant une autre boîte. Ou peut-être veux-tu ceux qui te feront sentir comme la femme d'affaires que tu es pour assister à des réunions professionnelles ? ajouta-t-il en riant, en désignant une boîte bleue avec une femme en tailleur pantalon qui souriait en pointant du doigt un graphique.

Je levai les yeux au ciel. Il avait raison, les boîtes étaient absolument ridicules...

— Du marketing fait par des hommes, voilà ce que c'est ! lui murmurai-je avant d'attraper une boîte sur l'étagère du bas. Je préfère acheter ceux qui permettent le multitâche. Je peux faire toutes les activités que je souhaite comme jeter des mouchards dans les fossés.

Ses yeux s'illuminèrent d'amusement alors que ses lèvres s'inclinaient en un demi-sourire. Il se détendait avec moi et j'adorais ça.

— C'est bon à savoir, répondit-il en regardant dans l'allée. As-tu besoin d'autre chose pendant que nous sommes ici ?

Je secouai la tête.

— Non, nous serons à New York dans quelques jours. Je suis sûre que je pourrai trouver tout ce dont j'ai besoin là-bas.

Je devais admettre que j'étais excitée à l'idée d'y aller. C'était une ville que j'avais toujours rêvé de visiter, mais je n'en avais jamais eu l'occasion.

— Euh, fit-il en se frottant le cou, et en évitant mon regard.

Il ne faisait pas ça souvent, mais j'avais déjà compris qu'il le faisait quand il était sur le point de dire quelque chose qu'il savait que je n'aimerais pas.

— Quoi ?

— C'est juste que New York, c'est là où nous avons nos... *bureaux*, tu sais.

— D'accord ?

— Et ce n'est pas aussi sûr que Riverside, c'est beaucoup plus grand, il y a beaucoup d'ennemis.

— Je vois.

J'essayai de ne pas avoir l'air déçue. J'étais venue ici pour voir Cassie après tout et pour m'éloigner de Calgary pendant un moment. Je n'étais pas venue pour faire du tourisme.

Il soupira.

— Je serai occupé par le travail car Luca n'aura pas beaucoup de temps et...

— C'est bon. Ne t'inquiète pas pour ça. Je resterai à l'intérieur, déclarai-je avant de hausser les épaules. Je comprends, vraiment.

Dom m'étudia silencieusement, et je me perdis dans ses yeux bruns inquisiteurs, comme si nous n'étions pas au milieu de l'allée des produits d'hygiène du petit supermarché local, mais sous les étoiles quelque part, juste tous les deux.

— Je trouverai un moyen, je t'emmènerai en ville, dit-il, la voix un peu haletante.

Il semblait suffisamment déconcerté pour me laisser espérer que j'avais aussi un effet sur lui.

— Dom, je...

Nous fûmes interrompus par la sonnerie de mon téléphone. Je le sortis de ma poche, et mon cœur s'arrêta quand je vis le nom qui clignotait sur mon écran. « *Jake* », un nom que je pensais et espérais ne jamais plus revoir.

De la glace s'installa au creux de mon estomac et je continuais à regarder mon écran, trop choquée pour rejeter l'appel. Pensait-il vraiment qu'il y avait une chance que je réponde un jour à l'un de ses appels ? Ne savait-il pas que j'avais dépassé le stade où je tenais à lui, où j'étais prête à pardonner ?

Je pouvais sentir dans mon corps les échos de douleur là où mes os avaient été brisés. Je sortis ma langue, en la passant inconsciemment sur ma lèvre inférieure, là où elle avait été fendue.

Ça ne pouvait pas être vrai, pas maintenant. Le téléphone cessa finalement de sonner, et le nom disparut de mon écran, en écartant immédiatement l'étau d'acier qui serrait mes poumons.

— Qui est Jake ?

Je relevai brusquement la tête, ayant oublié pendant une seconde où j'étais et avec qui. Dom avait les yeux baissés sur le téléphone que je tenais comme s'il l'avait personnellement offensé. *Ma pire et plus douloureuse erreur.*

— Personne.

Il leva les yeux, et son visage s'adoucit presque immédiatement.

— India..., soupira-t-il avec lassitude.

Je haussai les épaules et me retournai, en rompant le contact visuel.

— Nous avons tous un passé, n'est-ce pas ? Nous avons tous des secrets, dis-je.

Et Dieu sait qu'il en avait probablement un million.

— Oui, mais la différence est que mes secrets ne te feront pas de mal.

Je fronçai les sourcils.

— Je t'assure que mes secrets ne te feront pas de mal non plus. Je reviens. J'ai besoin de prendre quelques *trucs*, terminai-je plutôt maladroitement.

J'avais juste besoin de m'éloigner de lui, là tout de suite, il mettait à mal ma résolution.

— Bien sûr que si. S'ils te font du mal, ils me font du mal.

Je stoppai et me tournai pour le regarder .

— Quoi ?

— *Nous,* corrigea-t-il. Ils *nous* font du mal. Tu fais partie de la famille et nous protégeons les nôtres, dit-il en s'éclaircissant la gorge. Va chercher ce dont tu as besoin. Je te retrouve à la caisse. J'ai réalisé que j'avais besoin de quelque chose aussi, finit-il avant de se retourner rapidement et de disparaître de l'autre côté de l'allée.

Qu'est-ce que c'était que ça ? Comment ne pouvait-il pas réaliser à quel point ses paroles m'affectaient ?

Il venait de faire cette déclaration et continuait comme si de rien n'était, comme s'il ne venait pas d'admettre quelque chose qui changeait tant de choses entre nous. Il venait juste d'admettre que je comptais pour lui.

Je secouai la tête, pris le peu de choses dont j'avais besoin et retrouvai Dom devant les caisses.

Je faillis rire en le voyant debout dans son costume sombre, les bras croisés sur la poitrine, et ce qui semblait être une lueur sombre perpétuelle dans ses yeux.

Peut-être que c'était l'équivalent masculin du visage d'une connasse blasée. J'avais besoin de me pencher sur ça.

Mais malgré cet air dangereux et dominant qui se dégageait de lui par vagues, les quelques femmes au foyer qui faisaient leurs courses en journée dans leur pantalon de yoga avec leur queue de cheval haute lui lançaient des regards pleins de convoitise, et ça m'agaçait vraiment.

Qu'est-ce qui ne va pas chez toi, India McKenna ? Cet homme n'est pas à toi ! Tu n'as pas le droit de protéger un territoire qui n'est pas le tien.

— Tu as fini ? me demanda-t-il quand je le rejoignis avec mon panier rempli de trucs dont je n'avais pas vraiment besoin.

J'avais juste eu besoin de quelques instants pour me ressaisir, à cause de mes sentiments contradictoires envers lui et de l'appel de Jake.

Je hochai la tête.

— Je pensais que tu avais besoin de quelque chose aussi.

— J'ai changé d'avis, répondit-il en secouant la tête.

Il attrapa le panier que je tenais et le seul frôlement de

ses doigts chauds et rugueux sur ma main me fit frissonner.

— Laisse-moi m'occuper de ça, dit-il.

— Je vais payer ! m'exclamai-je, en fouillant dans mon sac à main.

Il posa sa main sur la mienne, le premier vrai contact volontaire entre nous. Je levai les yeux et vis ses pupilles se dilater. Oui, il n'y avait aucun doute sur le fait que je produisais aussi un effet sur lui et il luttait probablement encore plus que moi. Pourquoi ?

— C'est moi qui paie, ne commence pas, ordonna-t-il en resserrant sa prise sur l'anse du panier.

— OK.

Ma voix était-elle aussi haletante qu'il me semblait. *Seigneur, tue-moi maintenant.*

Je le laissai prendre le panier et s'occuper de tout. J'attendis près de la porte, en regardant le magasin de bonbons de l'autre côté de la rue en pensant à toutes les raisons pour lesquelles avoir une attirance pour Dom le mafieux était une très mauvaise idée.

Premièrement, il avait clairement des problèmes et je ne parlais pas d'une petite valise. Non, il portait clairement au moins dix valises géantes. Deuxièmement, eh bien... *la mafia*. Cela seul devrait suffir à me faire courir dans la direction opposée. Troisièmement, j'avais fui Calgary pour une raison, et ce n'était pas pour tomber dans les bras d'un homme brisé et dangereux, et quatrièmement, et je ne pourrais jamais assez insister sur ce point, j'étais convaincue que cet homme, si je me laissais aller, me briserait irrémédiablement.

— Je n'aurais jamais pensé qu'un magasin de bonbons

puisse être si fascinant.

Je revins à la réalité en sursautant quand je vis Dom debout à côté de moi, un sac en papier dans les bras.

— Cassie m'a demandé de lui prendre quelques trucs. J'étais en train de réfléchir à ce que je devais prendre.

— Évidemment qu'elle l'a fait, dit-il en levant les yeux au ciel avant de se retourner et de marcher lentement vers la sortie. Je te jure, je ne sais pas comment cette femme peut rester aussi menue avec tout le sucre qu'elle ingère. Ne réfléchis pas trop, achète juste tout ce qui contient du sucre. C'est ce que je fais d'habitude.

— Oh, tu as un autre message d'amour, plaisantai-je quand nous arrivâmes à sa voiture et que je remarquai le morceau de papier blanc sous son essuie-glace.

Dom regarda autour de lui, la mâchoire serrée, les yeux comme ceux des faucons essayant de zoomer sur leur proie.

— Oui, les mères au foyer en manque peuvent être collantes..., s'interrompit-il distraitement, en continuant à scruter la rue presque vide.

Je voulais alléger l'atmosphère, je voulais retrouver le Dom insouciant d'il y a une minute.

— C'est le problème quand on a une grosse bite.

Ses sourcils noirs se haussèrent de surprise. J'aimais ça, le prendre par surprise. Je n'étais pas celle à qui il s'attendait et, d'une certaine manière, cela me poussait à être de plus en plus moi-même en sa présence.

Il retrouva assez vite sa façade arrogante et laissa échapper un grognement moqueur.

— S'il te plaît, je n'ai pas une grosse bite. Elle est carrément *incroyable* !

Ne le dis pas, ne le dis pas, ne le dis pas...

— Je suis une scientifique, Dom. Je ne crois que les preuves. Peut-être qu'on devrait faire des expériences ?

Je l'avais dit. Au moins, je pouvais me consoler en me disant que j'avais gardé un ton léger et plein d'humour. Cela pourrait très bien être mis sur le compte de la plaisanterie. Mais je connaissais l'horrible vérité, au fond de moi. Si cet homme entrait dans ma chambre au milieu de la nuit, je ne le renverrais pas.

Il me lança un regard qui semblait être à la fois empli de désir et de tristesse, ce qui n'était pas vraiment ce à quoi je m'attendais après m'être pratiquement jetée sur lui.

— Pourquoi n'irais-tu pas au magasin acheter les bonbons pour Cassie ? Je mets le sac dans la voiture et je te retrouve là-bas.

— OK, répondis-je en faisant quelques pas sur le trottoir avant de me tourner vers lui. Tu vas bien, n'est-ce pas ?

— Bien sûr. Pourquoi ça n'irait pas ? dit-il en souriant.

Mais même si je le connaissais à peine, je savais que c'était faux.

— Je dois juste m'assurer que je te mette la nouvelle livraison de sucre sur le dos pour que Luca ne me tue pas comme il a menacé de le faire, ajouta-t-il.

Je hochai la tête et me retournai. Il cachait quelque chose. Il cachait beaucoup de choses, en fait, mais d'une certaine manière, celle-ci me dérangeait, car même si je ne me l'admettais pas, je n'aimais pas le voir préoccupé. Je ne pouvais pas demander à Cassie ce qu'il en était, elle s'inquiétait déjà bien plus qu'elle ne le devrait.

Quant à Luca, que pourrais-je lui demander ? Ça

n'apporterait sans doute rien, et Dom m'en voudrait de l'avoir questionné.

Je soupirai en entrant dans le magasin coloré, l'odeur de sucre me frappant les narines et me faisant me sentir un peu mieux.

Je regardai par la fenêtre à temps pour voir Dom fermer le coffre de sa voiture et aller à l'avant pour arracher le message sous son essuie-glace. Il le lut avant de le serrer dans son poing et de le mettre dans la poche de son pantalon.

Je découvrirai ton secret, Dom, me jurai-je alors qu'il traversait la rue pour venir me rejoindre. *Et peut-être qu'alors je te dirai le mien.*

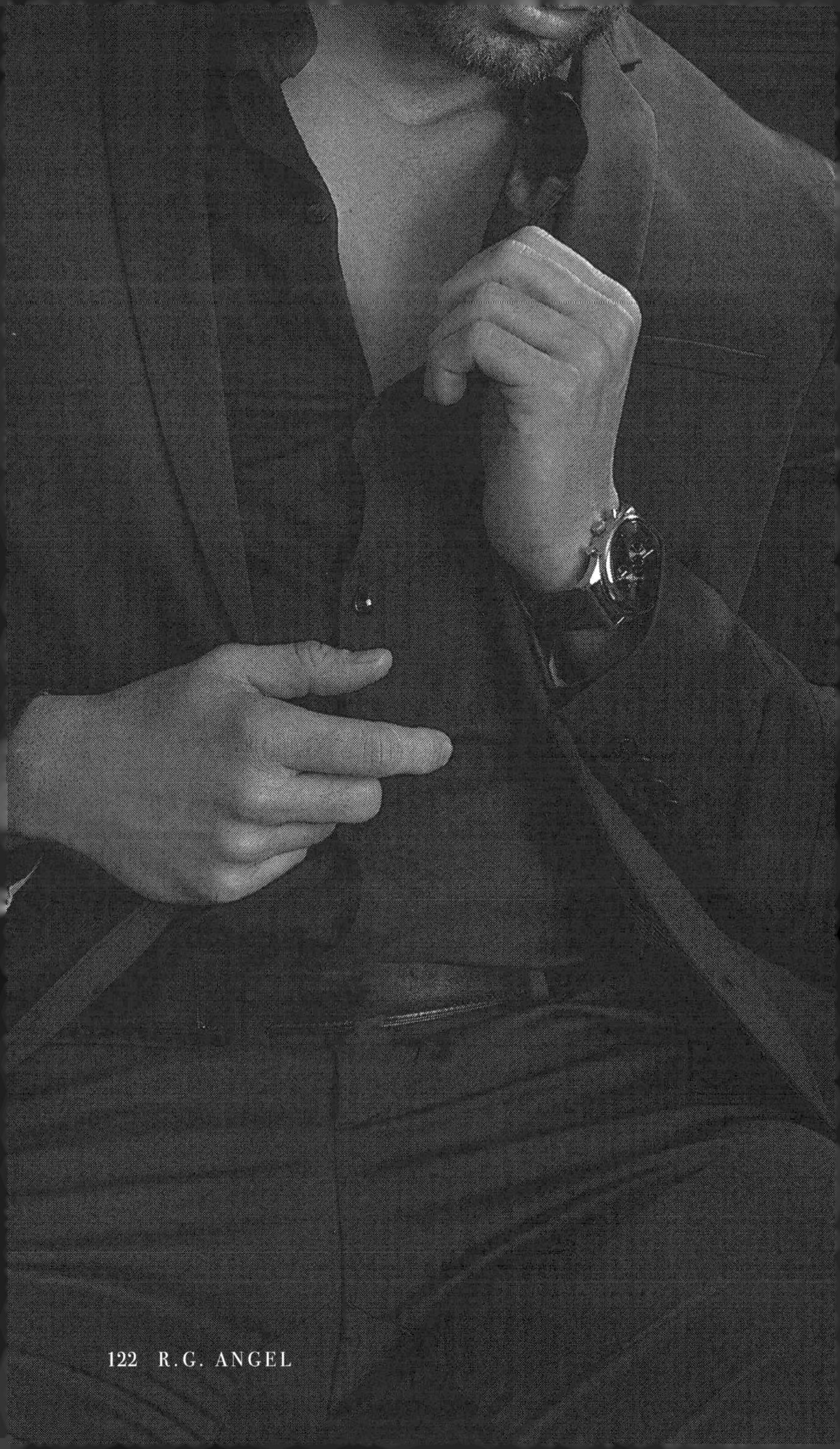

CHAPITRE 7
Dom

Tu voulais me voir ? demandai-je, en entrant dans le bureau de Luca.

Il hocha la tête, en s'adossant à sa chaise, un verre de scotch à la main. C'était drôle comme tout pouvait changer en dix-huit mois. Je savais que c'était le premier verre de la journée pour Luca, sa façon de se détendre un moment, de laisser baisser la pression de son rôle de capo et de la grossesse risquée de l'amour de sa vie. Avant, je me serais demandé combien de verres il avait déjà bus, car plus il avait bu, plus il devenait blessant.

Il me fit signe de m'asseoir en face de lui.

— Ne crois pas que je ne sais pas ce que tu fais.

Je me figeai. Je faisais beaucoup de choses, et je savais qu'il n'approuverait pas la plupart d'entre elles. Surtout mon silence sur les messages que je recevais. Je voulais lui dire, j'aurais dû lui dire. Le message à l'aéroport était une chose. Cela pouvait même être du pur hasard ou juste quelqu'un qui essayait de remuer la merde, mais ici, c'était chez nous, notre havre de paix, et le message était beaucoup plus précis, beaucoup plus réel. « *Voleur d'innocence* », mais il était si inquiet pour tout, comment pourrais-je rajouter à son inquiétude ? Cela ferait de moi un mauvais ami et un mauvais consigliere.

Je lui dirais, essayai-je de me convaincre. Une fois que les bébés seraient là, je lui dirais tout.

— De quoi parles-tu ?

— Tout ce que tu fais pour moi, tu prends en charge bien plus de choses que tu ne le devrais.

Je me détendis dans mon siège.

— Je suis ton consigliere, Luca. C'est pour ça que je suis là.

Il m'adressa un petit sourire.

— Non, pas à ce point. Matteo m'a dit que tu allais travailler avec lui à New York, et je sais ce que tu ressens pour lui.

Bizarrement, plus je passais de temps avec Genovese, moins il m'était désagréable. Il était toujours un psychopathe fou, rien ne changerait ça, mais d'une certaine manière, ce n'était plus si difficile.

— Pour être honnête, ce n'est pas si mal. J'ai même prévu une soirée entre filles. Je lui tresserai les cheveux, il me mettra du vernis à ongles.

Luca ricana.

— Tout va bien, Dom, vraiment ?

Je soupirai, en regardant ailleurs pendant une seconde. Luca n'était pas idiot. S'il me demandait ça maintenant, c'est qu'il connaissait la vérité, ou du moins en partie. Il était toujours attentif à moi.

— Je ne suis pas certain, admis-je. Matteo est déterminé à mettre le monde à feu et à sang pour trouver le traître, et je suis d'accord pour dire que nous devons le trouver.

Encore plus maintenant qu'avant, pensai-je alors que les messages anonymes me revenaient à esprit.

— Mais il plonge dans le milieu russe et albanais, un monde auquel nous ne sommes pas familiers.

Luca hocha la tête, en longeant lentement du doigt la cicatrice sur sa joue.

— Normalement, je serais d'accord, c'est au mieux comme naviguer en eaux troubles, mais c'est de Matteo dont nous parlons. Il est aussi intelligent qu'il est rusé et probablement plus vicieux et dangereux que n'importe lequel d'entre eux.

— Il est quelque chose.

— Il te protégera.

— Je n'ai pas besoin de lui pour me protéger.

— Je sais, mais Matteo peut et va franchir des limites que nous n'aurions pas envisagé tous les deux... avec notre conscience et tout.

— Tu ne te sens jamais mal pour la femme qu'il devra épouser ?

Matteo Genovese était la vraie royauté de la mafia. Il était notre roi ici aux USA, aussi haut qu'on puisse l'être. Si la règle d'avoir un héritier nous était fortement suggérée, elle devait être une obligation pour lui.

— Quotidiennement... En parlant de femmes, je n'ai pas pu m'empêcher de remarquer que les choses s'amélioraient entre India et toi.

Mon dieu, pour un capo, Luca était parfois aussi subtil qu'un éléphant dans un magasin de porcelaine.

— Elle vit ici, et elle est sympa, répondis-je en haussant les épaules. Je fais avec la situation.

— Elle est charmante. Je l'aime bien.

Je ne voyais pas vraiment où il voulait en venir. Un petit pincement de douleur me serra le cœur à l'idée de la signification possible de ses mots. Essayait-il de me dire qu'il la protégeait de moi ? Comme si j'allais oser souiller cette femme bien avec la personne que j'étais.

— Ne t'inquiète pas, Luca. Je n'ai pas l'intention de me rapprocher d'elle.

— Ce n'est pas..., grogna-t-il avec un soupir de frustration. Ce n'est pas du tout là où je voulais en venir. Dom, il y a...

— C'est toi qui l'as envoyée parler à Jude ? l'interrompis-je en ayant assez de la tournure que prenait la conversation. Je les ai vus dans la serre plus tôt ce matin.

Luca haussa les épaules.

— D'après les commentaires Google, elle est plutôt douée dans son travail. Il dit qu'il est heureux, mais je veux juste m'en assurer, tu sais ? La vie qu'il a maintenant est si différente de celle à laquelle il est habitué. J'aime ce gamin.

Je hochai la tête. Son inquiétude résonnait en moi. Ce gamin avait vraiment fait sa place dans nos cœurs.

— Qu'est-ce qu'on ne pourrait pas aimer chez lui ? Ce gamin est incroyable, tout comme Cassie, déclarai-je en me levant et en me servant un verre. Comment des gens comme eux ont-ils pu avoir des enfants comme ça ? Ça me dépasse.

Je pris une gorgée de scotch, en me dirigeant vers la fenêtre et en regardant le jardin plein de fleurs, le fruit de ce que Cassie avait créé, en apportant une lumière à la fois littérale et métaphorique dans nos vies.

— Ces gens sont des tueurs en série, des sociopathes,

dit-il en croisant mon regard. Tu n'es pas tes parents, Dom.

Je haussai les épaules.

— Certains le sont plus que d'autres.

— Tu *n'es pas* ton père.

— Pas complètement, acquiesçai-je, mais un peu de sa méchanceté, de sa vilenie court dans mes veines.

— Pas du tout, insista Luca.

Je soupirai.

— Est-ce qu'ils savent pour leurs parents ?

Luca leur avait promis la sécurité s'ils acceptaient de signer le document stipulant qu'ils renonçaient à leurs droits parentaux, en lui permettant ainsi d'adopter Jude, mais plus il réalisait l'étendue de leur négligence, moins il pouvait tenir sa parole, et ils avaient finalement été exécutés il y a quelques mois sous les ordres de Luca.

— Cassie le sais. Je ne cache rien à ma femme, jamais.

Je me tournai vers lui, en appuyant mon épaule contre le mur.

— Comment l'a-t-elle pris ?

— Elle se sentait coupable d'avoir causé une marque noire dans mon âme, dit-il avec un petit rire forcé. Je ne pense pas qu'elle se rende compte du nombre de marques déjà présentes. Une de plus ne signifie rien du tout.

— Et le gamin ? Il est au courant ?

Luca secoua la tête.

— Non, Cassie et moi avons pensé qu'il était préférable de garder ça pour nous. Ils ne méritent pas qu'il leur accorde une seule pensée de plus.

Je pris une petite gorgée de mon verre.

— Je pense que tu as bien fait de demander à India de

lui parler, elle est gentille et perspicace. Si quelqu'un peut lire en lui, c'est bien elle.

Luca pressa son index contre ses lèvres alors que le coin se soulevait un peu.

— Quoi ? demandai-je sans comprendre.

Ce n'était vraiment pas un sujet qui valait la peine de rire.

— Tu sais, c'est normal de l'apprécier.

— Je ne suis pas amoureux d'elle ! aboyai-je.

Putain ! J'avais répondu trop vite, avec trop de véhémence en utilisant le mauvais terme. J'avais l'impression d'être de retour à l'école.

Le sourire de Luca s'agrandit un peu plus. Ouais, ça ne lui avait pas échappé.

— Oh, on fait le truc du déni ? Je vois.

Je levai les yeux au ciel.

— On fait quoi ? On est de retour au lycée ?

— Je ne sais pas, dis-le-moi. Moi, j'ai déjà dit à ma reine de promo que je l'aimais, et elle porte déjà mes bébés, déclara-t-il avant de faire un geste vers moi. C'est toi qui fais la tête et qui joues au mec mystérieux. Je t'aime bien mais reste loin de moi, espèce de vampire bizarre.

— Un vampire bizarre ? demandai-je, en plissant les yeux en signe avec suspicion. Seigneur, ne me dis pas que tu as encore regardé *Twilight*.

Luca s'affaissa sur son siège.

— C'est Cassie. Je jure que sa grossesse la rend toute bizarre. C'est ce qu'on a fait la nuit dernière au lit.

— Je vois...

Je ne pus pas empêcher l'apparition d'un sourire

malicieux sur mon visage. Me moquer de Luca était un terrain bien plus sûr que la belle psychologue qui se frayait un chemin dans ma tête.

— Comme la vie de couple est excitante ! ajoutai-je. Regarder des films sur des vampires et des loups-garous adolescents... Laisse-moi deviner, tu as aussi mangé du pop-corn ?

— C'est absurde ! Nous n'avons rien fait de tel ! dit Luca en renâclant.

— Des céréales ?

— Des Lucky Charms...

Nous éclatâmes de rire. J'aimais ces moments d'amitié insouciante que nous avions malgré leur rareté. C'étaient des moments que je n'aurais jamais pensé retrouver lorsque Luca avait sombré dans la dépression après la mort de sa mère et de sa sœur, mais il était de retour, grâce à Cassie, qui l'avait sauvé, et moi aussi par la même occasion, de bien plus de manières qu'elle ne le saurait jamais.

— Merci. J'en avais besoin, dit-il en se détendant dans son siège.

Et je réalisai à quel point il avait été tendu avant ce moment drôle.

Je finis mon verre, en observant mon ami, et je remarquai de plus en plus les petits détails qui montraient l'étendue de sa fatigue. Ses cernes, visibles malgré la teinte plus foncée de sa peau mate, les ridules plus prononcées autour de ses yeux et de sa bouche...

— Tu sais que tout va bien aller, n'est-ce pas ?

Il hocha la tête mais resta silencieux.

— Écoute, Cassie est suivie par le gynécologue-obstétricien le plus prestigieux de la côte Est, et le problème de cette balance, je m'en occupe.

— C'est ça le problème, n'est-ce pas ? dit-il si doucement que je n'étais pas sûr que ce soit pour moi.

Je fronçai les sourcils en m'approchant de lui.

— Qu'est-ce que tu veux dire ?

— Tu ne devrais pas avoir à t'occuper de tout ça. C'est ma responsabilité. C'est moi qui règne.

Je laissai échapper un petit rire.

— Lourde est la tête qui porte une couronne.

— Tu cites Henry IV maintenant ? demanda-t-il en faisant un rictus montrant qu'il était impressionné. Joli !

— C'est la faute du gamin, dis-je en faisant un signe de la main pour signifier que c'était sans importance. Le fait est Luca que Henry IV était un con narcissique. Tu dois partager ce poids avec moi, comme tu as partagé le mien pendant tant d'années.

C'était Luca qui m'avait recueilli après la mort de mon père, c'était lui qui avait gardé le secret concernant toutes les atrocités que j'avais commises et dont j'avais été témoin. Il avait fait tout cela à seulement quatorze ans. Il avait affronté le conseil, son père... tout le monde, comme un loup protégeant sa meute, et tout ça pour moi.

Comment pouvait-il penser qu'un sacrifice ou une tâche serait trop pour moi ? Il méritait ça et bien plus encore. Je lui devais tout.

— Tu n'as jamais été un poids pour moi, Domenico.

— Pareil te concernant.

Il soupira, en passant ses mains sur son visage avec lassitude.

— Oui, je sais. Tu es un protecteur, comme moi.

— De ma famille ? Oui. Le reste, dis-je en haussant les épaules, peut bien disparaître.

— Et cette famille inclut-elle India ?

— Qui est Jake ? demandai-je, en esquivant volontairement la question, mais la tentation était bien trop grande.

— Qu'est-ce que tu veux dire ?

— Elle a reçu des appels... Elle les rejette mais elle est différente après ça, plus distante, inquiète.

— Et ça te fait te sentir mal ? Qu'elle prenne ses distances ?

Il était toujours à la pêche aux infos, et je pouvais tout à fait l'imaginer avec Cassie en train de parler dans notre dos comme deux vieilles *nonne* à l'église.

— C'est plus une inquiétude concernant une éventuelle menace. Elle semble nerveuse et esquive les questions... C'est un signal d'alarme, et comme tu l'a déjà dit, je protège ma famille.

Il tordit la bouche sur le côté, ce n'était pas vraiment la réponse qu'il espérait.

— Je ne suis pas sûr de savoir qui est Jake, mais je pense qu'il a peut-être joué un rôle dans la venue d'India ici, admit-il. Je connais ma femme par cœur et c'est une protectrice. Ce n'est pas le genre de Cassie d'impliquer quelqu'un dans nos vies sans considérer les conséquences. En permettant à India d'entrer dans notre cercle, elle risquait qu'India découvre la vérité et donc d'être une cible d'une manière ou d'une autre. Je ne pense pas qu'elle l'ait fait sans y avoir réfléchi sérieusement.

Je hochai la tête, en essayant de contenir mon envie de tuer cet homme, quel qu'il soit, pour avoir blessé ce qui m'appartenait.

M'appartenait ? Putain, tu es fou ? ! Cette femme ne sera jamais la tienne.

La vérité était qu'India avait réussi à réveiller mon corps avec sa douceur et ça n'était jamais arrivé auparavant. Ma bite avait durci sous son contact tendre. J'avais presque eu l'impression que je n'étais pas brisé, que je pouvais être sauvé, et c'était le pire.

Elle réveillait une partie de moi dont je pensais qu'elle ne réagissait qu'à la douleur et à la peur... et cela m'intriguait et me terrifiait à la fois. Une partie de moi voulait espérer que, peut-être, si j'essayais avec elle, les choses pourraient être différentes, mais c'était trop dangereux d'espérer, l'espoir coûtait trop cher.

— Cassie ne m'a pas dit grand-chose non plus, poursuivit Luca, en ignorant mon agitation interne, ce dont je lui étais reconnaissant.

— Ta femme est la plus fidèle et la plus digne de confiance que j'aie jamais rencontrée. Ce n'est pas une qualité que l'on choisit sur commande. Si on aime qu'elle soit comme ça avec nous, on ne peut pas lui reprocher d'être comme ça avec les autres.

Luca leva les yeux au ciel.

— C'est exaspérant quand ce n'est pas à mon avantage.

Je laissai échapper un petit rire.

— Je parie que oui.

Il croisa les bras sur sa poitrine.

— Je sais que mon temps sera autrement occupé lorsque

nous serons en ville, mais j'aimerais que tu me fasses un résumé de votre programme. Je sais ce que Matteo a dit, mais tu es mon consigliere. Il n'y a personne dans notre cercle en qui j'ai plus confiance que toi.

Cela signifiait tellement plus pour moi qu'il ne pouvait l'imaginer. La confiance de Luca avait été ce qui m'avait permis de tenir pendant si longtemps, ce qui avait tenu à distance la noirceur en moi.

Je lui parlai des endroits où Matteo voulait que j'aille et des deux réunions auxquelles je devais assister, mais je fis une chose qui me montra que India signifiait beaucoup plus pour moi que je ne le pensais. Je ne lui parlai pas de mon projet de lui faire visiter la ville.

Je n'étais pas prêt à partager ça car je ne savais même pas ce que cela signifiait pour moi ou pour elle.

Mais pour l'instant, je devais juste trouver qui était la balance et oublier la belle psychologue qui occupait autrement mon esprit.

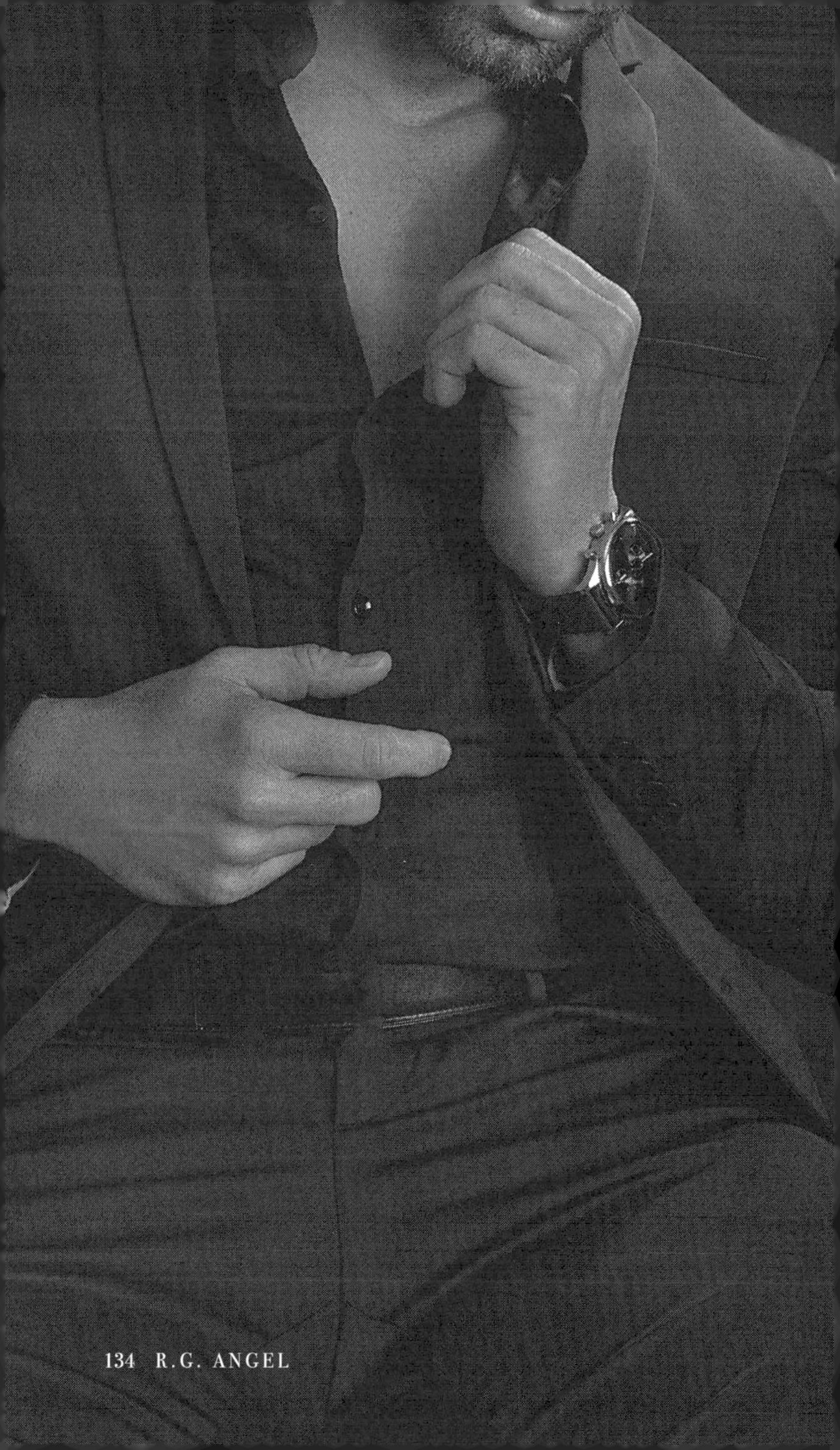

CHAPITRE 8
Dom

Comment vas-tu ? demandai-je à Jude alors qu'il tapait du pied en rythme sur l'affreux linoléum vert tilleul de la salle d'attente de l'hôpital.

Il arrêta de taper du pied.

— Ça te dérange ? Cassie dit que certaines personnes sont agacées par ça mais..., dit-il avant de hausser ses frêles épaules. Je n'arrive pas à faire autrement. Je ne sais pas pourquoi.

Je glissai vers la chaise plus près de lui et posai ma main sur son épaule. Je regardai ma main, combien elle paraissait gigantesque sur son petit corps. Ce garçon avait besoin d'être protégé à tout prix.

— Ça ne me dérange pas, tu peux taper des pieds tant que tu veux. Je veux juste m'assurer que tu vas bien.

— Oui, je pense que oui, répondit-il avec une certaine incertitude, les yeux toujours fixés sur le sol affreux.

Ce n'était pas vraiment la réponse que j'attendais, mais ça devrait faire l'affaire. Je n'étais pas doué pour le pousser, j'étais plutôt du genre à lui faire savoir que j'étais là et disponible pour discuter quand il le souhaitait.

Je commençai à taper du pied également, une distraction

bienvenue.

— On peut même faire un concerto si tu veux.

Jude me fit un petit sourire en coin et ça me fit me sentir mieux. Je l'avais aidé, ce gentil petit garçon innocent. Je ne pouvais pas être aussi mauvais, aussi pourri que ça si je réussissais à faire ça.

— Il y a de la place pour une troisième personne ?

Mon cœur manqua honteusement un battement au simple son de sa voix. Je levai les yeux, espérant que mon visage paraisse impassible malgré le trouble qu'elle provoquait en moi.

Elle me sourit quand je croisai son regard et l'étau autour de mes poumons commença à se resserrer. Cette femme était une sorcière.

Jude baissa les yeux sur ses pieds, en tordant la bouche sur le côté, considérant sérieusement sa question.

Je fis de mon mieux pour ne pas prendre le garçon dans mes bras. Sa façon de prendre tout au pied de la lettre le rendait si attachant.

— Tu portes des ballerines plates, je ne suis pas sûr que ça va marcher.

Elle acquiesça.

— Tu as raison, dit-elle sur un ton qui reflétait son sérieux en tendant le plateau de boisson en carton sous son nez. Et si je te soudoyai avec un chocolat chaud ?

— Bien sûr, répondit Jude en prenant le gobelet qu'elle lui tendait. Mais j'aurais dit oui de toute façon, tu sais.

Elle gloussa.

— Je sais, dit-elle en me tendant un gobelet. Un double macchiato avec un sucre.

Je ne pus cacher ma surprise quand je lui pris le café.

— Quoi ? demanda-t-elle en prenant le siège à côté de moi.

— Non, rien. C'est juste que...

Je secouai la tête avant de prendre une gorgée de ce bon café. Je priais pour qu'il fasse des miracles sur mon cerveau en manque de sommeil.

Aujourd'hui, c'était la césarienne de Cassie. J'avais à peine dormi de la nuit, d'abord parce que je m'étais inquiété pour elle, et ensuite parce que j'étais enfermé dans l'appartement de Luca avec India à une porte de moi, sans aucune surveillance, et cela avait été plus difficile que prévu.

— Je m'intéresse à ce qu'on me dit. Je me souviens des choses que tu dis, déclara-t-elle avant de hausser les épaules. Ça n'a pas d'importance.

— Ouais, répondis-je en baissant les yeux sur le couvercle de mon gobelet.

Mais elle avait tort. C'*était* important. À part Luca et Cassie, elle était la première personne à me montrer un véritable intérêt sans avoir d'arrière-pensée. Elle n'avait pas besoin de mon pouvoir, de mes compétences, de mon argent ni de ma queue...

Je lui lançai un regard en coin alors qu'elle détournait les yeux en faisant courir son index long et fin sur le bord de son gobelet.

Peut-être qu'elle voulait ma bite après tout. Une partie de moi espérait qu'elle était aussi affectée par moi que je l'étais par elle et qu'elle se touchait aussi la nuit dans son lit en pensant à moi.

— Non ?

Je me reconcentrai sur elle, légèrement surpris. Je n'avais pas entendu un mot de ce qu'elle avait dit.

Je penchai la tête sur le côté en haussant un peu les épaules.

— Je vois ce que tu veux dire.

C'était une réponse passe-partout que j'avais utilisée tellement de fois auparavant.

Elle haussa un de ses sourcils parfaitement dessiné.

— Tu vois où je veux en venir ? demanda-t-elle, un sourire se dessinant au coin de ses lèvres pulpeuses couleur framboise. Seraient-elles aussi douces et savoureuses qu'elles en avaient l'air ? Je pouvais presque sentir sa lèvre inférieure entre mes lèvres en m'imaginant la sucer doucement.

Je déglutis alors que ma queue se contractait à cette simple idée. Ce n'était ni le lieu ni le moment, mais c'était aussi tellement inattendu. Mon corps ne répondait qu'à la force, à la douleur, à la soumission... Comment la pensée de ses lèvres, faisant une chose aussi chaste qu'un simple baiser, pouvait-elle enflammer mon corps de cette façon ?

— Tu n'as pas écouté un traître mot de ce que j'ai dit, n'est-ce pas ? me réprimanda-t-elle.

Mais le rire dans sa voix adoucit le coup.

Je lui adressai un sourire penaud et m'apprêtai à lui répondre avec une blague anodine quand nous fûmes interrompus par un invité que je ne m'attendais pas à voir un jour dans la salle d'attente de la maternité de cet hôpital privé pour femmes.

— Genovese ?

Je me suis redressai, soudainement en alerte à cause

de sa présence dans la même pièce qu'India et Jude. Je n'aimais pas du tout qu'elle soit proche de lui.

— De quoi as-tu besoin ? demandai-je.

Il nous fit son sourire arrogant, celui qu'il voulait jovial, voire un peu dragueur, mais qui n'atteignit pas ses yeux. Je supposai que c'était difficile de faire semblant quand on était mort à l'intérieur.

— Tu es malpoli, Domenico, dit-il avec un petit mouvement de tête. Tu pourrais au moins me présenter, je vois que tu es en charmante compagnie, dit-il en souriant davantage et en s'inclinant un peu. Je suis Matteo Genovese, ravi de vous rencontrer.

India était comme figée à côté de moi. Elle n'avait pas l'air attirée comme la plupart des femmes l'étaient quand elles le regardaient. Non, elle était méfiante. Elle était intelligente et magnifiquement perspicace.

— Je suis India, la cousine de Cassie.

— Bien sûr, vous l'êtes, dit-il en se tournant vers Jude. *Come stai Giuda ? Come ti stai divertendo in collegio* ?

Jude étudiait Matteo en silence comme il le faisait toujours, comme s'il pouvait reconnaître quelque chose en lui. Était-ce la sociopathie de Matteo qui parlait au syndrome d'Asperger de Jude ?

Finalement, Jude lui fit un petit signe de tête.

— *Sto bene. La scuola è un po 'troppo facile per me. Ma almeno ho gli scacchi.*

Matteo rit et hocha la tête, visiblement impressionné.

Je fus impressionné aussi. Jude n'était pas né dans notre monde, et pourtant son italien était presque parfait. C'était aussi étrange de le voir parler si librement de l'école et des échecs avec le patron des patrons, et ce qui était encore plus étrange, c'était que Matteo aime bien le gamin.

— Tu as besoin de quelque chose ? lui demandai-je à nouveau, en essayant de rediriger son attention vers moi.

Je n'aimais vraiment pas qu'il s'approche des personnes auxquelles je tenais.

— Je voulais juste voir comment les choses se passaient. Tu sais, les bébés et tout. Ce sera bien d'avoir un héritier Montanari pour la famiglia.

Il jeta un coup d'œil au visage d'India, qui n'avait pas l'air surprise, et une lueur éclaira ses yeux bleus froids. Il savait maintenant qu'elle savait. Bâtard manipulateur.

— C'est compréhensible, répondis-je.

Non, ça ne l'était pas.

— Je t'envoie un message si tu veux, tu n'as pas besoin d'attendre ici, ajoutai-je.

Ses narines se dilatèrent et le muscle de sa mâchoire se crispa. Il n'avait pas aimé ma réponse.

— È successo qualcosa. Dobbiamo andare. Adesso, ordonna-t-il en italien, la voix beaucoup plus froide maintenant.

Il laissait tomber les faux-semblants.

India fronça les sourcils en le regardant. Elle n'avait pas besoin de comprendre l'italien pour savoir que ce qu'il disait n'était pas agréable.

Qu'est-ce qui pourrait être si important pour qu'il ait besoin que je le suive maintenant ?

Je me tournai vers India, vraiment tiraillé. Je voulais être là avec eux. Je voulais partager ce moment avec ma famille, mais je savais aussi que dire non à Matteo Genovese aurait des conséquences non seulement sur moi mais aussi sur Luca.

India me sourit gentiment et posa sa main sur ma cuisse.

— Fais ce que tu dois faire, dit-elle doucement en tapotant ma cuisse. Je leur expliquerai que tu as dû partir. Ils comprendront.

Était-il possible de tomber amoureux d'un coup en une seconde ? Parce que là tout de suite, alors que je sentais sa main chaude sur ma jambe et que je regardais ses yeux verts fascinants, j'avais l'impression de tomber d'une falaise.

— OK, maintenant, allons-y.

Je clignai des yeux, ramené à la dure réalité par la voix importune de Matteo.

Je me levai brusquement de ma chaise, encore un peu surpris par la vague de sentiments qui m'avait submergé d'un coup.

— Juste..., commençai-je avant de m'interrompre, en regardant la femme stupéfiante en face de moi comme un fou.

Elle sourit.

— Je t'envoie un message dès que j'ai des nouvelles, dit-elle.

Je lui fis un signe de tête bref avant de suivre Matteo dans le couloir.

— J'espère vraiment que c'est important, marmonnai-je alors que l'ascenseur se refermait sur nous.

Il me lança un regard de travers.

— Tu crois vraiment que je t'aurais éloigné pour quelque chose qui n'aurait pas été crucial ?

Bien sûr que oui ! Matteo ne s'est jamais soucié de rien

d'autre que de ce qui était dans son propre intérêt.

— Comme si tu t'en souciais.

Il haussa les épaules.

— Pas du tout, mais toi oui.

Cela me fit hésiter et je faillis rater une marche en sortant de l'ascenseur. Il n'y avait aucune chance que Matteo Genovese se soucie de ce que je pensais ou voulais. Il était bien trop égoïste et franchement dérangé pour ça. Il jouait avec ma tête, il n'y avait pas d'autre explication.

Je renâclai.

— Oh oui, parce que ce que je pense ou ressens compte maintenant ?

Il soupira d'exaspération.

— Non, pas vraiment, mais j'ai besoin de toi en ce moment, et j'ai besoin que tu sois réceptif et de mon côté, et le meilleur moyen d'y parvenir est de te montrer un minimum de considération, du moins c'est ce qu'on m'a dit.

Je ne pus m'empêcher de laisser échapper un petit rire. C'était tellement plus logique.

— Donc, cette nana..., commença-t-il lentement alors que nous étions assis dans sa voiture.

Je n'avais même pas réalisé que j'avais laissé échapper un grognement jusqu'à ce qu'il me jette un regard surpris avant de démarrer.

— Couché, mon garçon ! Pas besoin de me grogner dessus. Elle n'est pas mon type. Elle est toute à toi.

C'était à mon tour de lui lancer un regard incrédule.

— Oui, bien sûr, la beauté parfaite type mannequin n'est pas ton genre, retorquai-je en secouant la tête.

— En effet, ça ne l'est pas. Je les aime beaucoup plus

petite et avec bien plus de rondeurs.

Je fus surpris, pas à cause de sa déclaration en soi. Tous les goûts étaient dans la nature, mais je ne m'attendais pas à ce qu'il ait un type de femme. Je le voyais comme le genre d'homme qui a juste besoin d'une femme pour assouvir ses besoins charnels sur un plan purement physiologique.

Un peu comme moi... Enfin, non, j'avais un type. La femme à l'hôpital était mon type, mais concernant mes désirs pervers ? Quiconque acceptait ce que je lui donnais, pas comme un traumatisme, était assez bien pour moi.

Je pris une profonde inspiration, en refoulant mes sentiments contradictoires pour India. Ce n'était pas le moment. J'étais avec Genovese, je devais garder la tête froide.

— Où allons-nous ?

— Baker's Place.

Je grimaçai. Ça devait être important. Il y avait les *mauvais* quartiers de la ville. Il y avait les pires quartiers de la ville, et puis il y avait Baker's Place... C'était le plus grand dépotoir de toute la ville. Même les rats avaient peur d'y attraper la rage.

— Es-tu à jour de tous tes vaccins ? Ton vaccin contre le tétanos ? demandai-je, en n'étant pas sûr de plaisanter.

Il fit craquer son cou sur le côté, visiblement irrité. Je ne savais pas si c'était moi ou la situation qui lui tapait sur les nerfs, probablement un mélange des deux.

— Le fantôme vivant est là-bas.

Je me retournai brusquement sur mon siège pour le regarder.

— Quoi ?

Il traquait cet homme depuis des semaines, presque à un niveau obsessionnel, et il avait dit ça avec tant de désinvolture.

— Comment ? ajoutai-je.

— Volkov, répondit-il simplement comme si ce seul nom expliquait tout, mais c'était le contraire .

Ce nom suscitait en fait plus de questions. Les Russes et les Italiens n'avaient jamais été proches, jamais vraiment alliés. Nous nous étions parfois entraidés lorsque de nouveaux venus essayaient de nous voler ce que nous avions mis des années à acquérir, mais cela n'était jamais allé plus loin. Nous n'aurions jamais tourné le dos à un Russe et pourtant notre roi était de connivence avec l'un de leurs princes les plus volatiles.

— Qu'est-ce que tu as sur lui ?

— Je te l'ai dit, cette femme.

Je lui jetai un regard dubitatif.

Il soupira.

— Je l'ai trouvée et lui ai ramenée, saine et sauve.

— Tu l'as trouvée ? Elle avait été enlevée ?

J'oubliais parfois qu'il y avait une autre raison pour laquelle je ne m'impliquais pas avec India. Si je le faisais, je ne serais pas la seule menace dans sa vie.

— Pas exactement. Elle était confuse, alors je l'ai ramenée où elle devait être.

Je levai les sourcils.

— Genovese... As-tu kidnappé une pauvre fille pour le compte d'un mafieux russe ?

Il fit un geste dédaigneux de la main.

— « Kidnappé » est un grand mot. C'est une question

de point de vue.

— Carrément pas, putain.

Il me jeta un regard de travers.

— Elle aurait dû savoir qu'il ne fallait pas s'engager avec lui. Il m'avait assuré qu'il ne lui ferait pas de mal avant que je ne la lui remette. Je ne suis pas un monstre total.

Ah bon ?

— Ils avaient l'air d'aller bien la dernière fois que je l'ai vu, il l'a probablement baisée pour la soumettre.

Je grimaçai mais je n'eus pas le temps d'ajouter quoi que ce soit alors que Matteo se garait devant un bâtiment décrépit qui ressemblait à une station-service pour toxicomanes. C'était absolument idéal si vous souhaitiez attraper une maladie mortelle juste en respirant.

— Il habite là ?

Je me tournai vers Matteo qui regardait l'immeuble avec une moue dégoûtée qui, j'en étais sûr, était la même que la mienne.

— J'imagine que c'est approprié pour un fantôme, ajoutai-je, en essayant de détendre l'atmosphère.

Matteo se tourna vers moi, ses yeux bleus brillant de sa rage meurtrière.

— Finissons-en.

Je le suivis dans le bâtiment et l'odeur de pisse me fit presque vomir. Je regardai le plancher usé et troué, les murs écaillés, les fils électriques dénudés.

— Charmant... Je peux presque sentir l'amiante, chuchotai-je tandis que Matteo avançait dans l'étroit couloir.

J'étais reconnaissant que nous n'ayons pas à prendre les escaliers car, d'après leur apparence, il était impossible qu'ils puissent supporter des hommes de notre taille et de notre poids.

Matteo s'arrêta devant la porte de ce qui était autrefois l'appartement deux si j'en croyais la tache de décoloration sur la porte.

Il sortit son pistolet de son étui et l'arma avant de diriger sa tête vers la porte, un ordre silencieux pour que je la casse, j'étais ses muscles après tout.

Je roulai des yeux et lui fis signe de s'écarter du chemin. Matteo n'était pas un homme de petite taille, il aurait pu facilement le faire lui-même, mais j'étais sûr qu'il ne voulait pas froisser son costume de créateur.

Je fis un pas en arrière et j'ouvris la porte d'un coup de pied en un seul essai foireux.

Dès que la porte toucha le sol, Matteo entra, son arme levée. C'était imprudent de sa part d'entrer en premier mais il était sur le pied de guerre.

Je le suivis de près et je ne m'étais pas attendu à ce que je vis.

Un homme, que je soupçonnais d'être le « fantôme vivant » était mort... très, très mort. Il était assis, ou plutôt avachi, sur une chaise, un tir net au milieu du front, le sang sombre qui séchait recouvrant ses cheveux blonds.

Je laissai mes yeux parcourir son bras et sa main, qui tenait toujours sa cigarette entièrement brûlée en laissant des brûlures sur ses doigts.

Mes yeux remontèrent jusqu'à la note collée sur son marcel blanc.

« Trop tard. »

— *Figlio di puttana* ! rugit Matteo de fureur, en

agrippant la table de camping à laquelle l'homme était assis, et en la jetant à l'autre bout de la pièce où elle tomba, les pieds en l'air.

Il se tourna vers moi, son visage, d'habitude si stoïque, était rouge tomate, les veines de son cou étaient tellement dilatées qu'on aurait dit qu'elles étaient sur le point d'éclater.

— Comment ? me cria-t-il. *Fanculo* ! Je l'ai découvert il y a deux heures !

Il se retourna et donna un coup de pied dans la chaise, en faisant tomber le corps sur le sol.

Je restai sans voix, en le regardant faire les cent pas dans toute la pièce, en divaguant en italien.

Je n'avais jamais vu Matteo perdre son sang-froid comme ça. Il n'avait jamais dérapé. J'avais déjà eu des aperçus de cet homme derrière son apparence cool et posée, mais jamais rien de tel.

— C'est impossible ! cria-t-il à nouveau, en passant sa main dans ses cheveux, mettant en désordre sa coiffure habituellement si parfaite.

— On devrait peut-être demander de l'aide.

Il se retourna brusquement.

— *Sei pazzo* ?

— Non, je ne suis pas fou. Le traître est clairement bien meilleur que ce que nous pensions, dis-je en désignant le corps étendu sur le sol. Ce type a gagné de l'argent en étant un fantôme toute sa vie, et pourtant il n'a même pas pu se battre, il avait confiance en son agresseur. Le traître est bon. Nous pourrions avoir besoin de demander de l'aide pour...

Matteo secoua sa tête.

— Non !

— Matteo, écoute, dis-je en fronçant les sourcils.

— J'ai dit non, Domenico, rétorqua-t-il d'une froide qui claquait comme un fouet. Comment penses-tu que ce sera perçu d'avoir un traître dans nos rangs ? dit-il en secouant à nouveau la tête, ses cheveux noirs tombant sur son front. Je suis le plus jeune capo dei capi, tu es l'un des premiers hommes de main à devenir consigliere, et Gianluca est probablement le capo le plus progressiste qui soit. Comment penses-tu que cela va se répercuter sur toi ? Sur moi ?

Je me pinçai les lèvres. Putain, je détestais admettre qu'il avait raison. Certains membres plus traditionnels n'avaient pas salué l'arrivée de Matteo, et il était également vrai que certaines des décisions de Luca étaient reçues avec beaucoup de scepticisme.

Je soupirai.

— Alors qu'est-ce qu'on fait ?

Matteo resta étrangement immobile, en regardant le corps sur le sol. Il remit son arme dans son étui et réarrangea ses cheveux, son visage redevenant la façade stoïque et placide que j'avais toujours connue.

C'était troublant de le voir passer d'un sociopathe placide à un psychopathe en colère, puis à nouveau à un sociopathe placide en moins de dix minutes.

— On fouille ce putain de dépotoir à la recherche du moindre indice, puis on se passe les mains à l'eau de javel pour ne pas attraper la mort à cause de ce qui traîne dans cet endroit et on continue notre petit bonhomme de chemin.

Je levai un sourcil suspicieux.

— Et c'est tout ?

Il rit.

— Non, bien sûr que non, ensuite nous remuerons ciel et terre pour extirper ce rat, et une fois que ce sera fait..., dit-il en se tournant vers moi et en souriant. Ce sera mon moment de gloire.

Son sourire me donna des frissons dans le dos, c'était un sourire sadique, un sourire pervers promettant toutes sortes de douleurs.

Je regardai la table et fronçai les sourcils avant de m'accroupir et de récupérer l'enveloppe blanche collée dessous.

— Comme ça, peut-être..., dis-je en arrachant l'enveloppe de sous la table et en regardant ce qu'elle contenait. Une clé, déclarai-je, en la saisissant entre mon pouce et mon index, et en la montrant à Matteo.

Il s'agissait d'une clé générique de coffre en argent sans signe distinctif réel, à l'exception d'un numéro sur un côté : 6734.

— Une clé de coffre-fort, commenta Matteo, en reflétant mes pensées.

Je hochai la tête, en la mettant dans ma poche.

— Continuons, ordonna Matteo, qui se dirigeait déjà vers la pièce suivante.

Je doutais fortement qu'il y ait plus à trouver dans ce dépotoir. Pour être honnête, la clé elle-même semblait être un miracle, même si, à vrai dire, il y avait des coffres dans toute la ville et elle pouvait même provenir d'un autre État... C'était un pari risqué, mais c'était tout ce que nous avions.

Je fouillai dans les placards de la cuisine, qui contenaient peu de nourriture mais beaucoup de cafards.

— Putain de vermine, crachai-je avec dégoût alors que

l'un d'eux rampait sur ma main.

Je la secouai alors que mon téléphone vibrait dans ma poche.

Je le pris et souris, mon humeur maussade disparaissant en voyant le nom d'India s'afficher sur mon écran.

C'était juste un simple message et une photo.

« Les bébés et la mère vont très bien. Le papa est épuisé, mais toujours debout. » Je gloussai et ouvris la photo pour voir les deux nourrissons, enveloppés comme des burritos en train de dormir dans des lits en plastique transparent.

— Qu'est-ce qui te fait rire ?

Je me tournai vers Matteo qui se tenait debout à côté du corps comme si de rien n'était.

Je retournai mon téléphone et lui montrai la photo.

— Les bébés sont arrivés, tout le monde va bien.

— *Bene*, acquiesça-t-il, une chose en moins dont il faut s'inquiéter, la lignée des Montanari va continuer.

Je levai les yeux au ciel. C'était bien du style de Matteo de rester pragmatique, même en ce moment.

Je lui envoyai un rapide message de remerciement avant de me concentrer à nouveau sur Matteo.

— *Andiamo*, dit-il en tournant la tête vers la sortie. On ne trouvera rien de plus et je ne veux pas être là quand ils le trouveront... ni quand les rats viendront se nourrir.

La bile monta dans ma gorge à cette pensée et à ce souvenir. J'avais déjà vu ça avant et c'était encore plus dégoûtant que ce qu'on pouvait imaginer.

— *Si*.

J'avais juste hâte de quitter ce bâtiment infesté de parasites.

Une fois assis dans la voiture, Matteo se détendit un peu et s'adossa à son siège.

— Oublions ce qui s'est passé tout à l'heure, ce n'est pas dans mes habitudes de laisser les gens voir...

— Que tu es humain ? proposai-je.

Il me lança un regard noir.

— Ces choses ont la capacité de m'atteindre.

— Je comprends. Cela affecterait l'homme le plus patient. On travaille là-dessus depuis des mois et on n'a rien.

— Je ne dirais pas ça. En fait, nous en avons beaucoup plus que tu ne le penses.

— La clé d'un coffre-fort ? demandai-je en sortant la clé de ma poche et en la mettant dans ma paume. Il n'y a aucun signe distinctif sur cette clé, seulement un numéro.

— C'est vrai, mais nous le trouverons et cet homme n'était pas un idiot. Il a vécu trop bien caché, pendant bien trop longtemps. Tu l'as remarqué, n'est-ce pas ?

Il me testait, tout était un test avec Matteo.

— Il ne s'est pas battu.

Ses yeux s'illuminèrent et il y avait là une forme d'approbation. Pourquoi se soucierait-il même de ce que j'avais remarqué ou non. Ce n'était pas comme si j'étais son consigliere... Matteo n'en avait même pas, il était au-dessus de ça.

— Exactement, ce qui signifie qu'il n'a pas vu la personne, la *Mano Vendicativa*, cracha-t-il avec dégoût, comme une menace réelle.

— OK, donc tu penses..., m'interrompis-je.

— Je pense que ça pourrait être une femme.

Cela me fit sursauter de surprise.

— Une femme ?

— Pourquoi pas ? Les femmes peuvent être aussi intelligentes que les hommes et certainement bien plus vindicatives.

Cette déclaration était tellement progressiste qu'elle ferait froncer les sourcils des anciens. Les femmes n'étaient pas censées être aussi intelligentes que les hommes. Pour la Cosa Nostra de la vieille école, une femme ne pouvait pas être plus maligne qu'un homme... Quelle bande d'imbéciles !

— Le type que tu as torturé a dit que la voix était masculine.

Matteo haussa les épaules.

— C'est facile de trouver un moyen de changer sa voix.

— C'est vrai. J'ai une application que j'utilise quand je m'ennuie, et je fais des blagues téléphoniques aux hommes de la famiglia.

Matteo me regarda sans voix, la bouche légèrement entrouverte, les sourcils levés de surprise.

— Tu... fais des blagues aux gens ? Tu as trente-cinq ans, Domenico.

Je haussai les épaules.

— Trente-quatre, et je ne le fais plus tellement, mais quand je m'ennuie ? *Perchè no* ?

Matteo éclata de rire, et je ne me souvenais pas de la dernière fois où je l'avais vu rire comme ça. Honnêtement, je ne pensais pas qu'il l'avait déjà fait.

— C'est la meilleure chose que j'ai entendue de toute l'année ! s'exclama-t-il en s'essuyant les yeux. Attends une minute, dit-il en se tournant vers moi, les yeux plissés de suspicion. C'est toi qui m'appelais sans cesse sur mon portable pour *Sex-express* ?

— Obtenez une pipe époustouflante en moins de trente minutes ? souris-je. J'étais assez fier de celle-là.

Matteo grogna en se pinçant l'arête du nez.

— Je devrais te tirer une balle dans les rotules pour ça.

— Tu devrais... mais tu ne le feras pas. Tu as toujours besoin de moi.

Il soupira.

— C'est malheureusement vrai, admit-il.

Il prit la clé de ma main.

— Nous allons découvrir ce qu'elle ouvre, je peux te l'assurer, dit-il en prenant une profonde inspiration, et en s'appuyant contre son appui-tête. Allons au *Presbytère*. J'ai besoin d'un verre.

Je regardai ma montre. Les heures de visite à l'hôpital étaient terminées, donc je ne pouvais pas aller voir Cassie et les bébés avant demain de toute façon.

— Le *Presbytère* est-il vraiment le meilleur endroit pour boire un verre ? Ce n'est pas leur activité principale.

Matteo me jeta un regard en coin avant de faire démarrer la voiture.

— Je ne pensais pas à ce type de boisson, Domenico, mais plutôt à chasser la frustration de cette journée. Tu peux avoir la belle Elodie pour la nuit, je sais combien tu l'aimes.

Je hochai la tête silencieusement alors que nous quittions Baker's Place. Peut-être qu'aller au *Presbytère* et avoir Elodie m'aiderait à penser plus clairement. Peut-être que cela atténuerait mon obsession pour India et que je pourrais à nouveau rationaliser et m'empêcher de faire quelque chose de stupide comme l'aspirer dans ma vie pourrie.

J'aurais dû me méfier...

CHEVALIER BRISÉ 155

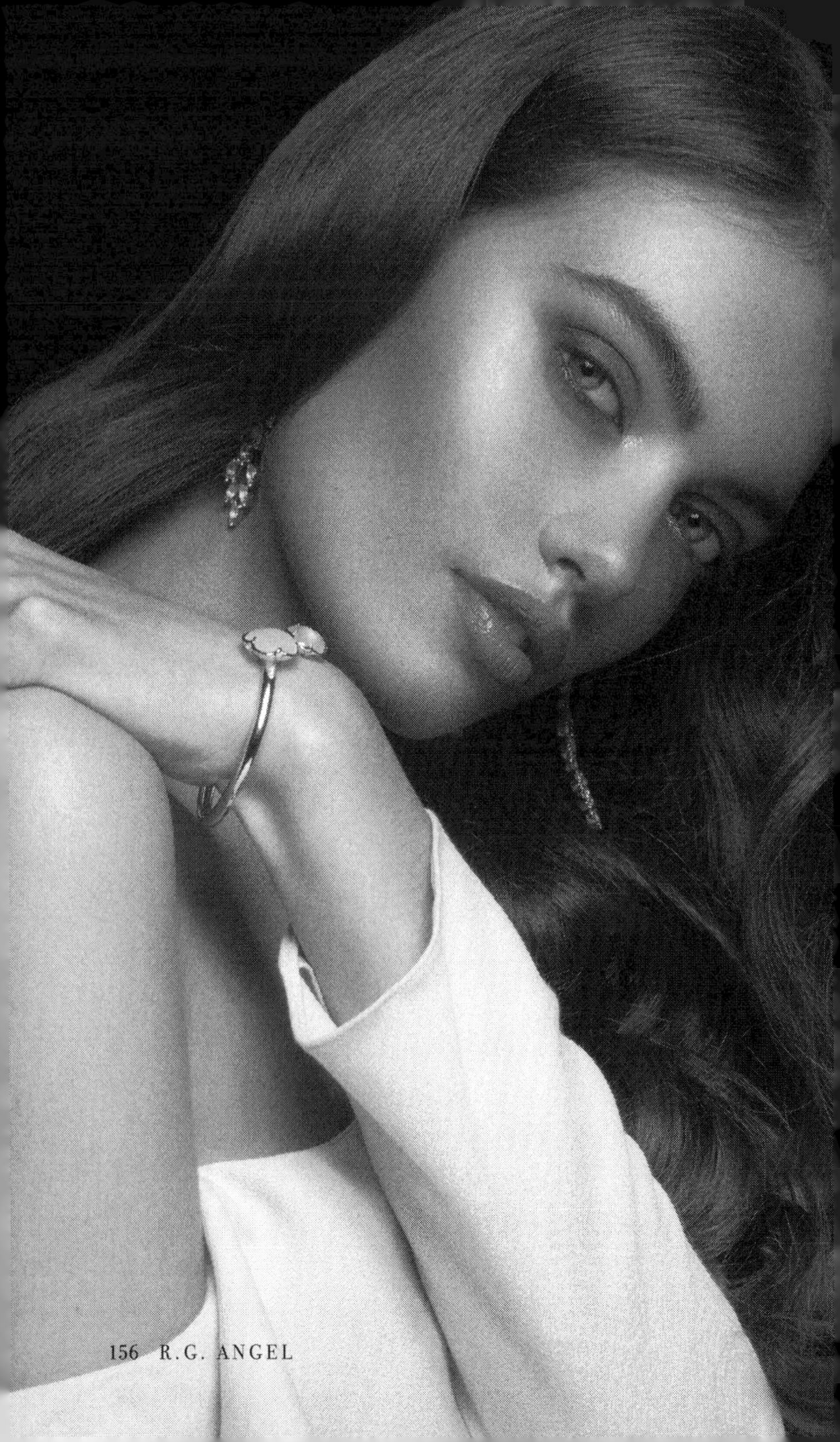

CHAPITRE 9
India

Je regardais d'un air rêveur tous les pots de glace dans le congélateur, en remerciant n'importe quel Dieu pour les compétences de Luca en ce qui concernait le choix de sa femme de ménage.

J'avais l'appartement pour moi toute seule ce soir. Jude était sorti avec Enzo, le cousin de Luca. Luca avait décidé de passer la nuit à l'hôpital, incapable de quitter les siens, et Dom m'avait envoyé un message une heure plus tôt pour me dire qu'il avait des projets pour la soirée et de ne pas l'attendre.

J'attrapai le pot de glace à partager... « À partager ». Quelle blague ! Je n'avais jamais partagé de glace.

Je retirai le couvercle, pris une grande cuillère, et la plantai dans la glace choco-menthe.

J'avais besoin de me faire plaisir ce soir pour de nombreuses raisons. D'abord parce que voir Luca tenir ses enfants avec tant de soin en regardant Cassie avec tant d'amour et d'adoration avait fait hurler mes ovaires d'envie. Il était étrange qu'un homme grand et effrayant comme Luca se révèle être le prince charmant déguisé en bête et non l'inverse, ce qui était malheureusement bien plus courant. Cassie n'avait aucune chance de lui résister.

Est-ce que Dom serait comme ça aussi ? Je secouai la

tête. Il fallait que j'arrête de me focaliser sur Dom et sur mon attirance pour lui, mais je savais que c'était un homme bien, quel que soit son métier. Mafieux n'était pas forcément le synonyme de monstre.

Un frisson parcourut mon échine en pensant à cet homme que j'avais rencontré dans la salle d'attente... Peut-être en était-il un, lui. Sa froideur, son manque d'émotion caché sous sa belle façade parfaitement façonnée m'avait donné des frissons. Il m'avait rappelé mon étude de cas sur les tueurs en série.

Je grognai. *Bien sûr, fais l'idiote, India, penser à des tueurs en série quand tu es seule dans une des plus grandes villes du monde est une bonne idée...*

Je mis une cuillère de glace dans ma bouche au moment où mon téléphone commença à vibrer avec un appel d'un numéro inconnu. Je le fixai jusqu'à ce qu'il arrête de sonner. Je savais que c'était Jake. J'avais finalement décidé de bloquer son numéro. J'étais fatiguée de tout ça, mais il m'appelait maintenant avec beaucoup de numéros différents. L'étape suivante était de changer de numéro, mais c'était tellement compliqué à faire depuis les États-Unis. J'avais pourtant été claire, après ce qu'il m'avait fait, après que la police était intervenue. Comment pouvait-il penser que je lui adresserais à nouveau la parole ? Je touchai mon orbite et grimaçai à la douleur fantôme. Non, plus jamais.

Trois ans passés ensemble, dont deux passés dans la douleur et la maltraitance, tant physique que mentale. J'avais honte parfois, honte d'être tombée dans toutes ses combines, ses belles paroles. J'étais censée être plus intelligente que ça, j'étais psychologue ! J'avais vu cette situation à travers les yeux de mes patients tellement de fois auparavant. Je connaissais les signes. J'avais vu les signaux d'alarme, son désir de me contrôler, sa façon de me rabaisser constamment, mais mon besoin d'être aimée avait été si fort. J'avais mis tout ça de côté en pensant que c'était juste une autre forme d'amour. Mais ça ne l'était pas. C'était un homme narcissique, égoïste et mauvais qui voulait me posséder. J'avais eu de la chance de le réaliser juste à temps. Tant d'autres femmes ne l'avaient pas fait.

Je sortis de la cuisine avec mon gigantesque pot de crème glacée et me figeai lorsque la porte de l'appartement s'ouvrit pour révéler Dom.

— Je pensais que tu rentrerais tard, l'accusai-je, mortifiée qu'il me voie dans cet état.

Il haussa les sourcils de surprise.

Je me tortillai sur mes pieds, en regardant mon pantalon de survêtement gris trop grand et mon affreux t-shirt orange « Université de Calgary » bien usé. Si j'avais su qu'il y avait une chance qu'il soit de retour avant que j'aille me coucher...

Je tendis la main et touchai le chignon qui ressemblait à un nid d'oiseau sur le dessus de ma tête. *Que Dieu me vienne en aide* !

— Pardon ? demanda-t-il en me regardant de bas en haut, de mes pieds nus à ma coiffure hideuse.

Mon Dieu, avais-je retiré le patch anti-boutons que j'avais mis sur mon menton tout à l'heure ?

— Non, c'est juste que tu m'as prise au dépourvu. Tu as dit que tu rentrerais très tard.

Je portai la main à mon menton aussi discrètement

que possible et sentis le morceau de plastique dessus. Je souhaitais que le sol m'avale entièrement.

Il enfouit ses mains dans les poches de son pantalon, m'étudiant toujours avec un demi-sourire, en appréciant visiblement à la fois mon inconfort et mon état échevelé. *Trou du cul*.

Il hocha la tête.

— Je l'ai dit, mais il s'est avéré que je n'étais plus intéressé par les projets de la soirée.

— Je vois. Alors tu préfères passer ta soirée avec ce désastre ambulant, dis-je en me pointant du doigt.

Son sourire s'élargit.

— Un vrai désastre.

Je levai les yeux au ciel, mais je ne pus m'empêcher de ressentir une vague de plaisir en entendant ses paroles, même si je savais qu'il plaisantait. Personne ne pouvait me trouver attirante comme ça.

— Est-ce que j'ai interrompu un rendez-vous galant ou quelque chose du même genre ? demanda-t-il en entrant dans la pièce, en enlevant sa veste et la posant sur le dossier d'une chaise de la table à manger.

— Yep, j'allais passer ma soirée avec Chris Hemsworth.

— Désolé d'interrompre ce moment, dit-il en regardant autour de lui. Où est le gamin ?

— Avec ton cousin Enzo. Il y a un tournoi d'échecs en ville les deux prochains soirs. J'ai vu ça avec Luca avant de le laisser partir.

Il pencha la tête sur le côté.

— Pas aussi intéressant qu'un rendez-vous avec Chris Evans.

— Hemsworth.

Il agita la main avec dédain.

— Tous les Chris d'Hollywood sont les mêmes, marmonna-t-il. Je vais faire en sorte de ne pas être dans tes pattes alors. Es-tu d'accord pour partir à 9 heures demain pour l'hôpital ?

— Oui, et veux-tu te joindre à moi ?

Pourquoi avais-je demandé ça, putain ? C'était à cause du désir que je lisais dans ses yeux ? Ou à cause du mien ? Je n'avais jamais eu la maison pour moi toute seule avec Domenico, et ça me donnait le vertige comme une adolescente à sa première fête.

Oui, mais tu n'es plus une ado, India, et ce gars n'est pas ton coup de cœur...

— Tu penses qu'il y en aura assez pour deux ? dit-il en pointant du doigt mon pot de glace de 500 grammes.

— Évidemment pas ! renâclai-je. Tu dois avoir ton pot.

Je me retournai pour marcher dans le salon, en retirant discrètement le patch une fois que je lui tournai le dos. Il était trop tard pour faire quoi que ce soit concernant mon apparence maintenant qu'il m'avait vue.

— Alors, qu'est-ce qu'on regarde ? demanda-t-il en me rejoignant sur le canapé.

Et je fus heureuse qu'il s'assoie juste à côté de moi et non à l'autre bout.

— Un film d'action... Avec beaucoup de violence, de sang et de scènes avec des mecs torse nu.

— Ah, oui, les scènes avec des mecs torse nu sont mes préférées.

Je gloussai, une partie de la tension restante me quittant.

Malgré ce qu'il était et ce qu'il représentait, je ne pouvais m'empêcher de ressentir une affinité avec lui. Je me sentais en sécurité.

Nous étions à environ vingt minutes du film quand je me penchai sur lui.

Je le sentis se crisper et le regrettai immédiatement. Je commençai à m'éloigner quand il m'attrapa par les épaules.

— Non, ne bouge pas.

La tension dans sa voix me fit froncer les sourcils.

Je me dégageai et le regardai. Il avait l'air... éreinté.

— Je suis désolé, dit-il, en détournant le regard.

— Pourquoi es-tu..., m'interrompis-je lorsque mes yeux virent son érection croissante. Oh !

Son embarras évident atténua une partie du plaisir que j'éprouvais à le voir réagir ainsi à mon égard, même dans ma tenue la plus négligée.

— Il n'y a pas de quoi être désolé. C'est naturel.

Il secoua la tête.

— Mon corps n'a pas l'habitude de réagir comme ça. Tu me déstabilises à bien des niveaux.

Sa réaction à tout ça me troublait vraiment.

— Tu n'aimes pas le sexe ?

Il soupira, en posant sa tête sur le dossier du canapé, regardant le plafond.

— Non, j'aime le sexe. C'est juste que..., s'interrompit-il.

Je détestais le fait qu'il ne me regarde pas quand il parlait. Je voulais le regarder dans les yeux.

— C'est juste que d'habitude tu réagis plus aux hommes qu'aux femmes ? dis-je en essayant de deviner d'où venait sa gêne. Il n'y a rien de mal à ça.

Il grimaça et secoua à nouveau la tête.

— Je sais qu'il n'y a rien de mal à cela mais non, je ne suis attiré que par les femmes. Crois-moi.

— Dom, regarde-moi, s'il te plaît.

Il garda la tête appuyée sur le dossier du canapé mais se tourna vers moi en me lançant un regard plein d'incertitude.

J'attrapai sa main et la serrai.

— Qu'est-ce qu'il y a ? Dis-moi.

Il ferma les yeux une seconde et poussa un autre soupir plein de lassitude. Quand il les ouvrit, je vis un gouffre de tristesse et de tourmente qui me fit mal au cœur.

— Je ne suis pas tendre, commença-t-il à dire.

— Tu es tendre. Je t'ai vu avec Cassie et Jude.

Il secoua la tête.

— Non, je veux dire au lit. Je ne suis pas tendre et même dire cela est un euphémisme.

Ah, il aimait les choses un peu brutales... ce n'était pas aussi rare qu'il aurait pu le penser.

— Tu te blottis contre moi. Je sens ton corps chaud contre moi et, dit-il avant de se redresser. D'habitude, je ne réagis pas à la douceur... Bien au contraire. Je veux les larmes, la peur.

Je fus piquée par sa révélation mais j'essayai de garder un visage aussi impassible que possible. Il me regardait, en essayant d'y voir le dégoût qu'il s'attendait à voir et peut-être même qu'il voulait y voir.

Je savais ce qu'il ne disait pas, bien sûr que je le savais. Il aimait jouer un rôle et pas n'importe quel rôle, il avait envie de sexe non consenti.

Je hochai la tête.

— Pourquoi ?

Il se leva brusquement et se retourna, en pointant un doigt accusateur sur moi.

— Ne commence pas à me jouer tes conneries de psychologue. N'essaie pas d'être mon médecin.

Je me levai lentement, en me tenant à quelques pas de lui.

— Seigneur, non, je ne veux pas être ton médecin.

Il m'adressa un petit sourire narquois.

— Je suis trop foutu ?

Je secouai la tête.

— Non, parce que les sentiments que j'éprouve pour toi seraient mal vus par le conseil.

— Qu'est-ce que tu racontes ?

L'appréhension que je ressentais maintenant, alors que mon cœur commençait à battre la chamade dans ma poitrine, était la même que lorsque j'avais fait du base jump et c'était tout à fait approprié, à bien y penser. Je faisais de la chute libre sur un plan émotionnel et c'était tellement plus terrifiant.

— Je suis thérapeute, oui, mais je suis une femme avant tout, déclarai-je avant de prendre une profonde inspiration. Une femme attirée par toi comme elle ne l'a jamais été par personne d'autre. Une femme qui est venue ici pour prendre un nouveau départ, faire une pause concernant tout ce qui avait un pénis et être elle-même et qui est tombée directement sous le charme de Dom ! Une femme qui est obsédée par toi...

Voilà, c'était sorti.

Il me regarda en fronçant les sourcils, la mâchoire serrée. Il avait l'air à la fois offensé et en colère à cause de mes paroles.

— C'est ce que tu mérites pour m'avoir rendu obsédé par toi.

Sa voix était plus basse, et malgré les accusations qu'elle contenait, je pouvais entendre la chaleur.

— Pour avoir ouvert ma putain de poitrine, poursuivit-il, et t'être infiltrée dans les fissures du peu de tranquillité d'esprit qu'il me restait.

C'était une façon d'admettre notre attirance l'un pour l'autre. C'était bizarre et vraiment dit avec réticence, mais j'imaginais qu'une relation entre nous serait comme ça.

Il pensait qu'il était une cause perdue, c'était clair, mais ce n'était pas le cas. Son corps m'avait répondu et il n'y avait eu aucune aspérité, aucune douleur. Il n'était pas brisé. Il pouvait trouver du plaisir dans d'autres formes de sexe, il avait juste besoin de le savoir.

Je fis un pas vers lui.

— Tu me fais confiance, Dom ?

Il baissa les yeux vers moi, ses yeux sombres emplis de doute.

— Je ne devrais pas.

— Ce n'est pas ma question.

— Oui, Dieu sait que je ne devrais pas, mais oui.

J'attrapai sa main et le tirai vers ma chambre. Je réfléchissais toujours trop à tout et ça n'avait jamais vraiment marché pour moi.

Je ressentais une attirance viscérale pour Dom, je l'avais presque ressentie dès notre rencontre, et il avait admis ressentir la même chose ? Je devais suivre mon instinct pour une fois et même si ça ne menait à rien, alors quoi ? Je finirais par partir de toute manière.

— India, je ne peux pas, dit-il doucement, mais ses actions contredisaient ses mots alors qu'il me suivait. Ça ne marchera pas. Pas de la façon dont j'aimerais que ça marche.

Une fois dans ma chambre, je me retournai et croisai ses yeux troublés.

— J'ai envie de toi, Dom.

Il prit une profonde inspiration.

— Ce n'est pas le problème, India. Je...

Je posai mes doigts contre ses lèvres pour l'arrêter.

— Tu as envie de moi ? demandai-je, en faisant glisser ma main lentement le long de son torse musclé, en accrochant mon doigt à sa ceinture en cuir.

— Plus que de mon prochain souffle, admit-il, en se penchant presque malgré lui et en effleurant mes lèvres avec ses lèvres douces.

Je pressai mes lèvres contre les siennes, en franchissant le pas et en initiant le baiser dont nous avions tous les deux envie.

Il amena sa main à l'arrière de ma tête, approfondissant le baiser, sa langue dominant alors qu'il m'explorait d'une manière dévorante. Le goût riche en alcool de sa bouche était presque aussi enivrant que son baiser.

— Donne-moi le contrôle, murmurai-je à bout de souffle contre ses lèvres une fois que nous avions rompu le baiser.

Il posa son front contre le mien, en frottant son nez contre le mien comme un baiser esquimau.

— Je n'abandonne jamais le contrôle.

— Je sais que tu ne veux pas, mais fais-le pour moi, pour nous. Nous nous devons d'essayer au moins, dis-je en tournant la tête vers la tête de lit. Si ça ne te plaît pas, on arrêtera.

Il me lança un regard incertain avant de regarder à nouveau le lit, et je pus voir à ce moment-là qu'il était en train de décider s'il allait tenter sa chance avec nous.

Je soupirai de soulagement quand il commença à déboutonner sa chemise, en gardant ses yeux sombres et expressifs rivés sur moi. L'intensité de son regard faisait se tordre mon bas-ventre d'une manière très agréable. Comment un homme pouvait-il réussir à m'exciter avec un simple regard ?

Il se débarrassa de sa chemise et je ne pus m'empêcher d'étudier son torse, sans me soucier de l'impression que je lui donnais. Comme prévu, il était musclé, avec des abdominaux bien définis et ce fameux V au niveau des hanches qui rend les filles intelligentes comme moi extrêmement stupides. Je laissai mes yeux remonter jusqu'à ses pectoraux bien développés recouverts d'une fine couche de poils noirs et d'un unique tatouage sur le côté droit de celui-ci.

Comme si j'y étais obligé, je levai une main tremblante et traçai doucement le tatouage, comme s'il allait s'effacer sous mon toucher.

Il prit une grande inspiration alors que je longeais la dague, avec le mot « Omerta » écrit dessus, et que je posais mon index sur la croix au bout du chapelet.

Dom leva la main et la posa sur la mienne.

Je levai la tête et nous nous regardâmes dans les yeux. Pendant combien de temps ? Je n'en étais pas sûre. Le temps avait perdu toute valeur pour moi. Tout ce qui semblait compter était ses yeux dans les miens, la chaleur de son corps et les battements frénétiques de son cœur qui résonnaient dans ma main.

— Tu es l'étoile la plus brillante dans la nuit la plus sombre, murmura-t-il après un moment avant de m'embrasser à nouveau.

— Sur le lit, lâchai-je avant de perdre ma détermination et de le supplier de me prendre maintenant, comme il le souhaitait.

Il laissa échapper un petit grognement de frustration mais fit un pas en arrière, en brisant ce moment de transe, puis il s'allongea sur le lit, les yeux encore pleins de doute à l'idée de ce qui allait arriver.

— Tu dois me faire confiance, dis-je en défaisant sa ceinture et en l'enlevant de son pantalon.

— Je te fais confiance. C'est en moi que je n'ai pas confiance te concernant.

Je secouai la tête.

— Essaie. Attrape la tête de lit.

Et il fit ce que je lui avais demandé.

J'essayai de garder un visage impassible pendant que j'attachais les mains de cet homme grand et puissant. C'était la première fois que je faisais quelque chose comme ça et le fait de savoir qui il était, rendait la chose encore plus érotique.

Une fois ses mains liées, j'attrapai sa fermeture éclair et l'ouvris lentement, laissant l'excitation nous brûler tous les deux. Je tirai sur son pantalon et son slip juste assez pour libérer son énorme érection. Je ne pus empêcher le petit sourire qui s'étalait sur mes lèvres, et la lueur lascive dans ses yeux indiquait qu'il était satisfait de ma réaction.

Cet homme était très bien proportionné. J'avais eu ma part de partenaires dans ma vie, mais Domenico était clairement dans une catégorie à part.

Il posa sa tête contre l'oreiller et laissa échapper un son qui ressemblait à la fois à un gémissement et à un grognement alors qu'il poussait ses hanches en avant. Il voulait son orgasme avec ma bouche autour de sa bite, et la pensée de lui apporter du plaisir m'excitait au point que ce soit douloureux.

Je m'agenouillai sur le sol et je regardai sa bite énorme posée sur son bas-ventre.

— Tu n'es pas obligée de le faire, dit-il à bout de souffle, en interprétant manifestement à tort mon examen minutieux comme étant du doute.

Je pris son membre dur dans ma main et je serrai un peu.

— Je sais que non, répondis-je en me penchant plus près, en faisant rouler ma langue sur son gland et en léchant son liquide séminal. Mais j'en ai vraiment envie.

En croisant son regard, je me penchai et embrassai son bas-ventre, me rapprochant de plus en plus de l'endroit où je savais qu'il me voulait. Il se déhancha, et je léchai son bas-ventre. Il voulait que je le prenne, mais j'aimais aussi les taquineries, la tendresse, même dans le feu de l'action.

Il laissa échapper un gémissement sonore mêlé à un soupir lorsque je pris une de ses couilles dans ma bouche.

— India ! soupira-t-il de plaisir.

Son ventre était tendu, ses poings serrés, sa tête rejetée en arrière dans l'extase. Je n'avais jamais ressenti ça, je n'avais jamais voulu donner plus de plaisir à quelqu'un dans ma vie.

Je relâchai ses couilles et je commençai à lécher son sexe. Le bout de ma langue remonta le long de la base sensible de son membre jusqu'à ce qu'il atteigne la couronne de son gland.

— S'il te plaît, s'il te plaît, supplia-t-il, en se déhanchant à nouveau.

Je décidai d'arrêter ce plaisir mêlé de torture, et je finis par mettre mes lèvres autour de son gland et je commençai à le sucer doucement.

Il poussa un soupir de plaisir lorsque je commençai à caresser ses couilles d'une main et que je faisais lentement glisser ma bouche sur toute sa longueur, en l'enfonçant profondément dans ma gorge.

— Putain, India ! rugit-il alors que je déglutis autour de sa bite. Je pourrais mourir maintenant. Je mourrais en homme heureux.

Ses louanges m'excitèrent encore plus, et je commençai à bouger la tête de haut en bas avec plus de ferveur.

Il commença à faire bouger ses hanches de haut en bas, en synchronisation avec mon mouvement. Je caressai la base de sa bite avec mes mains pendant que j'avalais à nouveau son membre en entier.

En faisant tournoyer ma langue autour de son gland, je prenais du plaisir à voir sa réaction à mes caresses.

Il bougea plus vite, plus fort, tout en gémissant et

grognant sans vergogne, en perdant complètement pied sous mon contact, en laissant tomber toutes ses protections et son appréhension, en devenant l'homme brut et sensuel que j'avais hâte de découvrir.

Ma succion devenait plus ferme à chaque mouvement vers le bas, et je ne pouvais pas m'empêcher de gémir moi aussi, en lui montrant que j'appréciais ça presque autant que lui.

Je fis tourner son gland dans mes joues, avant de l'enfoncer le plus possible dans ma gorge. Sa bite était complètement dans ma bouche alors que ses gémissements devenaient plus forts, sa respiration plus erratique. Je fermai les yeux et j'avalai sa bite avec de fortes succions tout en caressant son scrotum.

— India... Je ne peux pas me retenir plus longtemps..., lâcha-t-il sur un ton suppliant.

Je ne répondis pas mais je le suçai plus vite en le faisant gémir, en me préparant à le faire jouir.

— Putain, India, bébé, tu me tues.

Son érection faiblit alors que je concentrais ma bouche et ma langue sur son gland tout en resserrant ma prise autour de ses couilles.

Son explosion s'accompagna d'un cri sauvage, et je bougeai rapidement la tête de haut en bas, en avalant giclée après giclée de son sperme chaud au fur et à mesure qu'il descendait dans ma gorge.

Complètement épuisé et vidé, il s'effondra sur le lit tandis que je caressais affectueusement ses cuisses, sa bite toujours dans ma bouche alors que ses muscles se détendaient visiblement.

En me retirant lentement, j'embrassai doucement son gland, en léchant les dernières gouttes de son liquide salé.

Je me levai et le regardai. Il cligna des yeux plusieurs fois et me fit un sourire en coin.

— Détache-moi. J'ai envie de te toucher.

Sa voix était graveleuse à cause de la force de son orgasme.

Dès que j'eus décroché la ceinture, il m'attrapa par la taille beaucoup plus rapidement qu'un homme de sa taille n'aurait dû pouvoir le faire, et je poussai un cri de surprise lorsqu'il me tira vers lui et qu'il me fit tourner de façon à ce que je sois couchée sur le dos pour le voir planer au-dessus de moi.

— Merci, dit-il d'une voix rauque avant de me donner un chaste baiser. C'était... époustouflant.

Je levai la main, pour bercer sa joue.

— Je t'en prie. Et tu vois ? Tu n'as pas besoin de dominer pour en profiter.

— C'est vrai, répondit-il en glissant sa jambe entre les miennes et la pressant contre mon entrejambe douloureux. Mais je préfère que ce soit comme ça.

Je lui souris et soulevai mes hanches, en cherchant la friction pour aider à soulager mon excitation.

— Et je ne t'empêcherai pas de me dominer. Je peux même dire que je suis impatiente de le faire, mais je voulais juste que tu voies que tu peux apprécier le sexe sans ça.

— C'est une première, déclara-t-il en longeant le contour de ma mâchoire avec ses lèvres. C'est toi, India, dit-il en mordillant mon oreille. J'avais juste besoin de te trouver.

Sa révélation me laissa sans voix. Comment pouvait-il dire des choses qui m'allaient droit au cœur, en éveillant un désir si profond qu'il me faisait mal ?

— Maintenant, c'est à mon tour de m'amuser, annonça-t-il avant de remonter mon t-shirt et de prendre mon téton dur dans sa bouche, en le suçant doucement tandis que sa main descendait le long de mon ventre et disparaissait sous la ceinture de mon pantalon de survêtement, directement dans ma culotte.

Je gémis alors que ses doigts froids frottaient ma chair humide et brûlante.

Il lâcha mon téton avec un bruit sec tout en continuant à me frotter de haut en bas, en appuyant sur mon clito gonflé à chaque passage.

— Tu es si mouillée, dit-il en m'embrassant passionnément, en me dominant tout entière avec sa langue. Me tailler une pipe t'a tant excitée que ça ?

Je hochai la tête, incapable de parler.

— Hum, vilaine fille, roucoula-t-il avant de saisir ma lèvre inférieure entre ses dents, en mordant assez fort pour que je le sente mais pas assez pour briser la peau.

Je haletai alors qu'un de ses doigts me pénétrait lentement. J'écartai mes jambes plus largement, en levant mes hanches sans vergogne, en cherchant plus de friction.

— Ne t'inquiète pas, ma belle. Je te donnerai ce dont tu as envie, déclara-t-il en ajoutant un deuxième doigt, en me remplissant si délicieusement.

Je laissai ma tête tomber contre l'oreiller et fermai les yeux, en m'abandonnant au bonheur de ses doigts bougeant en rythme à l'intérieur de moi tandis que son pouce frottait contre mon clitoris et que sa bouche s'accrochait à mes seins comme un homme affamé devant un buffet.

Je glissai mes doigts dans ses cheveux noirs épais et soulevai mes hanches en rythme avec le va-et-vient de ses doigts.

Et soudain, alors qu'il enroulait ses doigts à l'intérieur de moi, en touchant mon point G, je resserrai ma main dans ses cheveux alors que mon orgasme me saisissait, comme un raz de marée me submergeant dans une mer de plaisir si intense que c'en était presque douloureux.

Je jouis en criant son nom, sans me soucier du fait qu'on pouvait probablement m'entendre à l'autre bout du monde. C'était le meilleur orgasme que j'aie jamais eu, et il me l'avait donné avec juste ses doigts et sa langue.

Je pris quelques respirations profondes alors qu'il posait une main protectrice sur mon ventre, en effleurant mes pommettes avec ses lèvres.

— Tu es absolument magnifique, mais avec cette lueur post-orgasmique ? Tu es envoûtante.

Je lui fis un petit sourire fatigué. J'étais bien trop satisfaite et détendue pour dire quoi que ce soit.

Il se rallongea et m'attira contre lui, ma poitrine reposant contre son torse forts et chaud.

Je fermai les yeux, en écoutant les battements tranquilles de son cœur, tout en sentant sa douce caresse dans le bas de mon dos, et alors que je me détendais, je m'endormis.

CHEVALIER BRISÉ 175

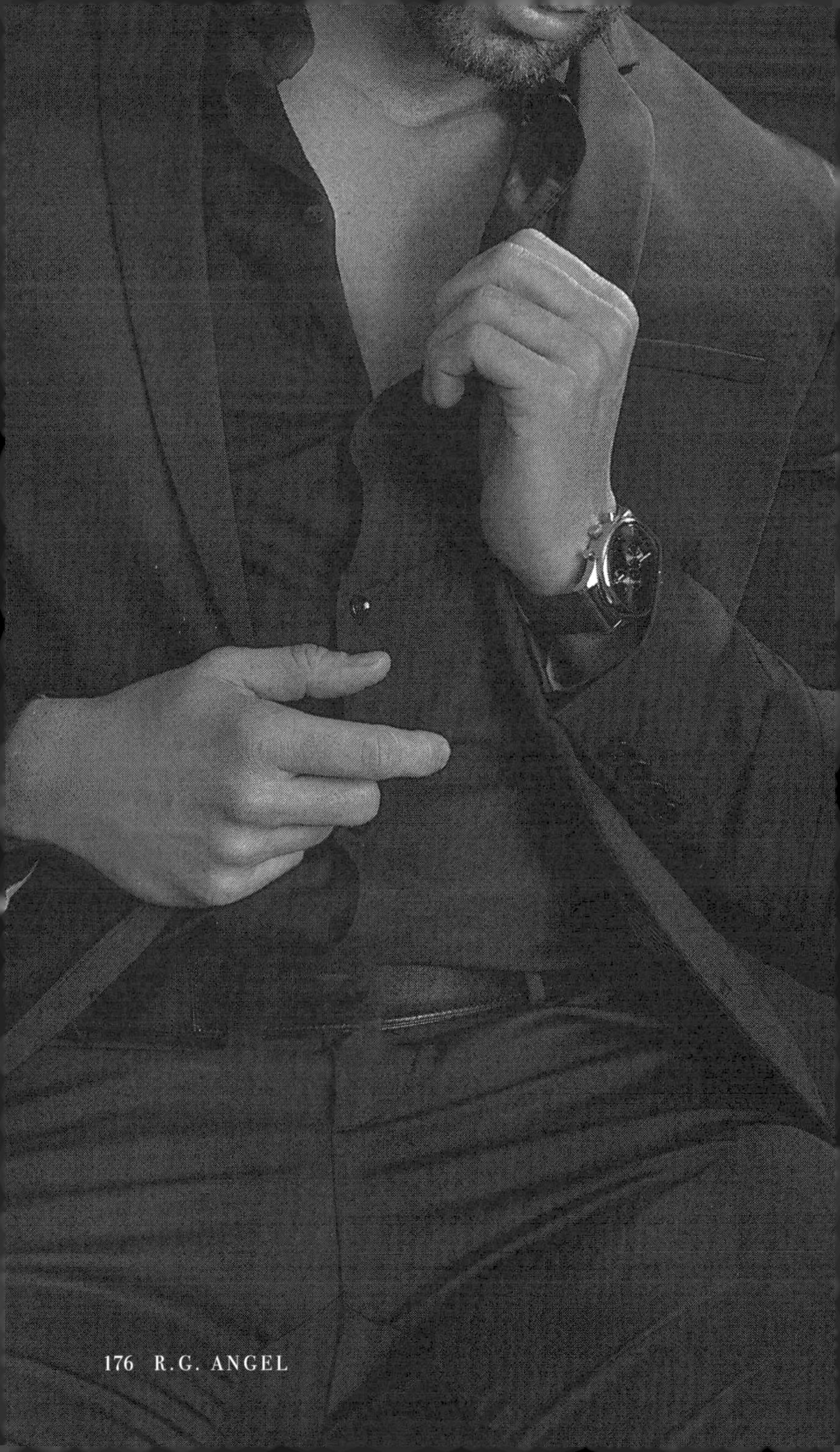

CHAPITRE 10
Dom

Après qu'elle s'était endormie sur mon torse, je l'avais regardée pendant quelques minutes. Ses belles lèvres pulpeuses, gonflées par nos baisers passionnés, étaient légèrement ouvertes. J'admirais son nez droit et gracieux et ses longs cils noirs. Cette fille ne pouvait pas être réelle, aucune femme ne pouvait être aussi belle, patiente et généreuse. Je ne pouvais pas avoir cette chance… Je ne *méritais* pas d'avoir cette chance, et pourtant elle était là, tangible, son corps mince pressé contre le mien, le gonflement de sa poitrine contre mon torse.

Je soupirai en me glissant à contrecœur hors du lit. Le gamin serait bientôt de retour, et je ne voulais pas la réveiller.

Je pris une douche rapide, j'enfilai un pantalon de survêtement large et j'attendis le gamin en mangeant des restes de plats chinois de la veille.

J'avais du mal à croire à quel point je me sentais détendu et satisfait. Je ne pensais pas avoir jamais ressenti ça.

Chaque fois que je satisfaisais mes besoins sexuels, je me sentais honteux après coup. Je détestais le monstre qui sortait chaque fois que je devais assouvir mes besoins. Je détestais vraiment cette partie de moi, mais cette fois, le monstre n'était pas sorti. J'avais aimé sa bouche, sa langue... J'avais aimé la faire jouir si fort que j'étais sûr qu'elle s'était évanouie pendant quelques secondes. J'avais adoré ça et je ne m'étais pas senti comme un monstre... Je m'étais senti comme un homme, et tout ça grâce à elle.

Une fois le gamin rentré et bordé dans son lit, j'aurais dû retourner dans ma chambre, mais au lieu de cela, j'étais retourné dans la sienne où elle dormait encore paisiblement. Je n'étais pas prêt à ce que notre moment se termine, pas après la connexion physique et émotionnelle que nous venions de partager et surtout parce que je n'étais pas sûr qu'il y aurait un lendemain pour nous, qu'elle voudrait encore de nous demain matin. Si c'était le cas, nous devrions parler, établir des règles de base parce que sortir avec moi serait forcément difficile pour elle et je n'étais pas certain d'en valoir la peine.

Je soupirai en secouant la tête. Ce n'était pas le moment de laisser mes pensées sombres prendre le dessus. Je devais juste profiter un peu plus du temps que je passais avec elle. Je la rejoignis donc dans le lit, en la prenant dans mes bras en cuillère et je me sentis comme un super-héros quand elle se blottit contre moi, en laissant échapper un petit soupir de réconfort. J'avais produit cet effet sur elle.

J'enfouis mon visage dans ses boucles douces qui dégageaient une légère odeur de jasmin, et je m'endormi, en me sentant en paix pour la première fois depuis des années.

Quand je me réveillai le lendemain matin, je n'osai pas bouger car nous avions changé de position pendant la nuit et elle était maintenant à moitié sur moi, son visage enfoui dans mon cou, son bras autour de mon torse et sa longue jambe fine entre les miennes, sa cuisse appuyant sur mon érection grandissante.

Je tournai la tête pour regarder l'horloge et grognai. *Huit heures !* Je ne me souvenais pas de la dernière fois où j'avais dormi plus tard que cinq heures du matin. Peut-être était-ce parce que je détestais dormir plus que le strict minimum pour survivre.

Je détestais le sommeil car c'était le seul moment où je ne pouvais pas essayer de contrôler mes pensées et les cauchemars frappaient parfois si fort, en faisant resurgir les horreurs que j'avais commises, celles auxquelles j'avais assisté impuissant... Je me réveillais certains matins avec le souvenir vivace des yeux effrayés de ces filles qui ajoutait une nouvelle couche de haine de soi.

Mais je n'avais pas fait de rêve la nuit dernière et je m'étais réveillé en me sentant presque normal. Je longeai du doigt sa colonne vertébrale paresseusement, en essayant de la réveiller aussi doucement que possible.

Elle laissa échapper un petit gémissement et bougea sa jambe, durcissant mon sexe jusqu'à la douleur.

— Encore cinq minutes, marmonna-t-elle contre mon cou.

Je laissai échapper un petit rire, en posant ma main de façon possessive sur ses fesses. Je voulais rester au lit avec elle, mais vu la façon dont mon corps avait réagi, je n'étais pas sûr de pouvoir résister, et nous devions aller à l'hôpital dans une heure.

— Tu restes au lit. Je vais me lever et préparer le petit-déjeuner, dis-je en embrassant son front.

Me détacher de son corps fut la chose la plus difficile

que j'aie jamais eu à faire, mais le devoir et Luca passaient avant tout... du moins pour le moment.

Je lui lançai un dernier regard alors qu'elle se retournait sur le lit. Je soupirai. Cette femme me rendait plus accro que n'importe quelle drogue.

Quand je me dirigeai vers ma chambre, de l'autre côté du couloir, je remarquai que le gamin était déjà dans la cuisine, en train de manger un bol de céréales et de regarder une émission sur les échecs, sa nouvelle obsession.

Je pris une douche rapide, je me rasai et taillai mon bouc avant de finalement choisir mon costume gris foncé et ma chemise violette. J'avais vu comment ses yeux s'illuminaient quand je portais cette fichue chemise, et j'étais à moitié tenté d'en acheter vingt autres juste pour qu'elle puisse me regarder comme ça tous les jours.

Tu l'as dans la peau, mec. Je pouvais entendre la voix de Luca dans ma tête. C'était le karma qui me revenait dans la tronche parce que je m'étais moqué de son obsession pour Cassie.

Je m'arrêtai dans sa chambre en allant à la cuisine, mais elle n'était plus au lit et j'entendis le faible bruit de la douche depuis la salle de bain.

— Est-ce qu'India est ta petite amie ? demanda Jude dès mon arrivée dans la pièce principale.

Putain ! Je grimaçai en entrant dans la cuisine et en commençant à sortir les bols et les différents types de céréales, en espérant que je pourrais faire semblant de ne pas l'avoir entendu et qu'il retournerait regarder son émission.

Je laissai échapper un souffle quand il ne parla plus. J'avais esquivé une balle là. Qu'est-ce que je pouvais bien lui dire ? Qu'est-ce que c'était la nuit dernière ? Était-ce juste une erreur ? Une façon de satisfaire cette attirance entre nous ? Je ne savais pas si ça avait marché pour elle, mais ça s'était retourné contre moi parce que si j'étais obsédée avant... j'étais complètement obnubilé maintenant.

J'allumai la cafetière et me retournai pour voir une paire d'yeux verts et une tignasse de cheveux châtain clair me regarder d'un air critique.

— Putain de merde ! m'écriai-je en faisant un pas en arrière.

Jude était à genoux sur l'un des tabourets hauts , les mains posées sur le bar du petit-déjeuner.

— Tu ne devrais pas dire de gros mots, ce n'est pas bien, me réprimanda-t-il en secouant légèrement la tête.

— C'est vrai. Tu m'as juste pris par surprise. Tu étais là, dis-je en pointant du doigt le coin près de la télé à écran plat. Je me retourne et tu apparais juste là, comme un mini ninja.

Jude sourit, en montrant le joli espace entre ses dents de devant. Il aimait me prendre par surprise.

— Je t'ai posé une question, mais tu ne m'as pas entendu. Est-ce qu'India est ta petite amie ?

— India ? répétai-je en me râclant la gorge.

J'aurais dû m'en douter. Quand le gamin avec une idée en tête, il ne laissait jamais tomber.

— Je, hum, pourquoi tu demandes ça ? continuai-je.

— Les gars à l'école disent que si un garçon dort dans la même chambre qu'une fille, ils sont ensemble.

— Je vois.

Putain, je détestais son pensionnat là tout de suite.

— Et je t'ai vu aller dans sa chambre la nuit dernière,

donc India est ta petite amie ?

— Écoute, mon bonhomme. Les choses ne sont pas aussi s...

— J'étais tellement sûr que Solkiev gagnerait le jeu hier soir. Je suppose que Johnson a juste eu de la chance, nous interrompit India.

Le gamin se tourna vers elle, la bouche grande ouverte d'indignation.

— Ce n'est pas vrai ! Johnson était bien meilleur ! s'exclama-t-il en sautant du tabouret. Je vais te montrer ! cria-t-il en courant devant elle vers sa chambre.

Je lui lançai un regard reconnaissant qui croisa le sien, et elle me fit un sourire effronté et un clin d'œil.

— On m'avait promis un petit-déjeuner, dit-elle en croisant les bras sur sa poitrine.

Avant Cassie, toutes les femmes dont j'avais été entouré avaient toujours été maquillées à outrance, avec des vêtements parfaits, des cheveux parfaits, un maquillage parfait... si parfaitement fausses. C'était le rôle de la plupart des femmes dans la famiglia. Leur rôle principal était de paraître bien pour leur mari, leur père, leur frère ou n'importe quel membre masculin de la famille avec qui elles étaient ce jour-là, mais Cassie était entrée dans nos vies, et maintenant cette femme éblouissante.

Elle était vêtue d'un jean moulant noir, d'une chemise rouge à manches longues et de chaussures plates assorties, et juste comme ça, avec sa peau dorée sans maquillage, elle était mille fois plus belle et séduisante que n'importe quelle autre femme de la famiglia.

Je me raclai la gorge sous le poids des émotions et

désignai les quatre boîtes de céréales et le carton de lait sur le comptoir.

— Oh, fit-elle en hochant la tête et en se dirigeant vers le comptoir pour prendre un siège. C'est le genre de petit déjeuner que je mérite après la nuit dernière ? Bien, je vais juste devoir améliorer mon jeu la prochaine fois.

À ce moment-là, le gamin revint en courant avec une pile de magazines. Je ne me souciai même pas du fait qu'il m'ait interrompu. J'étais juste reconnaissant qu'il y ait une prochaine fois pour nous. J'avais l'impression de flotter sur un nuage, mon cœur était si plein qu'il se sentait serré dans ma poitrine.

C'est ça, tomber amoureux ? me demandai-je en m'appuyant sur le comptoir, en la regardant manger ses céréales tout en écoutant Jude parler des joueurs d'échecs de la nuit dernière.

Je bus mon café en silence, en me contentant de la regarder sans lutter contre cette chaleur que je ressentais, en me noyant volontiers dans mes sentiments pour elle.

Très vite, elle termina son petit-déjeuner et la femme de ménage entra.

Nous prîmes la voiture jusqu'à l'hôpital, en discutant surtout de la partie d'échecs que Jude allait voir ce soir.

— Merci pour tout à l'heure, lui dis-je lorsque nous entrâmes dans l'hôpital et que Jude partit en courant devant nous, bien trop excité de voir sa sœur et ses nouveaux neveu et nièce.

Elle fit un geste signifiant que ça n'avait pas d'importance.

— C'était un peu tôt pour avoir cette conversation.

CHEVALIER BRISÉ

Je hochai la tête en silence alors que nous attendions l'ascenseur. C'était trop tôt, bien sûr, et pourtant pourquoi étais-je prêt à m'engager ? Parce qu'elle était une déesse enchanteresse, c'était la seule explication possible.

Elle prit ma main et frotta ses doigts contre ma paume. Je refermai ma main, pas prêt à la lâcher. Nous restâmes côte à côte dans l'ascenseur, en nous tenant la main, et nous ne nous lâchâmes que lorsque les portes s'ouvrirent à l'étage de Cassie.

La porte était entrouverte, le gamin était déjà dans la chambre et assis sur une chaise près du lit, en regardant avec étonnement sa sœur tenir sa toute nouvelle nièce.

— Ah te voilà, gloussa Luca, en tenant son fils dans ses bras.

Mon cœur se serra dans ma poitrine en voyant l'expression de pur bonheur et de tranquillité sur son visage. C'était tout ce que j'avais toujours voulu pour mon meilleur ami. Il méritait l'amour et le bonheur, et après l'accident de voiture, je craignais qu'il ne les obtienne jamais, mais maintenant il avait Cassie et ses enfants.

Les émotions accumulées me serraient la gorge, en rendant la déglutition difficile.

Je me raclai la gorge et me tournai vers Cassie.

— Comment vas-tu, Maman ? lui demandai-je avec un petit sourire, en allant vers le lit et en lui donnant un baiser sur le front avant de regarder la petite fille dans ses bras.

Elle était si petite, si fragile, une vague de protection m'envahit. Quelque chose de si puissant que ça faillit me faire tomber, et je jurai sur-le-champ que je protégerais ces enfants au péril de ma vie.

— Quelle belle petite princesse, murmurai-je, en ne faisant pas confiance à ma propre voix à cause de la surcharge d'émotions qui me frappaient depuis quelques minutes.

Je touchai le nez retroussé de la petite fille.

— Au moins, elle n'a pas le nez de son père, il faut en être reconnaissant, ajoutai-je.

— *Vaffanculo stronzo*, marmonna Luca, en me faisant glousser.

Je tournai la tête vers lui et lui fis un clin d'œil.

Il leva les yeux au ciel, en berçant le bébé dans ses bras.

— Domenico, tu ne veux pas rencontrer ton filleul ?

Je me figeai. Non, c'était vraiment trop. Je détournai le regard et clignai des yeux. Merde, je pouvais sentir les larmes me brûler les yeux.

Je me râclai à nouveau la gorge.

— Il doit y avoir de la poussière ici, mes allergies reviennent.

— Probablement, acquiesça Cassie alors que India, qui se tenait à côté d'elle, hochait la tête en signe d'accord.

— Il n'y a pas de poussière ici, et tu n'as pas d'allergie à la poussière, Dom. Tu te souviens quand on est allés dans le grenier ? intervint Jude.

Nous rîmes tous de son adorable innocence, ce qui atténua une partie de la tension.

Je me dirigeai vers Luca qui se tenait au bout de la luxueuse chambre d'hôpital et je regardai le petit garçon qu'il tenait, l'héritier de l'empire Montanari... Comment une si petite chose pouvait-elle déjà avoir une si lourde charge sur les épaules ?

— Voici Marco Domenico Montanari, annonça Luca avec fierté.

— Domenico ? demandai-je incrédule.

— Le nom de son parrain, annonça Cassie derrière moi.

Je me retournai pour voir que le bébé était maintenant dans les bras d'India. Seigneur, cette femme attisait tous mes besoins primaires.

Je secouai la tête, en faisant taire mes pensées et mes sentiments. Ce n'était clairement ni le moment ni le lieu.

— Et voici Arabella Maria, poursuivit Cassie en lançant un regard rêveur vers sa fille.

Je hochai la tête.

— C'est un prénom merveilleux.

Donner à leur petite fille le prénom de la sœur et de la mère de Luca était la meilleure façon de leur rendre hommage.

Je me retournai vers Luca et regardai Marco.

— Je crains que celui-ci n'ait ton nez, cela dit.

Je levai les yeux avec un sourire en coin.

Luca roula des yeux avant de tendre ses bras vers moi.

— Qu'est-ce que tu fais ? demandai-je, en levant ma main dans un mouvement pour le stopper.

Ma voix portait-elle la panique que je ressentais ?

Il rit et secoua la tête.

— Tu ne veux pas le prendre ?

Je regardai le petit bébé dans ses bras.

— Non, bien sûr que non. Je vais le casser.

— Tu ne le casseras pas. Les bébés sont plus résistants que tu ne le penses.

— Ce sont tes mots ou ceux de ta femme ?

Luca jeta un regard rapide vers Cassie.

— Qu'est-ce que tu en penses ?

— Les siens.

— Évidemment ! dit-il en tendant un peu plus les bras. Hier, j'avais même peur de les toucher. Il m'a fallu beaucoup d'encouragements, je l'admets, mais une fois que j'ai eu Marco et Arabella dans mes bras... je ne voulais plus les lâcher, avoua-t-il en prenant une profonde inspiration. Plie juste ton bras comme ça.

J'imitai sa position et j'arrêtai de respirer lorsqu'il plaça le bébé dans mes bras, son cou calé dans le creux de mon coude.

— Tiens juste son cou comme ça, ça va aller.

Quand Luca me lâcha, j'expirai une petite bouffée d'air, en regardant le nourrisson assoupi dans mes bras. Il était là, juste dans mes bras. Putain, qu'est-ce que j'aimais déjà ces enfants !

— Je vais être le meilleur parrain et oncle du monde, petit.

Je levai les yeux et rencontrai ceux de Cassie.

Elle me regardait avec un petit sourire, la main sur le cœur et les yeux pleins d'amour et de tendresse.

Je lui fis un clin d'œil avant de regarder rapidement India qui berçait Arabella. Elle me fit un petit sourire qui semblait dire « tu peux le faire », et je sentis mon cœur se gonfler encore plus avec sa foi en moi.

Je me retournai vers Luca.

— Qu'est-ce que ça fait ? D'être père ?

Il détourna les yeux pensivement pendant une minute avant de se tourner vers moi.

— Je ne suis pas sûr de pouvoir vraiment exprimer ce que je ressens. Je pensais que j'étais prêt. Je ne m'attendais pas à ressentir ce que j'ai ressenti quand je les ai vus. Ils ont fait sortir Marco en premier et quand j'ai entendu son premier cri, mon cœur..., dit-il avant de se frotter la poitrine. C'était un amour instantané, un amour si profond que je suis presque tombé à genoux. C'était tout à la fois, et si je pensais aimer ma femme avant..., secoua-t-il la tête. Cela semble être très loin de ce que je ressens pour elle maintenant, de la façon dont je la regarde chaque fois qu'elle allaite un de nos bébés, poursuivit-il avant de lever les yeux vers le plafond, sa pomme d'Adam remuant sous le poids de son émotion. Je mourrais sans eux. Je tomberais volontiers dans le gouffre de l'enfer avec un putain de sourire aux lèvres si je les perdais.

Je baissai les yeux vers Marco avant de jeter un coup d'œil vers Cassie qui discutait avec enthousiasme avec India et Jude, sans se rendre compte de l'intense partage d'émotions et de peur qui se passait de ce côté de la pièce.

Je croisai le regard de mon meilleur ami et je vis la peur qu'il essayait de cacher.

— Il ne leur arrivera rien. Je suis là aussi. Je protégerai ta famille de ma vie.

Luca posa sa main sur le côté de mon cou.

— Notre famille, *fratello*.

— Oui, notre famille.

Luca soupira en faisant signe vers l'extrémité de la pièce où se trouvaient des chaises.

— Allons-nous asseoir un moment pour discuter ?

J'acquiesçai, en marchant lentement pour ne pas

réveiller le bébé dans mes bras et m'assis aussi prudemment que possible, en laissant échapper un soupir de soulagement une fois que mes fesses eurent touché le siège.

— Tu as l'air d'aller bien, déclara Luca en se mettant à m'étudier d'un œil critique. Je pensais que tu serais énervé après l'impasse d'hier et le passage à Baker's Place, dit-il en grimaçant. Tout ça pour rien.

Je laissai échapper un petit rire.

— Je sais. J'ai pris une douche avec de l'eau de javel quand je suis rentré, juste pour être sûr. Suis-je frustré ? dis-je en haussant les épaules. Peut-être un peu. Je suis plus inquiet que frustré, et Matteo était assez frustré pour nous deux.

J'avais encore du mal à croire que j'avais vu Matteo Genovese perdre complètement son sang-froid.

Luca acquiesça, en posant sa main sur l'accoudoir, en tapotant son index en rythme.

— Il m'a appelé hier soir.

Je fronçai les sourcils. Genovese ne pouvait-il pas lui foutre la paix ? Il venait juste de devenir père. Comment cet homme pouvait-il être aussi froid ?

— Quoi qu'il t'ait demandé de faire, dis-le-moi. Je vais m'en occuper.

Luca m'adressa un petit sourire.

— Il n'a rien demandé en fait. Il voulait juste savoir comment Cassie et les bébés allaient.

Je haussai les sourcils, surpris que Matteo ait pu montrer un minimum d'intérêt pour Luca et sa famille.

— Je sais. J'ai été surpris aussi, dit-il en secouant la tête. Il m'a juste demandé si tu m'avais déjà parlé de Baker's

Place et dit que je devrais profiter du temps passé avec ma famille et que, je le cite, « le capo bas de gamme » était plus acceptable que ce qu'il pensait et que tu ferais l'affaire pour le moment.

Je laissai échapper un petit grognement.

— Je vois... « Plus acceptable ». Quel compliment !

— De la part de Genovese, je crois que oui. Le gars t'aime bien, on dirait.

— Genovese n'aime personne.

Luca haussa les épaules.

— Je n'en suis pas convaincu. C'est peut-être parce que je viens de devenir père et que la sagesse paternelle m'est tombée dessus d'un coup.

— Je ne pense pas que ça marche comme ça.

Luca agita la main avec dédain.

— C'est tout à fait le cas. Je pense vraiment que Matteo Genovese ressent beaucoup plus de choses qu'il ne le laisse croire.

Je repensai à son pétage de plombs.

— Peut-être...

— Et toi, alors ? J'ai vu cet allant dans ta démarche. Tu sembles apaisé.

— J'ai baisé, chuchotai-je.

D'une certaine manière, c'était mal de dire ça dans une pièce avec des nouveau-nés.

Luca laissa échapper un petit rire.

— C'était bien ? Je m'y attendais, être si près du *Presbytère*, et ne pas en profité aurait été comme une perte d'opportunité.

Je secouai la tête. Je ne pouvais pas mentir à mon

meilleur ami.

— Ce n'était pas au *Presbytère*. J'y suis allé mais je n'ai pas pu. Il n'y avait qu'une seule femme que je voulais.

Mes yeux se posèrent sur India qui tenait Arabella dans ses bras avec un sourire niais aux lèvres.

— Je vois.

La voix de Luca était empreinte de méfiance. Je ne pouvais pas lui en vouloir. Cela pouvait potentiellement devenir le bordel.

— Je ne pensais pas que India appréciait..., poursuivit-il avant de s'interrompre.

— Je n'ai pas eu besoin de faire ça.

Luca me lança un regard surpris.

— Ah bon ?

Je secouai la tête.

— Je lui ai laissé le contrôle total, dis-je en baissant les yeux sur le bébé qui dormait dans mes bras, un peu mal à l'aise. Elle m'a attaché les mains et j'avais suffisamment envie d'elle pour essayer, admis-je.

— Euh, fit Luca en regardant à nouveau les deux femmes avant de hocher la tête. Je suis content pour vous.

— Ça ne veut rien dire, répondis-je rapidement, en ne voulant pas lui laisser nourrir un espoir qui ne devrait pas être.

C'était trop nouveau, trop fragile. Qui avait dit que je ne redeviendrais pas le monstre que j'étais lorsque mes mains seraient libres ?

Qui avait dit qu'elle voulait davantage de cette vie effrayante pleine de règles, de codes et de mort ?

— Ça pourrait signifier quelque chose. Tu sais, elle et

toi, ce n'est pas impossible, dit-il comme s'il pouvait lire dans mes pensées avant de tourner la tête vers sa femme. Regarde Cassie et moi. Je n'aurais jamais pensé qu'une femme qui avait grandi en dehors de la famiglia pourrait comprendre et être le soutien nécessaire, et pourtant Cassie est tout cela et même plus.

Il lui sourit avec un air rêveur, et comme si elle pouvait le sentir, elle leva les yeux. Lorsque leurs yeux se rencontrèrent et qu'elle lui rendit son sourire, c'était comme si deux âmes devenaient une. Putain, j'avais envie de ça.

— Comment ?

— Tant qu'elle comprend qu'en raison de ton métier, la famiglia doit souvent passer en premier malgré tout ce que tu ressens pour elle. Que faire passer la famiglia en premier est crucial pour ta sécurité, mais que lorsque le choix t'appartient vraiment, elle passera toujours en premier, et que parfois tu peux simplement te déconnecter et être là *uniquement* pour elle, dit-il en croisant mon regard. Et j'ai de la chance parce que je peux compter sur toi quand j'ai besoin de faire ça. Je peux tout laisser derrière moi et me concentrer uniquement sur ma femme parce que je sais que tu es là pour reprendre là où je me suis arrêté.

— J'assurerai toujours tes arrières.

— Je sais et j'assurerai toujours les tiens. Tu peux le faire aussi. Tente le coup, Dom. Qu'est-ce que tu as à perdre ?

Le morceau de mon cœur que je croyais mort, pensai-je alors qu'une peur glaciale se logeait dans ma gorge à la seule pensée du départ d'India.

Ses yeux s'adoucirent et je sus qu'il avait compris.

— Pense à toutes les choses que tu pourrais gagner.

— Et me connaissant, tu es d'accord avec ça ?

En sachant ce que j'ai fait, ce que je pourrais faire ?

— Pourquoi ne le serais-je pas ? Cette femme est chanceuse d'avoir réussi là où beaucoup ont échoué, elle a volé le cœur de Domenico.

Je plissai les yeux avec méfiance. Chanceuse ? Il pensait qu'elle avait de la chance ? C'était bien plus une malédiction qu'un cadeau... Elle possédait le cœur en lambeaux d'un homme qui était aussi partiellement un monstre. Un monstre tapi dans son sang, prêt à bondir à tout moment... Ouais, c'était une chance de merde, là.

— Je sais ce que je dis, Dom, et tu ne me convaincras pas du contraire. Je suis un peu ennuyé cela dit, ajouta-t-il avec un soupir enjoué.

— Pourquoi ?

— Parce que maintenant je dois cent dollars à ma femme.

— Je ne comprends pas.

Il secoua la tête.

— La semaine dernière, elle a parié que vous sortiriez ensemble avant la fin du mois.

Je le regardai, la bouche grande ouverte de surprise. Avais-je été si transparent ?

— Vous faisiez des commérages sur nous comme des vieilles dames ?

— Peut-être. Tu sais, le soir au lit, ma femme était bien trop enceinte pour qu'on puisse s'amuser, alors...

— Tu es un connard, marmonnai-je, et à ce moment-là, le bébé Marco commença à crier à tue-tête

— Quelqu'un a faim, dit Luca en riant et en me prenant le bébé.

Une fois libéré, je me levai et je secouai mon bras qui était engourdi après avoir tenu le bébé.

— Que diriez-vous d'aller déjeuner ? demandai-je à India et Jude. Qu'est-ce que vous voulez ? demandai-je à Cassie et Luca, qui nous passèrent commande avec gratitude.

Alors que nous marchions dans le couloir vers l'ascenseur, je rassemblai tout mon courage et attrapai la main d'India.

Elle baissa les yeux avec surprise mais ne l'enleva pas, et je sentis mon cœur palpiter dans ma poitrine. Étais-je en train de devenir un ado ?

— Laisse-moi t'inviter à dîner ce soir. Qu'est-ce que tu en dis ? Rien que nous deux ? lui proposai-je.

Elle me sourit avec un petit hochement de tête.

— C'est un rendez-vous, alors.

Merci pour ça, putain !

— Oui, ça l'est.

CHEVALIER BRISÉ 195

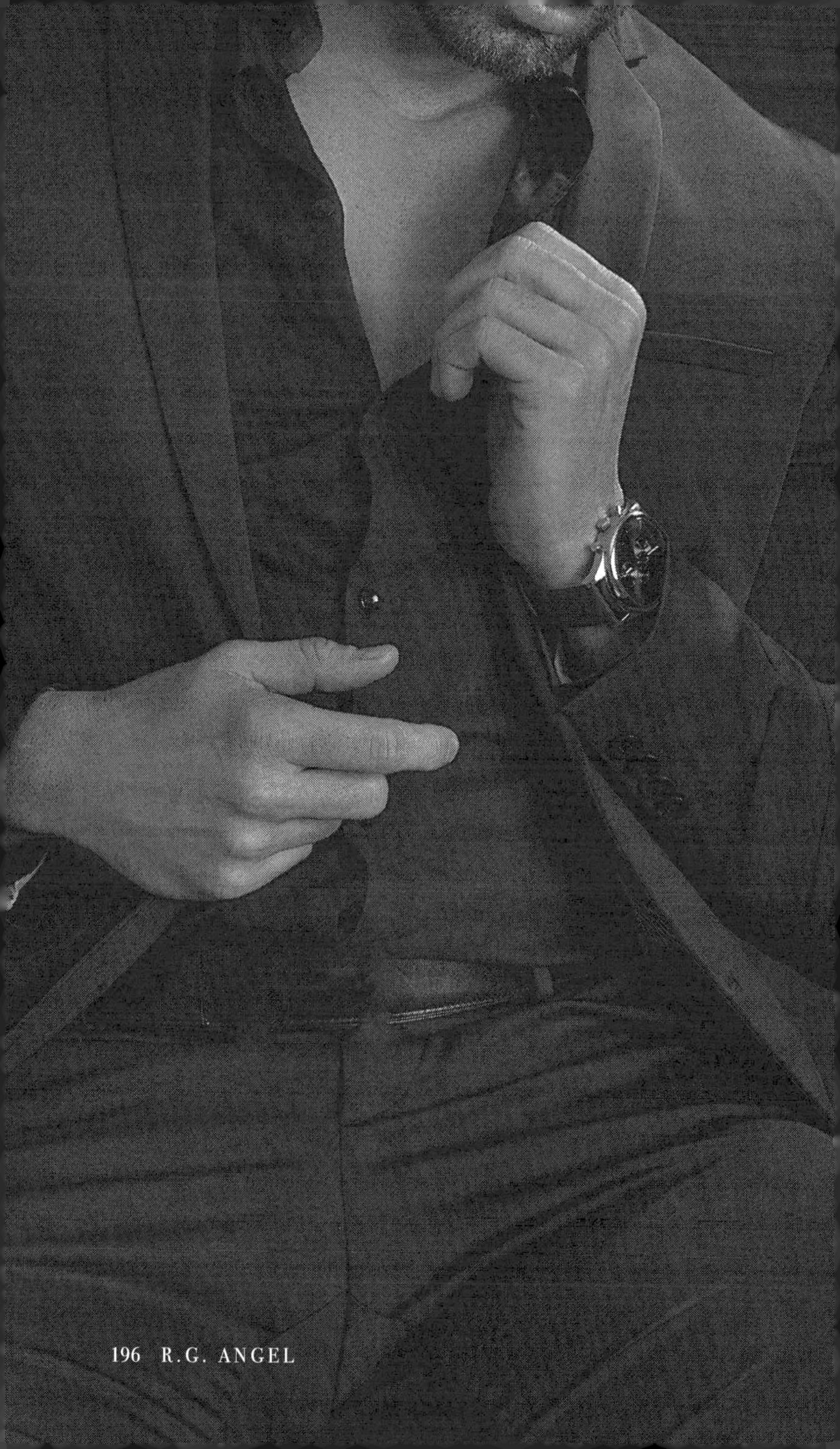

CHAPITRE 11
Dom

Un *rendez-vous.* Je ne savais pas vraiment pourquoi j'avais demandé et pourquoi elle avait accepté, mais j'avais des doutes. Pas à propos d'elle, non. Il ne pouvait y avoir rien de mieux qu'India dans ma vie, et je savais très bien qu'elle était parfaite.

J'étais inquiet pour elle, de ce qu'être avec moi impliquait. Les hommes de la mafia ne valaient pas mieux que les vieilles commères, et si on nous voyait ensemble en ville, le moulin à rumeurs fonctionnerait à plein régime, et elle serait associée à moi quoi qu'elle fasse.

Je pris une douche rapide et me changeai pour mettre un pantalon noir et une chemise bleue.

Je me regardai dans le miroir en coiffant mes cheveux, en me sentant plus léger que je ne l'avais été depuis longtemps malgré l'enjeu de ce rendez-vous.

Mon téléphone vibra, indiquant un message. Je fermai les yeux une seconde avant de le regarder. J'étais si près de passer une belle soirée avec une femme éblouissante, une soirée pendant laquelle je pourrais presque me sentir normal, et je voulais que cela dure quelques secondes de plus. J'aurais dû savoir qu'il ne fallait pas s'attendre à une pause. Le karma était une putain de salope et ma vie était censée être une longue pénitence pour ce que j'avais fait, ce dont j'avais été témoin, ce que je n'avais pas arrêté.

Quand il faut y aller... J'attrapai mon téléphone sur la commode et j'ouvris le message d'un numéro inconnu.

« Je te regarde. »

Mes narines se dilatèrent. C'était le putain de bâtard qui avait laissé des messages sur ma voiture, il intensifiait son jeu maintenant. Comment avait-il eu mon numéro ?

« Pourquoi se contenter de regarder ? Viens plus près et suce ma bite », répondis-je. Je mourrais avant qu'il ne pense me faire peur. Est-ce qu'il m'énervait ? Sans aucun doute. Mais est-ce qu'il me faisait peur ? Non. Rares étaient les choses qui pouvaient me faire peur maintenant.

J'attendis quelques minutes et je fis un doigt au téléphone. Ça fit taire cet enfoiré.

Je défroissai ma chemise, ajustai ma ceinture et me regardai une fois de plus dans le miroir.

Je n'avais jamais été vaniteux, l'apparence ne comptait pas tant que ça pour moi. Je savais que les femmes m'appréciaient, du moins pour mon apparence. Si elles avaient su qu'un monstre se cachait si près de la surface, elles auraient fui...

J'ouvris la porte et toutes les pensées sombres et les doutes disparurent à la vue de la déesse devant moi.

Ses cheveux noirs étaient tressés et tombaient sur son épaule droite. Elle portait une robe verte simple, fluide et longue jusqu'au genou. La robe était presque assortie à ses yeux et allait parfaitement à son teint, d'une manière telle que ça me semblait impossible de ne pas la toucher. Le seul petit plus était son rouge à lèvres rose et ses grandes créoles.

Tout était si simple, rien d'extra mais elle n'avait besoin de rien. J'avais vu cette femme nue, et elle n'avait besoin de rien pour me mettre à genoux.

Putain ! Ma bite se contracta à nouveau. Ce n'était pas le moment de penser à India nue.

Je me râclai la gorge et je baissai les yeux, en repandant la scène de crime de Baker's Place, en espérant plonger ma bite dans le coma pour les prochaines heures.

— Je, hum, je peux me changer si ça ne convient pas. Désolée. Je n'étais pas sûre d...

Je pris son visage dans mes mains aussi délicatement que possible et je me penchai vers elle, en effleurant doucement ses lèvres, et je dus m'empêcher d'approfondir le baiser.

— Ne doute jamais de toi, *Dolcetta*. Tu es à couper le souffle, peu importe ce que tu portes.

Je frottai mon nez contre le sien.

— Tu es juste resté là, silencieux, dit-elle avec une incertitude qui me déconcerta.

Comment pouvait-elle se sentir peu sûre d'elle ?

— Je devais juste reprendre mon souffle après t'avoir vue, c'est tout. C'est l'effet que tu me fais.

— Quoi ?

— M'enlever tout l'air de mes poumons.

Elle me fit une fois de plus un grand sourire, le fait de la voir me regarder comme si j'étais un héros me donnait l'impression d'en être un.

Je lâchai son visage et lui tendis le bras avec un sourire enjoué.

— Prête à y aller, ma belle ?

— Bien sûr.

Elle prit mon bras sans hésiter, ce qui fit que mon cœur se serra une fois de plus dans ma poitrine.

Est-ce que Luca se sentait comme ça quand il était avec Cassie ? Pas étonnant qu'il soit accro.

— Où est-ce qu'on va ? demanda-t-elle quand nous fûmes finalement assis dans la voiture.

— Dans le meilleur Steakhouse de la ville.

Grâce à Luca, propriétaire de l'endroit, nous avions une table quand nous le voulions.

Après cinq minutes de route, je m'arrêtai devant le restaurant et je sortis rapidement pour faire le tour de la voiture et ouvrir la porte à India.

— Tu n'avais pas à le faire, dit-elle en prenant ma main.

— Bien sûr que si, répondis-je en entrelaçant nos doigts. C'est un premier rendez-vous.

Elle secoua la tête mais le sourire éclatant qu'elle m'adressa était la réponse parfaite. Elle aimait cette attention.

N'était-ce pas une chose à laquelle elle était habituée ? Je m'attendais à ce qu'une femme comme elle reçoive de l'attention, et pourtant chaque petit geste de ma part semblait signifier beaucoup.

Je jetai ma clé au voiturier.

— Ne la gare pas trop loin.

Il inclina la tête.

— Bien sûr. J'en prendrai grand soin.

Dès que nous fûmes entrés, l'hôtesse blonde nous adressa un sourire éclatant avant de laisser ses yeux longer mon bras jusqu'à ma main qui tenait celle d'India, son visage semblant un peu abattu avant d'afficher à nouveau son habituel sourire.

— Mr. Romano, quel plaisir de vous voir ce soir.

— Merci.

Je regardai autour de moi et remarquai que deux hommes de la famiglia étaient assis au bar et nous regardaient sans retenue.

Ouais, tout le monde serait au courant de ma liaison avant que la nourriture ne touche la table.

Je me retournai vers India et la lumière joyeuse dans ses yeux fit que tout cela en valait la peine.

— Quelqu'un d'autre se joindra-t-il à vous ce soir ? demanda l'hôtesse, en posant sa main sur les menus de couleur bordeaux que je connaissais par cœur.

Je levai la main d'India et j'embrassai son dos.

— Non, seulement nous.

L'hôtesse poussa un petit soupir en même temps qu'India et je dus faire de mon mieux pour arrêter de sourire devant leurs réactions.

— Très bien.

L'hôtesse saisit deux menus et nous fit signe de la suivre à l'arrière du restaurant.

Nous aimions notre intimité dans la famiglia, surtout avec ce qui était arrivé au père de Luca et la façon dont il avait été abattu dans un restaurant. Maintenant, nous nous assurions de nous asseoir aussi loin que possible des fenêtres.

— Cet endroit est incroyable, dit India, émerveillée, alors que nous étions assis dans le box, cachés des yeux ou des oreilles indésirables.

C'était utile lorsque nous discutions business dans un

lieu public, mais j'étais plus que reconnaissant ce soir d'être dans ma bulle avec India.

— C'est vrai, Acquiesçai-je, en lâchant à contrecœur sa main pour lui permettre de regarder le menu.

— Tu viens souvent ici ? demanda-t-elle avec curiosité en parcourant le menu.

— J'avais l'habitude de venir. Luca est le propriétaire.

Elle me regarda avec de grands yeux.

— Ah bon ?

Je ris et hochai la tête.

— Oui, je l'ai même aidé à faire le menu.

— Ouah..., dit-elle en baissant les yeux sur son menu avant de le refermer et de poser ses mains dessus. Puisque tu es l'expert, choisis quelque chose pour moi.

— D'accord.

Je sentis à nouveau la chaleur dans ma poitrine à cause de la confiance qu'elle m'accordait, même si c'était pour quelque chose de si banal.

— Est-ce qu'il y a quelque chose que tu n'aimes pas ?

— Non, choisis juste.

Quand la serveuse arriva, je commandai deux osso buco et du vin Dolcetto.

Après avoir commandé, elle se pencha vers moi et me prit la main.

— Pourquoi tu me regardes comme ça ? demanda-t-elle en inclinant la tête sur le côté.

Je m'adossai à ma chaise.

— Comment ?

— Comme si tu t'attendais à ce que je m'enfuie d'une minute à l'autre.

— Ah.

Elle était perspicace, et je ne savais pas si c'était lié à son domaine d'expertise ou à notre connexion.

— Parce que je me demande à quel moment je vais dire ou faire quelque chose qui te fera courir dans la direction opposée, répondis-je.

— Je ne le ferai pas.

Je hochai la tête, puis pris mon verre de vin et en bus une gorgée.

— Nous avons enquêté sur toi avant de te laisser venir, admis-je. Tu n'as pas l'air surprise.

Elle secoua un peu la tête, et attrapa aussi son verre de vin.

— Je ne le suis pas. En connaissant ton métier, je ne pouvais pas m'attendre à autre chose.

— Je pense qu'il serait juste que je commence à me dévoiler aussi.

— Seulement si tu en as envie.

— Tu sais que la plupart d'entre nous ont des surnoms. Luca était le Prince Déchu. Matteo est le Roi Cruel.

— Très approprié.

— Tu veux savoir comment on m'appelle ?

Elle me regarda silencieusement, en m'invitant à continuer.

Je pris une profonde inspiration, l'appréhension augmentant de façon exponentielle. Me dévoiler était risqué, mais je devais le faire. Si nous avions ne serait-ce qu'une petite chance de construire quelque chose, elle devait connaître une partie de mes ténèbres.

— On m'appelle le Chevalier Brisé.

— OK, dit-elle en reposant son verre sur la table et en rivant sur moi ses yeux émeraude clairvoyants. Tu sais, je ne dis pas ou ne pense pas que tes mains sont propres, Dom. Je ne suis pas aussi naïve qu'il y paraît. Tu as clairement souffert et vécu des traumatismes. Je ne me leurre pas en pensant que tu es un saint. J'ai même une petite idée de ce qui pourrait être à l'origine de cette haine de soi mais je ne suis pas là pour te faire parler de ce dont tu n'as pas envie de parler, de ce que tu n'es pas prêt à partager, déclara-t-elle en passant la main de l'autre côté de la table et en liant nos doigts. Et si tu n'es jamais prêt à partager, ce n'est pas grave non plus.

Je clignai des yeux plusieurs fois, en n'étant même pas sûr qu'elle soit réelle. Se doutait-elle vraiment de ce que j'avais fait et me tiendrait-elle encore la main après ça ?

— Tu m'as posé des questions sur Jake, dit-elle doucement, en lâchant ma main alors que la serveuse apportait notre nourriture.

— Tu n'es pas obligée, retorquai-je, même si je mourais d'envie d'en savoir plus sur cet homme que je détestais par principe.

Elle prit une profonde inspiration.

— J'ai tendance à choisir des hommes à problèmes.

Je laissai échapper un petit rire en coupant mon veau.

— Je peux confirmer, tu ne sais pas dans quoi tu t'es embarquée en me choisissant.

Elle pencha la tête.

— Je pense que si.

— Je suis mauvais.

Combien de fois devrais-je le dire pour qu'elle s'en aille

? Je n'étais peut-être pas assez fort pour la laisser partir, mais elle devait être plus intelligente que moi.

Elle secoua la tête.

— Pas au fond, et c'est la principale différence entre eux et toi. Ils étaient tous brillants et lumineux à l'extérieur mais si... laids à l'intérieur, mais toi tu portes ta noirceur à l'extérieur, mais j'ai vu toute ta lumière, dans tes gestes tendres envers Cassie, dans ton inquiétude pour moi, dans ta patience et ta gentillesse envers Jude. Tu essaies de le contenir, mais c'est là. Tu n'es pas un homme mauvais.

Je regardai mon assiette, les narines dilatées, déjà en colère contre ce qu'elle allait avouer.

— Une personne véritablement mauvaise ne pense pas qu'elle est mauvaise, poursuivit-elle. Je suis venue pour aider Cassie pendant sa grossesse et ensuite avec les bébés, mais j'étais heureuse de partir pour un temps.

Elle gardait les yeux baissés, en faisant courir l'ongle de son index vernis couleur pêche d'avant en arrière sur la nappe blanche.

— Je l'ai rencontré il y a quelques années, continua-t-elle. Il est architecte. Sur le papier, il était parfait, mais ce n'était que sur le papier.

Elle porta la main à son visage, en effleurant la belle peau de velours sous son œil.

Je voulais tuer cet homme qui l'avait touchée d'une manière qui n'était pas consensuelle, qui l'avait touchée d'une manière qui l'avait blessée.

— India, regarde-moi... S'il te plaît, ajoutai-je car ma demande ressemblait trop à un ordre.

Elle leva la tête, ses yeux émeraude brillant sous la

lumière. Cet homme devait mourir pour sa détresse.

— Tu es incroyable, forte, gentille. Tu es la femme la plus extraordinaire que j'aie jamais rencontrée, déclarai-je.

— Mais je suis aussi la femme qui a ignoré tous les signaux d'alarme, la femme qui a laissé un homme la frapper, en utilisant les mêmes excuses que celles qui avaient été servies à ses patientes à maintes reprises, dit-elle avant de soupirer. Je ne suis pas qu'une seule chose. Je peux être courageuse et tomber aussi. C'est pareil pour toi.

— J'ai envie de le tuer.

— Il n'y a pas besoin de préméditer son assassinat dans l'ombre.

— Oh, je n'ai pas besoin de le « *préméditer* ». J'ai tout prévu.

Elle rit, comme si je plaisantais. Elle était loin de se douter que je n'avais jamais été aussi sérieux de ma vie. J'avais déjà des plans de A à Z dans mon répertoire et un appel au consigliere canadien de la côte ouest de la famiglia... et Jake « le cogneur de petite amie » ne serait plus qu'un lointain souvenir.

— Une partie de moi lui est reconnaissante.

Je ne pus m'empêcher de froncer les sourcils d'incrédulité... Ce n'était certainement pas une chose à laquelle je m'attendais.

Elle laissa échapper un rire doux et mélodieux.

— Ne t'inquiète pas. Je ne suis pas folle, mais comme tu le sais, j'ai été élevée par une mère écervelée qui vivait ses rêves malgré les factures et autres contraintes sociales. J'ai été trop habituée à m'inquiéter, et j'ai grandi en étant si sérieuse, sans jamais prendre de risque, en optant toujours pour le choix le plus sûr et le plus raisonnable, dit-elle en secouant légèrement la tête. Si les choses avec Jake n'étaient pas arrivées, je pense que je n'aurais simplement jamais sauté dans un avion pour venir ici, dans un endroit où je n'étais jamais allée, et je ne t'aurais jamais rencontré et ça aurait été dommage.

Elle détourna le regard, les joues teintées de gêne.

Mon cœur se serra dans ma poitrine. Comment pouvait-elle avoir une si haute opinion de moi ?

— Je ne suis pas sûr que j'en vaille la peine.

— Moi si.

Je voulais l'attraper et l'embrasser sans retenue, ici même, à cette table.

Je secouai la tête.

— Tu es quelque chose d'autre, dis-je.

— C'est un compliment ? demanda-t-elle.

— Le meilleur qui soit.

Son sourire s'élargit.

— Je le prends, alors.

— Souhaitez-vous prendre des desserts ? demanda la serveuse une fois notre repas terminé.

Je regardai India.

— Si tu veux un dessert, tu devrais essayer le tiramisu. Il est incroyable.

Elle secoua la tête.

— Non, je pense que je suis prête à rentrer.

— Oh, d'accord.

J'essayai de cacher ma déception face à son souhait de mettre un terme à notre soirée si tôt. Avais-je mal interprété les signes ? Je n'étais pas un expert. À vrai dire, c'était en fait mon tout premier rendez-vous, mais malgré tout, j'étais certain que tout se passait bien.

Je hochai la tête une fois de plus et je pris mon portefeuille dans ma veste.

La serveuse secoua la tête.

— Non, Mr. Romano. Nous ne voulons pas de votre argent ici. Passez une bonne soirée.

Après qu'elle eut quitté la table, je pris quand même mon portefeuille et sortis deux billets de vingt dollars pour la serveuse.

— Dom, j'ai passé un très bon moment, dit doucement India.

Je hochai à nouveau la tête, en ne sachant pas quoi répondre. Le fait qu'elle essaye d'épargner mes sentiments aggravai la situation.

— Je suis juste prête à ce qu'on rentre à la maison pour continuer ce qu'on a commencé hier soir, ajouta-t-elle.

Je levai les yeux rapidement, en rencontrant son regard avec incrédulité.

Elle rit de mon intérêt soudain.

— Pourquoi pensais-tu que je voulais partir ? demanda-t-elle en me faisant un sourire séduisant qui parla directement à ma bite. Je veux un dessert, mais ce que je veux n'est pas sur le menu.

Je grognai, en regardant vers le ciel.

— Tu me tues, femme. Je vais maintenant sortir avec une bosse visible sur mon pantalon.

Elle gloussa.

— Et ça me va bien.

Je me levai rapidement et j'attrapai sa main pour l'aider

à se relever.

— Il faut qu'on y aille maintenant, Dolcetta, ou mon érection va taper quelqu'un au mauvais endroit.

Elle rit à nouveau et me prit la main.

— On ne voudrait pas ça, n'est-ce pas ?

Putain, j'étais accro à son rire mélodieux. Je voulais l'entendre tous les jours... Enfin, ça et ses gémissements de plaisir, et je voulais être celui qui était à l'origine de tous ces sons. Peut-être parce que son rire, quand je lui donnais du plaisir, me donnait l'impression d'être invincible.

Nous étions sortis du restaurant quand mon téléphone vibra dans ma poche alors que nous attendions que la voiture soit ramenée.

J'ouvris le message sans même regarder l'expéditeur. *« Comment se sent-elle à l'idée de dîner face à un violeur ? Connaît-elle l'étendue de tes péchés ? As-tu confessé tes crimes ? »*

Je resserrai ma prise sur mon téléphone en regardant autour de moi, prêt à assassiner quiconque serait en train de tenir un téléphone dans les alentours.

— Dom ?

Je la regardai, mon air renfrogné toujours fermement en place.

Ses yeux s'écarquillèrent d'inquiétude et je fis de mon mieux pour détendre mes traits, elle ne méritait pas ça.

Elle baissa les yeux sur ma main qui tenait le téléphone.

— Est-ce que tout va bien ?

C'est ce que ce lâche voulait, gâcher ma soirée parfaite avec cette femme extraordinaire. Il n'aurait pas envoyé de message à l'instant si ça n'avait pas été le cas. Je ne lui donnerais pas satisfaction. Je méritais aussi un peu de bonheur, et si cette femme était assez bonne pour voir au-delà de toute la noirceur qui m'entourait, alors je ne le laisserais pas m'enlever ça.

— Oui, désolé. Quelque chose au boulot qui m'a tracassé.

— Oh, OK, dit-elle en mordant sa lèvre inférieure charnue. Tu peux partir si tu veux. Je comprends tout à fait.

Je secouai la tête et attrapai sa main alors que le voiturier garait la voiture devant nous.

— Non, ce soir c'est notre soirée.

Nous nous dirigions vers l'appartement et plus nous nous approchions, plus je sentais la tension monter dans la voiture, au point que ma bite commençait déjà à gonfler dans mon pantalon.

C'était aussi nouveau pour moi, je bandais juste à l'idée d'être dans cette femme.

Je jetai un coup d'œil vers elle et je remarquai qu'elle serrait ses cuisses l'une contre l'autre, en se tortillant un peu, cherchant de la friction.

Ma bite durcit un peu plus en sachant qu'elle était probablement déjà trempée pour moi.

Je pouvais presque sentir son excitation, et je pouvais l'imaginer si parfaitement, sa jolie chatte, humide à cause de son envie de moi, ses lèvres gonflées de désir. Je laissai échapper un grognement sonore alors que ma queue se pressait douloureusement contre la fermeture éclair de mon pantalon.

Je me noyais dans mon envie d'elle mais je devais garder le contrôle. Je ne pouvais pas lâcher la bête sur elle.

Elle comptait pour moi, je ne pouvais pas la perdre.

Nous sortîmes de la voiture, et elle regarda la bosse dans mon pantalon quand nous entrions dans l'ascenseur.

Elle s'avança vers moi et commença à m'embrasser doucement. Je l'attirai plus près, en appuyant mon érection contre son bas-ventre.

J'attrapai sa lèvre inférieure charnue entre mes dents et mordis, pas assez fort pour la faire saigner mais assez pour la faire haleter.

J'envahis sa bouche, en la goûtant. J'attrapai l'arrière de sa tête, en tenant ses cheveux dans mon poing serré, en l'embrassant comme si ma vie en dépendait.

Quand l'ascenseur sonna, je l'entraînai dans l'appartement sans interrompre notre baiser. Je ne pensais pas que j'aurais été capable de le faire même si j'avais voulu, elle était mon opium.

Je rompis finalement notre baiser quand mes poumons commencèrent à réclamer de l'air.

— Est-il possible de jouir avec un simple baiser ? demanda-t-elle, en me regardant avec des yeux vitreux, ses pupilles dilatées à tel point qu'elle avait l'air défoncée, et elle était défoncée à cause de ce même désir que j'avais pour elle.

Elle laissa ses mains glisser le long de ma chemise jusqu'à ma ceinture en cuir.

J'attrapai ses poignets pour l'arrêter.

— J'ai tellement envie de toi, mais j'ai peur de te faire du mal.

Surtout maintenant, surtout en sachant qu'elle avait déjà été abusée. Je n'étais pas sûr de pouvoir contrôler la bête.

Je savais qu'avec elle, c'était différent. D'habitude, ma bite ne réagissait qu'aux larmes, aux supplications et à la peur. Avec elle, elle réagissait simplement, j'avais tout le temps envie d'elle. La peur n'était pas nécessaire, mais il y avait une bestialité en moi, même si je voulais être doux, je n'étais pas sûr que ce soit une partie de moi que je pouvais contrôler dans le feu de l'action. Putain, je pouvais à peine contrôler la bête maintenant.

Tout ce que je voulais, c'était l'attraper par les cheveux, la faire tourner et la pencher sur la table pour la baiser brutalement, comme un animal, jusqu'à ce que je jouisse en elle et sur elle, en la marquant comme l'homme des cavernes que j'étais vraiment.

Elle tira sur ma prise sur ses poignets.

— Je ne suis pas une poupée cassée, Domenico, dit-elle avant de pincer les lèvres.

Oh... elle utilisait mon prénom en entier, j'étais sur la corde raide.

— Non, Dolcetta, je...

— Ne me fais pas regretter de t'avoir parlé.

J'attrapai sa main et embrassai sa paume.

— Je ne le ferais jamais, mais j'ai tellement envie de toi. Je ne pense pas pouvoir me contrôler.

Elle lécha lentement ses lèvres, en gardant ses yeux sensuels rivés sur moi.

— Alors ne le fais pas. Donne-moi la bête, Dom. Je peux le supporter, m'assura-t-elle, en posant sa main sur mon renflement et en serrant doucement.

— India..., la prévins-je.

— Montre-moi la bête, Domenico.

Elle l'avait fait, elle l'avait libérée.

— C'est toi qui as demandé, dis-je en désignant la table. Penche-toi et attends-moi, ordonnai-je.

Elle serra ses jambes l'une contre l'autre, en mordant le coin de sa lèvre inférieure. Est-ce qu'elle pouvait vraiment aimer ça ? Je priai tous les dieux prêts à écouter pour que ce soit le cas.

Elle marcha silencieusement jusqu'à la table en bois et s'y appuya, en inclinant la tête sur le côté pour me regarder.

Je gardai mes yeux sur elle tandis que je défaisais ma ceinture et la faisais glisser dans les passants de mon pantalon avant de l'enrouler très lentement autour de mon poing.

Je m'approchai un peu plus d'elle alors que j'ouvrais mon pantalon, en le baissant en même temps que mes sous-vêtements, juste assez pour libérer ma bite en acier.

Elle lécha à nouveau ses lèvres, frottant ses jambes l'une contre l'autre.

— Tu veux mes vingt-cinq centimètres, n'est-ce pas, Dolcetta ?

Elle hocha la tête contre la table, en se léchant les lèvres une fois de plus. J'étais presque sûr qu'elle se repassait dans la tête la pipe qu'elle m'avait faite hier, en pensant à la façon dont elle s'était étouffée avec ma bite.

Je fermai les yeux, en prenant une profonde inspiration. Si je continuais à penser à ça, j'allais jouir avant de la pénétrer, et ce serait le pire des crimes.

— Joins tes poignets sur la table devant toi.

Elle fit ce qu'on lui avait demandé, en se soumettant complètement à mes exigences. Ce devait être un rêve, je ne pouvais pas être aussi chanceux.

Je me penchai sur elle, en posant ma bite sur ses fesses. Elle n'était pas seulement mouillée, elle était carrément trempée, son excitation s'infiltrant dans sa culotte et mouillant mes couilles. Oh, elle était plus que prête pour moi !

Je pressai mon torse contre son dos, en lui faisant sentir mon poids, ma puissance, tandis que j'enroulais la ceinture autour de son poignet, en gardant une extrémité dans ma main.

Je poussai mes hanches en avant plusieurs fois, en imitant la pénétration alors que ma bite se frottait entre nos corps.

Elle laissa échapper un petit miaulement de désir.

— Dis-moi ce que tu veux, Dolcetta, murmurai-je à son oreille, pendant que je continuais de bouger.

— Toi... S'il te plaît, Dom, j'ai envie de toi, supplia-t-elle.

— Moi ? Quelle partie de moi ?

Elle laissa échapper un gémissement, alors que je me frottai plus fort

— Réponds à la question, India, quelle partie de moi veux-tu ?

— Ta bite, au fond de moi, répondit-elle dans un souffle.

Je gardai mon torse contre son dos mais je bougeai les hanches juste assez pour pouvoir remonter sa robe et baisser sa culotte.

Je poussai son pied pour écarter un peu plus ses jambes et me levai, en tirant la ceinture avec moi, la forçant à se cambrer tandis que ses bras étaient tirés en arrière.

Je passai la main sur la courbe de ses fesses, le creux de ses hanches. Elle frissonna sous mon toucher.

J'avançai ma main, en faisant courir mes doigts entre ses plis chauds et humides.

J'attrapai le préservatif dans ma poche arrière et je l'ouvris avec mes dents, mes mains tremblant de désir tandis que je le déroulais sur ma queue douloureuse.

Elle laissa échapper un gémissement lorsque je la pénétrais avec mon index, elle était si chaude et prête que mon doigt glissa d'un coup. J'ajoutai un deuxième doigt, et je sentis ses muscles se contracter, en essayant de m'aspirer plus profondément en elle.

— Tu es tellement prête pour moi.

Elle laissa échapper un bruit incohérent qui ressemblait à la fois à un gémissement et à une supplication.

Je retirai mes doigts, plaçai ma bite douloureuse devant son ouverture, et je la pénétrai d'un seul coup tout en tirant fortement sur la ceinture, forçant son torse à quitter la table tandis que je m'enfonçais en elle, toute la douceur et la tendresse s'envolant en fumée.

Tout ce que je pouvais entendre, c'était l'homme des cavernes en moi qui criait que j'avais besoin de posséder cette femme, de la revendiquer comme mienne de toutes les manières possibles.

Et si j'en croyais le cri de douleur et de plaisir qu'elle laissa échapper lorsque ma bite s'enfonça entre ses parois étroites, elle avait envie de ça aussi.

— Putain, India ! criai-je, en lâchant la ceinture, et en attrapant fermement ses hanches.

Je la pénétrai, en rut comme la bête que j'étais, sa chatte palpitant autour de ma queue.

Les seuls bruits étaient nos gémissements de plaisir et le frottement de ma peau contre la sienne.

Je fermai les yeux et relevai la tête, en attrapant ses hanches encore plus fermement. J'étais sûr de laisser des bleus, mais j'étais trop perdu dans mon plaisir pour agir rationnellement.

Ma bite devint encore plus dure et mes couilles se contractèrent. J'étais sur le point de jouir mais je voulais qu'elle jouisse en même temps, en serrant ma bite.

Je lâchai l'une de ses hanches et commençait à frotter son clito en faisant des cercles au même rythme que mes va-et-vient, et soudain les parois de sa chatte se resserrèrent presque douloureusement autour de ma queue et elle cria mon nom. Je fermai les yeux, en profitant de l'étroitesse de sa chatte causée par son orgasme et je la suivis presque immédiatement.

Je jouis pendant ce qui me sembla être une éternité, surpris que la force de mon orgasme n'ait pas déchiré le préservatif.

Je tombai à bout de souffle contre son dos et embrassai sa nuque.

Elle pencha la tête sur le côté et je vis son petit sourire satisfait.

— C'était l'orgasme le plus bouleversant que j'aie jamais connu, déclara-t-elle, la voix rauque après tous les cris de plaisir qu'elle avait poussés pendant que je la pilonnais.

J'effleurai de mes dents le creux de son épaule, pas prêt

à quitter la chaleur de son corps.

— Je n'ai jamais rien connu de tel. Tu as nourri la bête maintenant, Dolcetta, elle voudra continuer à sortir pour jouer.

Elle poussa un soupir heureux.

— Alors laisse-la jouer. Je l'aime bien.

J'embrassai à nouveau sa nuque avant de me retirer d'elle à contrecœur. Je retirai mon préservatif et le jetai dans la poubelle derrière moi avant de la soulever doucement de la table et de la porter dans ma chambre.

Elle se blottit dans mes bras, ferma les yeux et embrassa ma jugulaire avant de reposer sa tête dans le creux de mon cou.

J'étais juste trop ému pour parler. Elle l'avait fait. Elle m'avait fait tomber amoureux d'elle, et je n'étais pas sûr de pouvoir la laisser partir un jour.

218 R.G. ANGEL

CHAPITRE 12
India

Je regardais Arabella qui attrapait mon doigt avec sa petite main, ses yeux étant les mêmes que ceux de Cassie.

— Tu es toute propre, petite fille…, lui roucoulai-je après avoir jeté la couche puante.

Je me tournai vers Cassie qui nourrissait Marco dans le fauteuil à bascule.

— Ce garçon a un sacré appétit, gloussa-t-elle, en le regardant avec tellement d'amour dans les yeux.

— Ils grandissent si vite, admis-je en regardant la petite fille dans mes bras.

Elle me sourit et essaya d'attraper mes lunettes.

— Trois semaines..., dis-je.

— Oui, je n'arrive toujours pas à croire que je suis déjà maman depuis si longtemps, déclara-t-elle en levant les yeux et en souriant. Je te suis si reconnaissante de ton aide.

— C'est un plaisir, Cassie, vraiment.

Je remis Arabella dans son lit et la regardai s'endormir.

Très bientôt, on n'aurait plus besoin de moi ici. Bon sang, on avait à peine besoin de moi en ce moment. J'étais venue pour être avec Cassie pendant sa grossesse. Je ne m'attendais pas à trouver tout ce que j'avais trouvé, et maintenant la seule pensée de partir était douloureuse.

— Je n'ai plus grand-chose maintenant de toute façon. Luca est le père parfait. Si Dom et lui n'étaient pas allés en ville aujourd'hui, tu n'aurais pas eu besoin de moi du tout.

— Tu te plais ici ? demanda Cassie inopinément.

Je me tournai vers elle.

— Oui ?

Elle gloussa, en réajustant sa poitrine et en pressant son fils contre son épaule pour son rot.

— Tu n'en es pas sûre ?

— Si, si, je le suis. C'est juste que je ne suis pas sûre de savoir où tu veux en venir.

Elle acquiesça.

— Il est évident que Dom et toi êtes proches et que tu..., s'interrompit-elle en penchant la tête sur le côté comme si elle essayait de trouver ses prochains mots. Tu ne sembles pas dérangée par la vie que nous menons.

Cassie et moi n'avions jamais vraiment abordé le fait que je sache la vérité sur Luca et Dom. Je pensais qu'une partie d'elle se sentait coupable de ne pas me l'avoir dit, même si je savais que ce n'était pas à elle de le faire.

Quant à Dom et moi, nous étions proches, aussi proches qu'il me le permettait, du moins. Depuis la nuit que nous avions partagée à New York, je partageais son lit.

J'avais peur de tout ça, de tous les sentiments qu'il réveillait en moi, mais j'étais accro. Je ne pouvais pas encore lui dire au revoir.

— Tu veux savoir si ça me dérange ? Je veux dire que ce n'est probablement pas la vie que j'aurais choisie, mais Luca et Dom sont des hommes bons, des hommes convenables qui ont des valeurs, et c'est tout ce qui compte pour moi.

Elle hocha la tête avec un petit sourire, comme si j'avais donné la réponse qu'elle attendait.

— Pourquoi ne restes-tu pas ? demanda-t-elle.

Mon cœur fit un bond dans ma poitrine. Je ne voulais rien de plus que de rester. Rien de bon ne m'attendait à Calgary.

— Mon avion n'est pas avant deux semaines.

— Ce n'est pas ce que je veux dire. Pourquoi ne pas rester... définitivement ? demanda-t-elle en se levant et en installant Marco dans son lit.

— Je ne sais pas. Il y a tellement de paramètres à prendre en considération.

— C'est vrai, en convint Cassie, en prenant le babyphone et en se dirigeant vers la porte. Mais la partie la plus importante ici est : le voudrais-tu ?

Je la suivis dans le couloir.

— Ma volonté de rester ici n'est pas le seul facteur à considérer. Il y a Luca, Dom, le logement et les visas.

Elle agita la main avec dédain alors que nous descendions les escaliers vers la cuisine.

— Cette maison est gigantesque. On se rendra à peine compte de ton emménagement, donc ça résout le problème du logement, dit-elle avant de se tourner vers moi quand nous atteignîmes la cuisine. Du thé ?

Je hochai la tête en silence.

Elle désigna un tabouret.

— Assieds-toi, m'ordonna-t-elle presque.

— Oui, m'dame !

Je ne pus m'empêcher de sourire devant son attitude

autoritaire. Elle était pareille avec Luca et Dom, et voir sa petite personne donner des ordres à de grands méchants mafieux était à la fois drôle et attachant.

— Luca t'aime vraiment beaucoup et je lui ai dit que j'avais l'intention de te demander de rester. Il a adoré l'idée, déclara-t-elle en allumant la bouilloire et en se retournant pour poser une tasse devant moi. Luca ne veut rien d'autre que le bonheur de Dom et tu le rends très, très heureux.

Je rougis au compliment. J'espérais que je le rendais heureux, au moins à moitié aussi heureux qu'il me rendait heureuse, et sachant que Cassie et Luca l'avaient remarqué me faisait extrêmement plaisir.

— Il me rend heureuse aussi.

— J'ai remarqué et je suis contente pour toi.

Elle attrapa un cookie aux pépites de chocolat qu'elle avait fait la veille et mordit dedans.

— Alors, qu'est-ce que tu en dis ? me demanda-t-elle.

Je baissai les yeux sur ma tasse, pensive. Je voulais rester, bien sûr que je le voulais, mais était-ce ce que Dom voulait ?

— C'est ton travail ? Je pensais que tu pourrais le faire aussi bien d'ici.

— Non, je veux dire, oui, je peux. C'est une thérapie en ligne, je peux faire ça de n'importe où, répondis-je avant de regarder l'horloge. J'ai même un nouveau patient dans vingt minutes. Ce n'est pas le problème.

— Alors quel est le problème ?

— Dom.

— Dom ? répéta-t-elle en fronçant les sourcils, en tenant sa tasse à mi-chemin de sa bouche. Je pensais que tu appréciais Dom.

Apprécier... J'étais bien au-delà du « apprécier » et c'était ça le problème.

— Le fait que j'apprécie Dom n'est pas le problème. Dom et moi, nous ne discutons pas de notre relation, dis-je en prenant ma tasse, en essayant de ne pas montrer l'étendue de ma gêne. Qui a dit que Dom aimerait que je reste ?

Cassie éclata de rire et je la regardai en haussant un sourcil jusqu'à ce qu'elle s'arrête de rire.

— Je suis désolée ! s'excusa-t-elle en essuyant les larmes sous ses yeux. Tu ne peux pas être sérieuse ?

Je haussai les épaules en prenant une gorgée de mon thé.

— Oh, India, non ! s'écria-t-elle en posant sa tasse et en contournant le comptoir pour me prendre dans ses bras. Dom est fou de toi ! On le voit bien. Luca et moi n'arrêtons pas d'en parler derrière ton dos.

J'aurais dû être ennuyée d'être la source des ragots du couple, mais je voulais savoir ce qu'elle voyait, j'avais besoin qu'elle me donne l'espoir que j'étais plus qu'une amourette de passage.

— Il est fou de moi ?

— Tu ne peux pas le voir ? Vraiment ?

Je laissai échapper un soupir. Je le voyais, parfois je l'avais vraiment vu, mais il ne s'était jamais vraiment engagé envers moi.

— Je ne sais pas.

Cassie secoua la tête.

— Il t'a emmenée visiter New York, n'est-ce pas ?

— Oui..., m'interrompis-je, en ne sachant pas trop où

elle voulait en venir.

— OK, je sais que c'est différent des autres hommes, mais avec la vie qu'ils mènent, ils prennent les relations très au sérieux car comme tu peux l'imaginer, l'attachement peut être vu comme une faiblesse.

— Et ?

Je n'étais pas une experte de cette vie de mafieux, mais je pouvais imaginer que plus on aimait de gens, plus on était vulnérable aux représailles.

— Quand Dom t'a emmenée pour te faire visiter la ville, il s'est engagé envers toi.

Je fronçai les sourcils.

— C'était juste quelques rendez-vous et une sortie au musée.

Elle haussa les épaules et retourna derrière le comptoir pour prendre son thé.

— Peut-être que ça l'est pour toi, peut-être que ça l'est dans le cadre d'une relation normale, mais ce n'est pas comme ça dans nos vies. Tout est pensé et réfléchi. Dom ne t'aurait pas emmenée en public, montrant une faiblesse potentielle au monde entier sans raison, surtout en sachant que tu fais partie de ma famille, dit-elle en secouant la tête. Il s'est engagé envers toi, peut-être pas verbalement, mais je peux t'assurer qu'il l'a fait.

Je hochai la tête, en prenant une gorgée de thé.

— D'accord, c'est juste différent, tu vois.

— Il faut un certain temps pour s'adapter, je suis d'accord, sourit-elle. Je suis ici depuis presque deux ans, et c'est encore bizarre parfois, dit-elle avant de s'éclaircir la gorge. Penses-tu que tu pourrais t'adapter à cette vie ?

Je ne pus m'empêcher de sourire un peu, elle était aussi subtile qu'un éléphant dans un magasin de porcelaine.

— Tu es à la pêche aux infos ?

Elle haussa les épaules.

— Je suis juste curieuse.

— J'apprécierais que ça reste entre nous.

— Je ne dirai rien à Dom, ajouta-t-elle ajouté rapidement, mais le fait qu'elle ne mentionne pas Luca ne m'échappa pas.

— Je pense que pour la bonne personne, je n'aurai aucun problème, non.

— OK...

Je levai les yeux au ciel.

— Cassie, je suis sérieuse, ne...

Je fus interrompue par les bruits des hurlements d'un nourrisson qui venaient du babyphone.

— Ah, je suis désolée. Il semble que ma fille ait changé d'avis concernant son repas. En plus, tu dois te préparer pour ton nouveau patient, non ?

Je regardai l'horloge et je hochai la tête. Il ne me restait que dix minutes pour me connecter et me préparer.

Cassie soupira alors que nous montions les escaliers.

— Je jure que cette gamine est déjà une diva, comment est-ce possible ?

Je ris.

— Vu la façon dont son père la traite ? Si j'étais toi, je me préparerais à des années où elle va faire la princesse.

— Elle va vraiment être une fille à papa, gémit-elle.

Mais le commentaire manquait d'enthousiasme, ça ne la dérangeait pas.

— Occupe-toi de ton fils et fais-en un fils à maman.

Elle me fit un clin d'œil.

— Oh, ne t'inquiète pas, c'est le projet !

Je la regardai monter au deuxième étage avant d'entrer dans ma chambre. J'enlevai rapidement mon t-shirt Nirvana pour enfiler une chemise, je pris mes lunettes et je m'assis devant mon ordinateur juste à temps pour que mon nouveau client se connecte.

Glen Franklin, 31 ans, banquier, souffre d'anxiété sociale. Pas facile pour quelqu'un qui a ce type de travail.

Je lançai la session et me figeai lorsque je rencontrai des yeux noisette que j'avais eu l'habitude de trouver chaleureux mais qui n'étaient plus que haineux maintenant.

— Tu pensais vraiment que tu pourrais m'échapper, India ? dit Jake en penchant la tête sur le côté, un sourire sadique aux lèvres.

J'eus des sueurs froides qui coulèrent dans mon dos en voyant son visage parfait, ses cheveux bruns coiffés à la perfection. Il avait l'air si gentil, si convenable aux yeux de la société, le genre d'homme avec lequel vous vouliez sortir, le genre d'homme que les autres femmes vous enviaient... Si seulement elles avaient connu le monstre qui se cachait sous la surface.

Je levai rapidement les yeux vers l'écran et la lumière rouge clignotante, la scène était enregistrée.

— India, je te parle.

— Qui est Glen ?

Le serveur était sécurisé, les identités étaient vérifiées, il ne pouvait pas...

Il rit. C'était un rire que j'aimais avant de réaliser qu'il manquait de chaleur, d'humanité. C'était le rire qu'il avait quand je ne faisais pas ce qu'il voulait, le rire qu'il avait avant de me frapper.

— Glen est un ami fidèle qui m'aide à retrouver ma petite amie insaisissable. Où es-tu, India ?

Petite amie ? Cet homme délirait complètement. Comment pouvait-il penser qu'il y aurait un retour en arrière possible après la dernière fois ?

— Je ne suis pas ta petite amie, répondis-je, en essayant de rester calme et d'empêcher ma voix de trembler.

Il ne méritait pas ma peur, il ne méritait aucun autre sentiment que mon mépris.

Il agita la main avec dédain sur l'écran.

— C'est quelque chose dont nous devons discuter, tu ne m'as même pas laissé la chance de le faire.
— Qu'y avait-il à discuter ? Tu m'as laissée inconsciente et couverte de sang sur le sol avec une orbite fêlée.

— Seulement parce que tu n'as pas écouté, dit-il en secouant la tête. Je t'ai *dit* que tu ne pouvais pas sortir avec ton amie. Tu as choisi de ne pas écouter. Tu as compris maintenant.

Je secouai la tête. Comment avais-je pu supporter un homme comme lui ? Comment avais-je pu penser que c'était ce que je méritais ?

Mais maintenant j'étais plus avisée, maintenant j'avais Dom, peu importait pour combien de temps. Je savais ce que c'était d'être chérie et traitée comme je le méritais. Je ne pourrais jamais retourner dans cet enfer que j'avais vécu avec lui.

— Rentre à la maison, India. Ne m'oblige pas à venir te

chercher. Tu n'aimeras pas ça.

Je ne pus m'empêcher de rire. Je l'imaginais entrer dans l'enceinte de la mafia... Je ne lui donnais pas cinq minutes.

— Ne te moque pas de moi, India ! rugit-il en claquant sa main sur son bureau. Je te retrouverai !

— Tu peux essayer, criai-je en retour, en claquant mon ordinateur portable et en le jetant contre le mur sans réfléchir.

Je posai une main tremblante sur mes lèvres, en laissant échapper un sanglot sans larmes.

La porte de ma chambre s'ouvrit brusquement. Dom se tenait dans l'encadrement de la porte, ses yeux balayant la pièce, le regard meurtrier.

— Dolcetta ?

Sa voix profonde me fit me sentir en sécurité en un instant. Comment était-ce possible ?

Je levai les yeux et rencontrai les siens, en secouant la tête en silence.

Il traversa la pièce, me souleva de ma chaise, et j'étais dans ses bras avant d'avoir eu le temps de respirer.

Il embrassa le sommet de ma tête.

— Parle-moi, Dolcetta, chuchota-t-il à mon oreille, en resserrant sa prise sur moi. — Jake, répondis-je, en enfouissant mon visage dans son cou en respirant son parfum boisé et sa légère odeur de cigare.

L'odeur de cigare était inhabituelle, et je soupçonnais qu'il avait été en présence de fumeurs.

— Il m'a retrouvée, ajoutai-je, en fermant les yeux et en laissant la force pure de Dom m'entourer.

Il frotta mon dos lentement, de manière apaisante.

— Je sais que tu es forte, que tu es maîtresse de ta vie et tout. Et crois-moi, Dolcetta, je te respecte comme tu n'as pas idée, mais tu dois me laisser faire quelque chose, déclara-t-il en embrassant le côté de ma tête, en laissant ses lèvres s'attarder sur ma tempe. Je ne peux pas laisser ma femme être bouleversée comme ça et ne pas intervenir, tu m'en demandes trop.

Je me figeai et bougeai un peu la tête pour regarder ses beaux yeux bruns pleins d'inquiétude.

— Ta femme ? demandai-je timidement.

J'aimais vraiment le son de cette phrase.

Il laissa échapper une longue phrase en italien qui n'était qu'une série de jurons avant de regarder au ciel.

— Ce n'est pas vraiment la façon dont je voulais discuter de ça.

— Discuter de quoi ?

— De nous. Je suis venu te demander de partir avec moi ce week-end pour qu'on puisse parler de notre relation.

Je le regardai avec suspicion.

— As-tu parlé à Cassie ?

Si c'était le cas, elle était morte.

Il fronça les sourcils.

— Non... Et toi ?

— Non ?

Il laissa échapper un petit rire.

— Ces deux-là, j'te jure.

Je laissai à nouveau échapper un petit rire et je reposai ma tête dans le creux de son cou.

— Qu'est-ce que tu en dis ? Est-ce qu'on part ? Je

comprendrais si tu ne voulais pas, après cette frayeur.

— Non, faisons-le, encore plus maintenant !

Il me relâcha et je ressentis le manque de sa peau. Je voulais rester dans ses bras pour toujours. Il m'écarta un peu et posa ses mains sur mes épaules.

— Bien, c'est réglé. Maintenant, quel est son nom ?

Je mordis ma lèvre inférieure. Je n'étais pas sûre que lâcher Dom sur Jake était une bonne idée.

— Je ne le tuerai pas.

Je secouai la tête.

— Non, je sais. Enfin, non, je ne sais pas, mais je ne pensais pas que tu le ferais. Non pas que ça importe. Jake ne vaut pas la peine qu'on perde notre temps ou nos efforts.

— Dolcetta, ce n'est pas un problème, c'est un devoir et un plaisir. Personne n'a le droit de te contrarier, tu comprends ?

Je lui souris et posai ma main sur sa joue.

— Comment se fait-il que je me sente si spécial ? Aussi chérie ?

— Parce que c'est ce que tu mérites. Donne-moi son nom, Dolcetta. Je pourrais le découvrir tout seul, mais je veux que tu me donnes ton aval.

— Pas de meurtre ?

— Pas de meurtre, confirma-t-il avec un hochement de tête. Peut-être juste un peu de mutilation, ajouta-t-il avec un sourire malicieux.

— Jake Warner.

— Brava, dit-il en se penchant pour m'embrasser sur les lèvres. Sois prête demain à quatre heures. Prépare seulement une petite valise. Je ne prévois pas qu'on sorte beaucoup du lit.

— Tu es incorrigible, le réprimandai-je joyeusement en lui donnant un petit coup sur la poitrine.

Il attrapa ma main et embrassa ma paume.

— Non, *sono innamorato*, dit-il en me faisant un clin d'œil avant de sortir de la pièce avec un rire profond.

Domenico Romano, machine à tuer, chevalier mafieux... mais surtout, l'homme dont je tombais amoureuse.

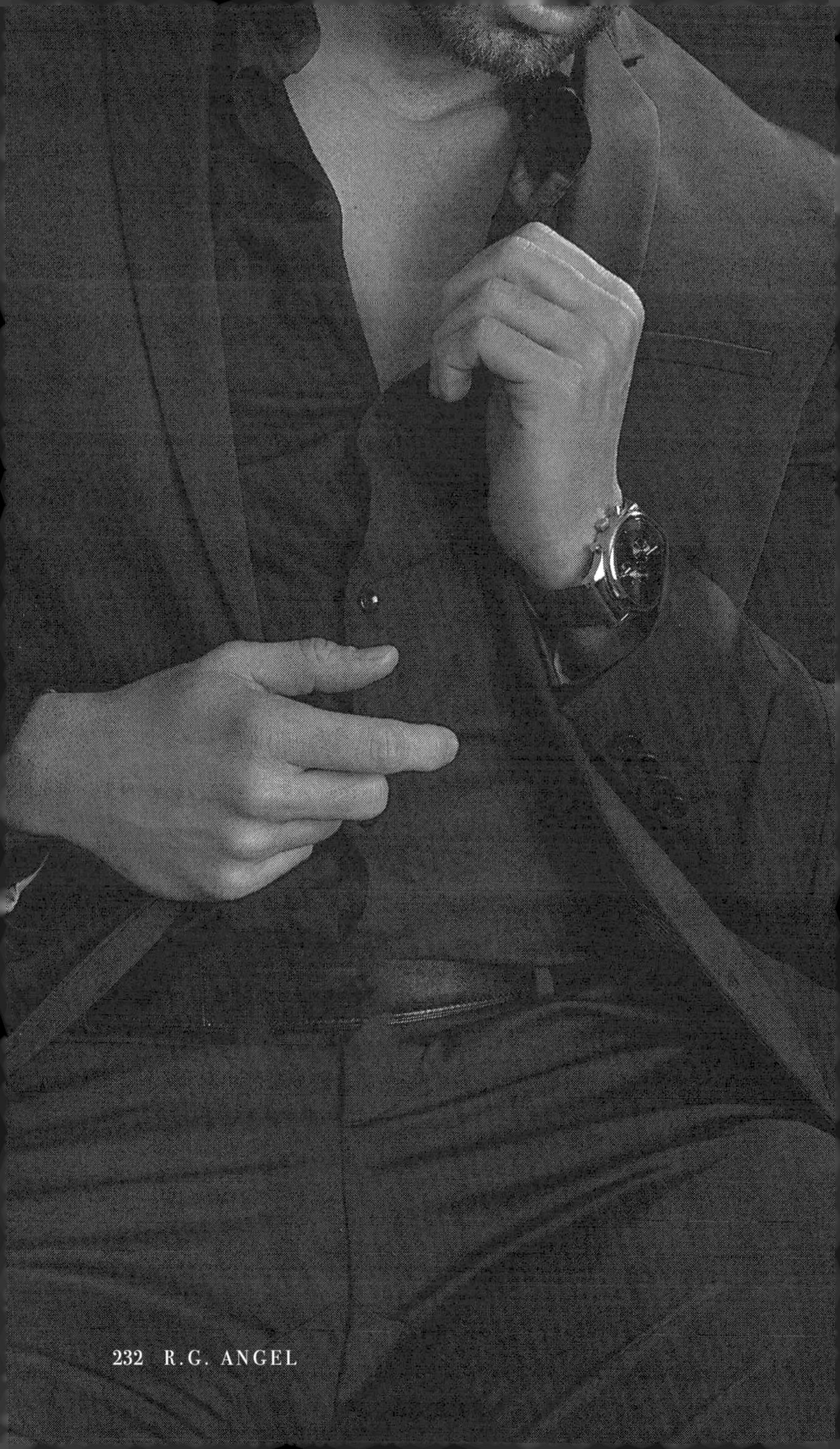

CHAPITRE 13
Dom

Je vérifiai mon sac de voyage une fois de plus, en m'assurant que j'avais pris tout ce dont j'avais besoin pour ce week-end.

J'avais envie d'emmener India à la montagne, vraiment, mais avec les messages provocants de mon harceleur et la balance que nous n'étions pas près de trouver, j'étais trop stressé.

Mais Luca m'avait convaincu d'aller de l'avant avec India, en me rappelant qu'elle méritait plus que des promesses à moitié tenues.

Bien sûr qu'elle le méritait. Putain, cette femme m'avait purement et simplement sauvé du purgatoire dans lequel je vivais, et elle ne le savait pas.

Luca avait raison. Être avec moi, c'était son choix, mais il fallait que mon engagement soit clair, qu'elle sache que, contre toute attente, j'avais trouvé celle que je n'aurais jamais pensé trouver, et que si elle voulait me quitter, je la laisserais partir, sans lui montrer la profondeur du désespoir dans lequel elle me laisserait.

Quand nous étions rentrés de New York, j'étais allé dans sa chambre pour lui demander de partir pour le week-end, et quand je l'ai entendue crier, mon cœur s'était arrêté. J'avais envie de tuer celui qui lui causait tant de peine.

Jake Warner... Quand elle m'avait dit son nom, me donnant ainsi l'autorisation de le poursuivre, cet homme était déjà mort.

Je n'avais pas menti à India, il n'allait pas mourir. La mort était trop douce pour un homme comme lui, mais il allait souffrir. Il allait être la proie pour une fois et plus jamais il ne serait le prédateur qui faisait du mal aux femmes.

J'avais voulu m'occuper de lui moi-même, c'était personnel. Il avait fait du mal à ma nana. Le fait que ça se soit passé avant qu'elle soit mienne n'avait pas d'importance. Il avait touché quelque chose de précieux et il devait payer.

Toutes les femmes étaient précieuses, et les hommes comme lui étaient les rebuts de l'humanité.

Mais je devais faire passer ma relation India en premier, ou plutôt ce que je voulais que notre relation devienne, et si j'étais allé à Calgary, je ne serais jamais rentré pour le week-end, alors j'avais appelé notre famiglia canadienne et je lui avais expliqué en détail comment je voulais qu'ils s'occupent de cet agresseur.

Vas-y, Jake Warner, essaie de frapper des femmes avec deux mains brisées et deux prothèses de genoux... Je te mets au défi.

Je pris mon sac et m'arrêtai devant le bureau de Luca. Je frappai doucement à la porte légèrement entrouverte et l'ouvris pour trouver Luca sur sa chaise, en train de regarder tendrement Arabella.

Je le regardai pendant une seconde, tellement heureux pour mon ami et de ce que sa vie était devenue.

Luca leva les yeux et jeta un coup d'œil rapide à l'horloge sur le mur.

— Tu n'es pas censée être partie ? chuchota-t-il, en la berçant doucement dans ses bras.

— Je suis en train de descendre. N'est-elle pas un peu jeune pour être initiée au business familial ?

— Cassie fait une sieste et Marco dort. Cette petite n'avait pas envie de dormir et je ne voulais pas qu'elle réveille toute la maison.

Il baissa de nouveau les yeux vers sa fille et effleura son front de ses lèvres.

— En plus, poursuivit-il, il n'est jamais trop tôt pour apprendre. Ma fille va devenir la princesse de la mafia la plus majestueuse et la plus redoutée de toute l'Amérique du Nord, dit-il avec déférence.

Je le croyais et je l'aiderais à atteindre ce but.

— Je voulais juste savoir si tu avais besoin de quelque chose avant qu'on parte.

Luca leva les yeux au ciel.

— Je peux survivre un week-end sans toi, Domenico. Nous avons déjà discuté de ça. Quand tu peux la faire passer en premier, fais-le. Ces moments sont rares, mais quand tu en as l'occasion, n'hésite pas. Tu as toujours assuré mes arrières, mon frère, laisse-moi assurer les tiens.

Je hochai la tête, en mettant le sac sur mon épaule.

— Monte dans la voiture, éteins ton foutu téléphone jusqu'à lundi, et œuvre sur ce qui te rend heureux.

— D'accord, on se voit lundi.

— *Si, In bocca al lupo* !

Je reniflai mais ne répondis pas, j'avais certainement besoin de toute la chance que je pouvais avoir.

Quand je descendis, India m'attendait déjà près de la

porte, sa petite valise noire à ses pieds.

Elle était vêtue d'un simple jean skinny noir et d'un t-shirt thermique rouge, ses épais cheveux brillants coiffés en une tresse qui tombait sur son épaule. Elle était absolument éblouissante.

— Désolé, je ne savais pas que tu attendais déjà.

Je me penchai pour lui picorer les lèvres, et encore une fois je m'émerveillai de la facilité avec laquelle je la touchais et de la façon dont elle me répondait.

— Je ne suis en bas que depuis quelques minutes. Je voulais voir Cassie, mais elle dort, et Dieu sait qu'elle en a besoin.

Je hochai la tête, en regardant sa tresse et en me voyant déjà l'enrouler autour de ma main une fois que nous serions dans le chalet et... Ma bite se contracta dans mon pantalon. Putain, le trajet en voiture allait être très long.

Elle m'adressa un petit sourire, ses yeux verts s'assombrissant à la fois d'amusement et de désir. Ouais, elle savait ce que je pensais et elle aimait ça... Ma petite coquine.

— Allons-y avant que je ne fasse quelque chose qui nous retardera grandement, soufflai-je, en attrapant sa valise et en ouvrant la porte.

— Tu dis ça comme si c'était une mauvaise chose, dit-elle derrière moi.

— Ce n'est pas le cas, rétorquai-je en ouvrant le coffre et en y mettant nos bagages. Je veux juste m'assurer qu'on arrive d'abord à destination parce que je ne suis pas sûr qu'une fois que j'aurai commencé, je pourrai m'arrêter.

La façon dont elle frottait ses cuisses l'une contre

l'autre et dont ses tétons se dressaient sous son t-shirt fin ne m'échappa pas. Cette femme allait me conduire à ma mort, et c'était une mort que j'accueillais avec le sourire.

— Où m'emmènes-tu ? demanda-t-elle avec curiosité une fois que nous fûmes installés dans la voiture. Pas que ça ait vraiment de l'importance, ajouta-t-elle rapidement.

Je lui jetai un regard en coin, elle ne pouvait pas être sérieuse.

— Comment cela peut-il ne pas avoir d'importance ? Et si je t'emmenais dans une décharge au milieu des bois ?

Elle haussa les épaules.

— Nous serions ensemble.

Putain, elle était là, à me tuer à nouveau. Je pouvais sentir mon cœur se dilater dans ma poitrine au point de me faire mal. Je ne pouvais pas le nier, j'étais follement amoureux de cette femme.

Je ne pus pas parler pendant quelques minutes. Ce nouvel afflux d'émotions était encore si difficile à gérer pour moi. Je pouvais parfaitement comprendre la dépendance de Luca vis-à-vis de Cassie. Ces sentiments nouveaux, ce sentiment d'appartenance... c'était plus qu'addictif.

— Luca possède un chalet dans les montagnes à environ deux heures de Ridge Point. Nous l'utilisons rarement car, comme tu peux l'imaginer, nous ne pouvons pas aller souvent au milieu de nulle part.

— Je comprends, mais je suis contente qu'on puisse le faire.

J'attrapai sa main et la portai à mes lèvres pour un rapide baiser.

— Moi aussi, Dolcetta, moi aussi.

Nous roulions depuis environ une heure quand mon téléphone se mit à sonner, et je me maudis de ne pas l'avoir éteint comme Luca l'avait suggéré.

Je regardai l'écran. « Genovese ». *Dans tes rêves, pas moyen que je réponde à cet appel.* Je rejetai l'appel. Il savait que j'emmenais India en week-end. Putain.

— Tu sais que tu peux le prendre. Je comprends, dit-elle doucement. Ça ne me dérange pas.

— Toi non, mais moi si, répondis-je en secouant la tête. Ce week-end c'est seulement toi et moi. Luca a dit que pour que notre relation fonctionne, il doit y avoir des moments privilégiés de temps en temps, et c'est l'un de ces moments, dis-je en éteignant mon téléphone pour faire bonne mesure. Peu importe ce que c'est, Luca peut s'en occuper.

— Ton *travail* est important.

Je n'avais pas manqué la façon dont elle avait buté sur le mot. Il était difficile pour elle de se faire à ma façon de vivre Comment pourrait-il en être autrement ? Mais elle était prête à essayer, et c'était tout ce qui comptait.

— Tu es bien plus importante. Tu es en train de me sauver, India. Tout comme Cassie a sauvé Luca.

Elle se tourna un peu sur son siège pour me regarder.

— Cassie n'a pas sauvé Luca, et je ne te sauve pas. Luca s'est sauvé lui-même grâce à son amour pour Cassie. Elle était là à ses côtés, en l'aimant même quand c'était difficile, en étant sa lumière quand il en avait besoin, mais elle ne l'a pas sauvé. Il s'est sauvé lui-même, dit-elle avant de laisser échapper un petit rire. Tu m'accordes beaucoup de crédit et Dieu sait que je t'aime pour ça.

Je lui jetai un petit regard étonné.

— Est-ce que tu viens de dire que tu m'aimais ?

Sa peau devint rouge alors qu'elle écarquillait les yeux en réalisant la portée de ses mots.

— Non..., dit-elle, un peu dépitée.

Je haussai les épaules.

— Ah, c'est dommage.

— Pourquoi ?

— Parce que je voulais te dire que je t'aimais aussi.

— Oh.

Elle regarda par la fenêtre en silence pendant un petit moment et j'aurais été prêt à payer pour savoir ce qui lui passait par la tête.

Elle se mit tout d'un coup à rire.

Je fronçai les sourcils.

— Quoi ?

Parmi toutes les choses qui aurait pu suivre, je ne m'attendais pas à ce que notre déclaration d'amour la fasse rire.

— C'est tellement nous, dit-elle entre deux rires, en essuyant ses larmes. Rien de ce que nous faisons n'est normal... Il en va de même pour notre déclaration d'amour.

Je souris. Elle n'avait pas tort. Lors de notre premier échange charnel, j'étais attaché à un lit.

— Tu marques un point... Laisse-moi améliorer ça. *Ti amo*, India McKenna.

— Je t'aime aussi, Domenico Romano.

Nous arrivâmes à la petite ville avant le chalet juste au moment où le soleil commençait à se coucher.

— Nous devons juste récupérer la nourriture que j'ai commandée pour nous. Cinq minutes et nous serons en route.

Elle fronça les sourcils alors que nous nous garions devant une épicerie faiblement éclairée.

— Ça a l'air fermé, déclara-t-elle avant de regarder rapidement autour d'elle. En fait, tout a l'air fermé.

— C'est une petite ville, et il est six heures passées. Oui, tout est fermé, mais ne t'inquiète pas. J'ai des contacts, répondis-je en lui faisant un clin d'œil espiègle. Je reviens tout de suite.

Elle rit.

— J'attends.

Je me précipitai vers l'épicerie et frappai une fois. La dame âgée derrière le comptoir vint m'ouvrir la porte avec une mine renfrognée.

— Vous êtes en retard, aboya-t-elle dès qu'elle eut déverrouillé la porte.

— Oui, madame. Je suis désolé.

Cette vieille chouette n'avait jamais eu peur de notre famille et je la respectais pour ça.

— Votre nourriture est ici. Ce sera cent dollars pour la nourriture et cinquante dollars pour m'avoir fait attendre.

Je ris et pris l'argent dans mon portefeuille. Rien ne pouvait m'embêter aujourd'hui.

— Vous savez quoi ? Voici deux cents dollars, pour l'attente.

Le visage de la vieille femme se radoucit.

— Je vous remercie. Passez un bon week-end.

— J'en ai bien l'intention, répondis-je, en m'assurant que la crème fouettée était dans le sac.

J'avais l'intention de l'utiliser sur India ce soir.

Je sortis du magasin avec les deux sacs à la main et fis quelques pas dans la rue juste à temps pour voir India sortir de la voiture, les yeux écarquillés.

— Dom ! cria-t-elle au moment où je sentis une douleur aiguë sur mon côté droit.

Je regardai à ma droite et je vis un couteau planté dans mon flanc. Je levai les yeux à nouveau, en découvrant des yeux bleus et un visage que je ne connaissais pas.

— Pour Emily, grogna-t-il avant de me poignarder encore et encore jusqu'à ce que tout devienne noir.

242 R.G. ANGEL

CHAPITRE 14
India

Je décidai de regarder mon téléphone pendant que Dom était dans le magasin, et mon cœur s'arrêta quand je vis six appels manqués de Luca. Cet homme ne m'avait jamais appelée auparavant.

J'appuyai sur le bouton d'appel avec les mains tremblantes et il répondit à la première sonnerie.

— India, Dieu merci. Où es-tu ? lâcha-t-il dans un souffle.

— Nous sommes dans une petite ville. Dom est allé chercher de la nourriture pour le week-end et...

J'entendis une série de mots italiens rapides venant de quelqu'un d'autre.

Luca répondit rapidement à son interlocuteur avant de s'adresser à nouveau à moi.

— India, écoute. Quand il reviendra, dis-lui de faire demi-tour avec la voiture. On est en route.

— Luca, pourquoi ? Oh, il sort maintenant. Parle-lui.

J'ouvris ma portière pour sortir de la voiture juste au moment où un homme blond apparut à côté de Dom.

Dom poussa un cri lorsque ses sacs à provisions touchèrent le sol, bientôt suivis de son corps massif.

— Dom ! criai-je, en courant vers lui alors que l'homme blond se retournait, un long couteau ensanglanté à la main.

Mon téléphone tomba par terre, et je pus entendre Luca crier en arrière-plan.

— Vous devriez me remercier, dit-il, en regardant Dom et le sang sombre qui se répandait à une vitesse alarmante sur le bitume clair.

Je fouillai dans mon sac pour trouver mon taser et je le mis sur son cou à pleine puissance, puis je posai un genou à terre alors que l'homme tombait, inconscient.

— Luca, il est blessé ! criai-je, en appuyant une main sur les blessures de Dom tandis que je saisissais mon téléphone et le mettais sur haut-parleur.

— Nous sommes environ à trente minutes de là, India. Est-ce que tu vois quelque chose qui pourrait nous aider ?

Je regardai autour de moi, les rues étaient sombres et désertes, comme dans un mauvais film d'horreur. Comme le film d'horreur que ma vie allait devenir si Dom mourait sur le trottoir. Mon regard s'arrêta sur un cabinet vétérinaire avec une faible lumière venant de l'arrière.

— Il y a un vétérinaire. Je ne suis pas sûre.

Je secouai la tête, en regardant le visage pâle de Dom. Il était en train de mourir là, dans la rue, son sang imbibant la surface poreuse, lentement mais encore beaucoup trop vite pour moi. Je laissai échapper un sanglot sans larmes.

— Je vais le perdre, Luca, s'il te plaît, fais quelque chose !

— Tu attrapes le pistolet dans l'étui de sa cheville gauche, et tu fais en sorte que ce vétérinaire vous aide. *Capiche* ?

La voix que je reconnaissais maintenant était celle de l'homme de l'hôpital.

— Je ne sais pas comment utiliser une arme.

Mon esprit était en état de choc, ça ne pouvait pas être vrai, ça ne pouvait pas arriver.

— Tu n'as pas à le faire, il a juste besoin de penser que tu le peux.

La froideur autoritaire derrière les mots de cet homme aida à empêcher mon esprit d'être complètement submergé par l'inquiétude.

Il avait l'air si calme et posé, il devait savoir que tout irait bien.

— OK, je peux le faire, mais viens s'il te plaît, suppliai-je.

Je laissai le téléphone par terre, j'attrapai le petit pistolet à la cheville de Dom et courus vers la porte vitrée du cabinet vétérinaire.

Je frappai du poing sur la porte, en regardant Dom et l'homme au sol.

S'il te plaît, Dieu, ne fais pas ça, ne me le prends pas.

Je poussai un petit cri de victoire lorsqu'un homme d'âge moyen, habillé en blouse, s'approcha de la porte avec circonspection.

Il ouvrit la porte légèrement.

— Désolé, nous sommes fer…

Je poussai la porte de toutes mes forces, en le faisant trébucher.

— I-Il s'est fait poignarder ! Vous devez l'aider maintenant ! exigeai-je en pointant un doigt tremblant et ensanglanté vers Dom.

Il regarda et pâlit.

— Madame, je ne suis pas médecin. Je suis vétérinaire.

Je pointai l'arme sur lui, ma main tremblant tellement que je n'étais pas sûre que j'aurais pu toucher quelque chose même si je l'avais voulu.

— Vous devez l'aider maintenant ! Il n'y a pas de médecin.

L'homme leva les mains, en regardant ma main tremblante avant de remonter sur mon visage maculé de larmes.

— Je vais essayer d'aider... Baissez juste votre arme, mademoiselle. Je ne suis pas votre ennemi, déclara-t-il avant de désigner l'arrière du cabinet. Laissez-moi juste prendre le chariot qu'on utilise pour les gros chiens. J'arrive tout de suite.

Je me précipitai dehors alors que l'homme sur le sol commençait à s'agiter. Je lui donnai à nouveau un coup de taser pour faire bonne mesure en espérant que le vétérinaire ne m'avait pas menti et qu'il n'était pas derrière en train d'appeler la police pendant que l'homme que j'aimais se vidait de son sang sur le trottoir.

— Ne me laisse pas, Dom, il y a tellement de choses dont nous devons parler, suppliai-je, en appuyant à nouveau sur sa blessure.

Mes prières furent exaucées quand l'homme réapparut avec le chariot.

— L'hôpital le plus proche est à une heure d'ici, dit-il en baissant les yeux vers Dom. Il ne tiendra pas jusque-là.

— Je sais, répondis-je, ma voix se brisant.

J'aidai l'homme à mettre Dom sur le chariot.

— C'est lui l'agresseur ? demanda-t-il, en tournant la tête vers l'homme blond.

J'acquiesçai rapidement.

— J'ai de quoi l'attacher pour l'immobiliser à l'arrière. Veillez sur lui. Je vais voir ce que je peux faire pour votre ami.

— J'ai de quoi l'attacher.

Je laissai l'homme faire rouler Dom jusque dans la clinique pendant que je me précipitais vers la voiture pour récupérer la paire de menottes que j'avais dans mon sac pour le week-end... Je m'attendais à les utiliser pour quelque chose de bien plus amusant que de ligoter un meurtrier.

Je lui mis les bras derrière le dos et les attachai avec les menottes, puis je l'attrapai sous les bras et le tirai dans la clinique.

J'étais une femme grande et forte et j'avais l'impression que la montée d'adrénaline engendrée par la peur et la colère me rendait encore plus forte que je ne l'avais jamais été.

— Vous pouvez l'enfermer dans la salle de repos. C'est la porte sur votre gauche, me cria le véto.

Je le regardai. Il était penché sur Dom qui était maintenant allongé sur une table métallique au milieu de la pièce.

J'enfermai l'homme dans la pièce vide, pas plus grande qu'un placard à balais, avant de me précipiter dans la pièce aux côtés de Dom.

— Comment va-t-il ? demandai-je à bout de souffle, en me tenant près de la table.

Je fus prise de nausées en remarquant les quatre longues blessures sur le côté de Dom.

L'homme secoua la tête.

— Je ne suis pas sûr, je ne suis pas médecin pour les

humains.

— Il est tout ce que j'ai, s'il vous plaît...

Ma voix s'était brisée sur la fin alors que je posai ma main sur la joue froide de Dom.

L'homme leva les yeux vers moi, ceux-ci maintenant remplis d'inquiétude. Il laissa échapper un soupir, en penchant la tête sur le côté.

— J'ai besoin de votre aide. Munissez-vous d'une paire de gants et d'un masque et ouvrez le premier tiroir. Il y a de longues pinces qui ressemblent à des ciseaux bizarres, prenez-en trois pour moi.

Je hochai la tête, en agissant mécaniquement, en me concentrant sur mes tâches et en essayant de ne pas penser à tout ce qui s'est passé en moins de dix minutes... Comment était-ce possible ?

Je me précipitai vers l'homme et je sortis les pinces une par une.

— Cet homme vient de vous attaquer ? demanda-t-il avec curiosité en écartant une des blessures de Dom.

Je détournai le regard alors que mon estomac se retournait violemment. C'était vraiment différent de *Grey's Anatomy*.

— Oui, je ne le connais pas.

— Ce genre de choses n'arrive pas dans notre petite ville, mais vous avez de la chance, il n'était pas très bon. Il a manqué sa cible plusieurs fois. Tenez ça.

Je me tournai vers lui.

— Quoi ?

Il fit un signe de tête vers deux des pinces qu'il tenait.

— Seules deux de ces blessures sont sérieuses. J'ai

besoin que vous teniez les pinces fermement pour arrêter l'hémorragie.

— OK.

Mes mains tremblaient quand je m'approchais des pinces.

— Vos mains doivent être fermes, calmez-vous... Il va s'en sortir.

Je savais qu'il n'en avait aucune idée, il essayait juste de me rassurer, mais la vie de Dom pourrait bien dépendre de moi.

Je pris une profonde inspiration et me forçai à me calmer.

Je saisis les pinces avec un léger tremblement.

L'homme commença à s'activer, en attrapant une machine et en enroulant une bande autour du poignet de Dom.

— Le moniteur cardiaque n'est évidemment pas vraiment adapté à la situation, mais c'est le mieux que j'ai.

Il se tourna vers le comptoir et attrapa plusieurs objets avant de les placer sur un petit plateau qu'il fit rouler jusqu'à nous.

— Je vais commencer à suturer l'intérieur où l'artère est entaillée, dit-il. Ne lâchez pas l'autre pince, d'accord ?

Cet homme se sentait-il aussi abattu que sa voix le laissait transparaître ?

— Est-ce qu'il va se réveiller quand vous allez le suturer ?

— Je lui ai donné des sédatifs. C'est pour les chiens mais ça marche aussi sur les humains, ça devrait aller.

— Je ne pourrai jamais vous remercier assez.

— Ne me remerciez pas encore, je ne suis pas sûr de pouvoir le sauver.

— Mais vous faites de votre mieux.

Ses yeux descendirent vers le pistolet niché dans la taille de mon jean.

— Je ne vous ferais jamais de mal. Je ne sais même pas comment m'en servir, admis-je.

Il prit simplement une profonde inspiration et se concentra sur la blessure.

Je tournai la tête lorsque la sonnette de la porte a retenti, et que Luca et Matteo apparurent dans la pièce.

Le visage de Luca était rempli d'inquiétude, ses yeux scrutaient toute la pièce, et son visage se transforma en pure angoisse lorsqu'il vit le morceau de tissu déchiqueté et imbibé de sang sur le sol qui était autrefois la chemise de Dom.

Matteo, l'homme de glace, se tenait debout et droit, en considérant la pièce avec une froide indifférence. La froideur dans ses yeux, me terrifiait d'une façon dont Luca ou Dom n'auraient jamais pu le faire.

Le vétérinaire leva les yeux et fit un petit pas en arrière.

— Vous n'êtes pas en danger avec nous, dit Matteo.

La voix de Matteo, avec son léger accent, était froide et dure, si différente de sa joie feinte à l'hôpital. D'une certaine manière, je savais maintenant que je voyais son vrai visage.

— Tant que tu fais de ton mieux, déclara-t-il avant de se tourner vers moi. Et tant que tu nous resteras fidèle, nous serons à tes côtés.

— Luca, nous avons besoin d'aide, lui dis-je, en souhaitant presque qu'il prenne le relais et que je puisse aller pleurer un peu dans un coin.

L'adrénaline diminuait et je sentais que j'allais craquer d'une minute à l'autre.

— Je sais, répondit-il en faisant quelques pas vers nous, et en gardant les yeux rivés sur Dom. Nous avons des hommes en route, mais ça prendra du temps.

Le vétérinaire leva les yeux au ciel.

— Il n'a pas le temps. Il a perdu trop de sang. Je ne suis pas certain de pouvoir refermer la seconde blessure sans le transfuser.

— Alors fais une transfusion, dit Matteo de sa place contre le mur.

Luca soupira d'exaspération et lui lança un regard noir.

Le vétérinaire fit un geste pour montrer la pièce.

— Je suis vétérinaire, pas chirurgien. J'ai un appareil de transfusion sanguine mais pas de sang humain.

— Prenez le mien, proposa Luca, qui enlevait déjà sa veste.

— Non, je..., commença l'homme avant de baisser les yeux vers une petite carte blanche sur le plateau qui avait des gouttes de sang dessus. Il est AB négatif, dit-il en tournant la tête vers la carte. Le groupe sanguin le plus rare au monde. Moins d'un pour cent de la population a ce groupe sanguin. Êtes-vous AB négatif ? demanda-t-il à Luca avec espoir.

Luca secoua la tête, en regardant à nouveau Dom.

— A positif, répondit-il, le visage si abattu qu'on aurait pu croire que c'était lui qui avait blessé Dom.

— Il va mourir sans ce sang ? demanda sinistrement Matteo, en posant ses yeux sur la silhouette de Dom.

Le vétérinaire grimaça.

— Je pense, oui.

Matteo jura en italien avant d'enlever sa veste.

— Prends le mien, ordonna-t-il en remontant sa manche.

— Monsieur, si votre sang n'est pas parfaitement compatible, cela pourrait le tuer et...

Matteo soupira de frustration, en faisant quelques pas en avant.

— Je suis aussi AB négatif. J'ai dit : prenez le mien !

Je posai ma main sur ma poitrine, en laissant échapper un soupir de soulagement. Je n'aurais pas pu survivre si je l'avais regardé mourir.

— Oh, Dieu merci ! dis-je en regardant Dom, qui gisait inconscient sur la table d'opération et d'une pâleur effrayante. Quelles étaient les chances ?

Luca restait silencieux, en regardant vers le bas avec un froncement de sourcils, comme s'il essayait de résoudre un problème mathématique compliqué, tandis que le vétérinaire dirigeait Matteo vers une chaise et commençait à le brancher à une machine bizarre qui ressemblait à une pompe. Le vétérinaire commença à s'activer sur la machine.

— Je ne peux pas prendre plus d'un litre et demi de sang ou cela deviendra risqué.

— Est-ce que ce sera suffisant ? demanda Matteo, en baissant les yeux sur son bras alors que le vétérinaire y enfonçait l'énorme aiguille.

Matteo ne broncha même pas lorsqu'il enfonça l'aiguille dans son bras. Sérieusement, cet homme était-il un robot ?

— Je pense que oui, mais il a besoin d'une assistance médicale, une vraie.

— Elle est en route, garde-le juste en vie.

Ce n'était pas une demande, mais bien un ordre, et le vétérinaire avait clairement compris le message puisqu'il pâlit.

Il revint à mes côtés, brancha Dom à la machine, et prit la pince.

— Vous vous êtes bien débrouillée. Je prends le relais, me dit-il gentiment, en ayant manifestement remarqué que je n'étais qu'une pièce rapportée sur l'échiquier.

Je n'étais pas un danger.

Je hochai la tête en silence, en essayant de détacher mes doigts crispés de la pince.

— Vous êtes en état de choc. Allez derrière la réception. Il y a du Coca dans le frigo. Le sucre vous aidera. Et prenez aussi le sandwich pour le donner à votre ami. Il en aura besoin.

Je regardai Matteo. *Ami...* d'une certaine manière, j'avais l'impression qu'être amie avec cet homme serait plus une malédiction qu'une bénédiction.

Je me tournai pour quitter la pièce quand Luca leva soudainement la tête avec les yeux écarquillés, comme s'il venait de comprendre quelque chose.

— Mon frère, mon frère, où es-tu ? Je suis juste à côté de toi, chanta-t-il à peine plus fort qu'un murmure.

Je fronçai les sourcils, en les regardant tour à tour.

Matteo le fusilla du regard avant de dire :

— C'est compliqué.

— Tu..., commença Luca.

Matteo secoua la tête.

— Ce n'est pas le moment, répondit-il en désignant le

tube planté dans son bras, qui se remplissait de sang. Tu veux sauver ton ami ?

Le regard de Luca devint noir, ses lèvres prenant la forme d'une ligne sinistre.

— Veux-tu sauver ton *frère* ?

Je haletai. Frère ? Dom était le frère de Matteo ? Le savait-il ?

— Demi, en fait, poursuivit Matteo comme si ce n'était pas la révélation de l'année.

— Est-ce qu'il le sait ? demandai-je, encore sous le choc.

Matteo secoua la tête.

Luca croisa les bras sur sa poitrine, avec l'air d'être prêt à conquérir le monde.

— Le savais-tu ? Quand tu m'as *accordé* cette faveur ?

Matteo lui fit un petit sourire en coin.

— Je n'ai jamais dit que tes intérêts ne convergeaient pas avec les miens.

Matteo se tourna vers le petit flacon à moitié remplie de son sang.

— Si seulement j'avais cet homme devant moi.

— Nous l'avons, dis-je.

Luca et Matteo se tournèrent vers moi.

— *Che* ? demanda Matteo.

— Je l'ai tasé, dis-je en montrant le mur. Il est menotté et enfermé dans la pièce là-bas.

Luca et Matteo continuaient de me regarder comme si j'avais deux têtes.

Matteo se tourna vers Luca.

— È meglio che la sposi. Perché non troverà qualcuno

migliore.

Je ne pus m'empêcher de sourire.

— S'il me le demandait, je dirais oui.

Luca me regarda avec de grands yeux.

— Tu parles italien ?

Je hochai la tête. J'avais toujours aimé apprendre les langues, en pensant qu'un jour je ferais le tour du monde avec ma mère.

— Tu ne l'as jamais dit !

Je haussai les épaules.

—Tu n'as jamais demandé.

Matteo laissa échapper un rire sardonique.

— *Lei mi piace.*

Il m'aimait bien ? Encore une fois, je n'étais pas sûre que ce soit une bonne chose.

— Bien essayé pour changer de sujet, Genovese, mais nous n'avons pas fini de parler de... Luca avait l'air franchement meurtrier, mais il fut interrompu par le vétérinaire.

— J'ai fini, souffla le vétérinaire, qui retira ses gants et son masque avant de s'asseoir lourdement sur son tabouret.

Luca se tourna vers lui.

— Est-ce qu'il va s'en sortir ?

Le vétérinaire passa une main lasse sur son visage.

— J'ai fait du mieux que j'ai pu avec ce que j'avais. Je pense avoir stoppé l'hémorragie, mais il aura bientôt besoin de soins médicaux appropriés.

— L'ambulance avec notre équipe devrait arriver d'une minute à l'autre et nous ne serons plus dans tes pattes, dit Matteo avant que ses yeux ne deviennent plus froids. Et c'est parce que j'apprécie ce que tu as fait que je t'accorde le bénéfice du doute et que je te laisse partir.

Je le regardai, bouche bée. Menaçait-il réellement un homme innocent qui venait de sauver la vie de Dom ?

J'étais prête à lui dire d'aller se faire foutre quand Luca parla.

— Matteo..., dit-il avant de se tourner vers le vétérinaire qui était blanc comme un linge. Rien ne vous arrivera. Vous serez généreusement récompensé pour votre aide.

Le vétérinaire secoua la tête.

— Je ne veux pas de votre argent. La seule récompense que je veux, c'est que vous partiez tous et ne reveniez jamais, déclara-t-il avant de se tourner vers Matteo. Je ne dirai rien à personne concernant ce qui s'est passé ici ce soir. Un animal a été blessé et je l'ai soigné.

Matteo fit un signe de tête en guise d'approbation.

— Parfait. Tant que cela reste ton histoire, nous n'aurons pas de problème, et ce n'est pas si loin de la vérité en fait.

— Hé ! m'écriai-je sans pouvoir m'en empêcher.

Il me regarda de côté.

— Sur la défensive, hein ? Bon à savoir.

Je croisai les bras sur ma poitrine et détournai le regard. Au moins une partie de moi lui était reconnaissante, parce que pendant que je m'énervais contre lui, je ne m'inquiétais pas pour Dom.

Le vétérinaire retira la machine du bras de Matteo qui se leva, en vacillant un peu.

Luca fit un pas instinctif vers lui.

Matteo leva la main.

— Non, Gianluca. Je vais bien. Je n'ai pas besoin d'aide.

Je n'avais pas besoin d'être psychologue pour savoir que cet homme était arrogant et imbu de lui-même jusqu'à l'impertinence. Il ne demanderait jamais d'aide, même si cela devait lui coûter cher.

Il attrapa le sandwich que je lui avais laissé et mordit dedans, en grimaçant tandis qu'il mâchait.

— C'est juste du jambon ordinaire ? Même pas du pastrami ? demanda-t-il au vétérinaire. Qu'est-ce que tu es ? Un monstre ?

Je ne pus m'empêcher de laisser échapper un petit rire. J'avais l'impression d'être dans une autre dimension, le cruel patron de la mafia qui fait tout une histoire pour un sandwich au jambon ?

À ce moment-là, trois hommes entrèrent avec une civière.

— Ah, l'équipe est là

— Veux-tu aller avec lui dans l'ambulance ? me demanda Luca alors que les hommes commençaient à s'activer pour mettre Dom sur le brancard.

— Est-ce que c'est OK ? m'enquis-je en étant reconnaissante au-delà des mots. Mais... et sa voiture ?

Luca me fit un petit sourire avant d'attraper mon bras et de le frotter doucement.

— Je vais la conduire jusqu'à la maison. Vas-y et reste avec Dom. Tu es celle qu'il voudra à ses côtés.

— Ah oui ? demandai-je en regardant l'équipe qui faisait rouler Dom dehors. Comment peux-tu en être sûr ?

— Parce que si c'était moi, je ne voudrais personne d'autre que ma Cassie.

Mon cœur se gonfla d'amour. Est-ce que Dom me

voyait vraiment comme Luca voyait Cassie ? On ne pouvait qu'espérer.

— Oui, et j'ai déjà un passager que je dois ramener à l'enceinte et avec qui je dois discuter, ajouta sombrement Matteo.

Et je savais que cela signifiait probablement que cet homme ne serait plus jamais vu vivant, et aussi effrayant que cela puisse être, j'étais d'accord avec ça.

Si je devais perdre un peu de mon humanité pour rejoindre son monde, c'était un sacrifice que j'étais prête à faire. Domenico Romano en valait la peine.

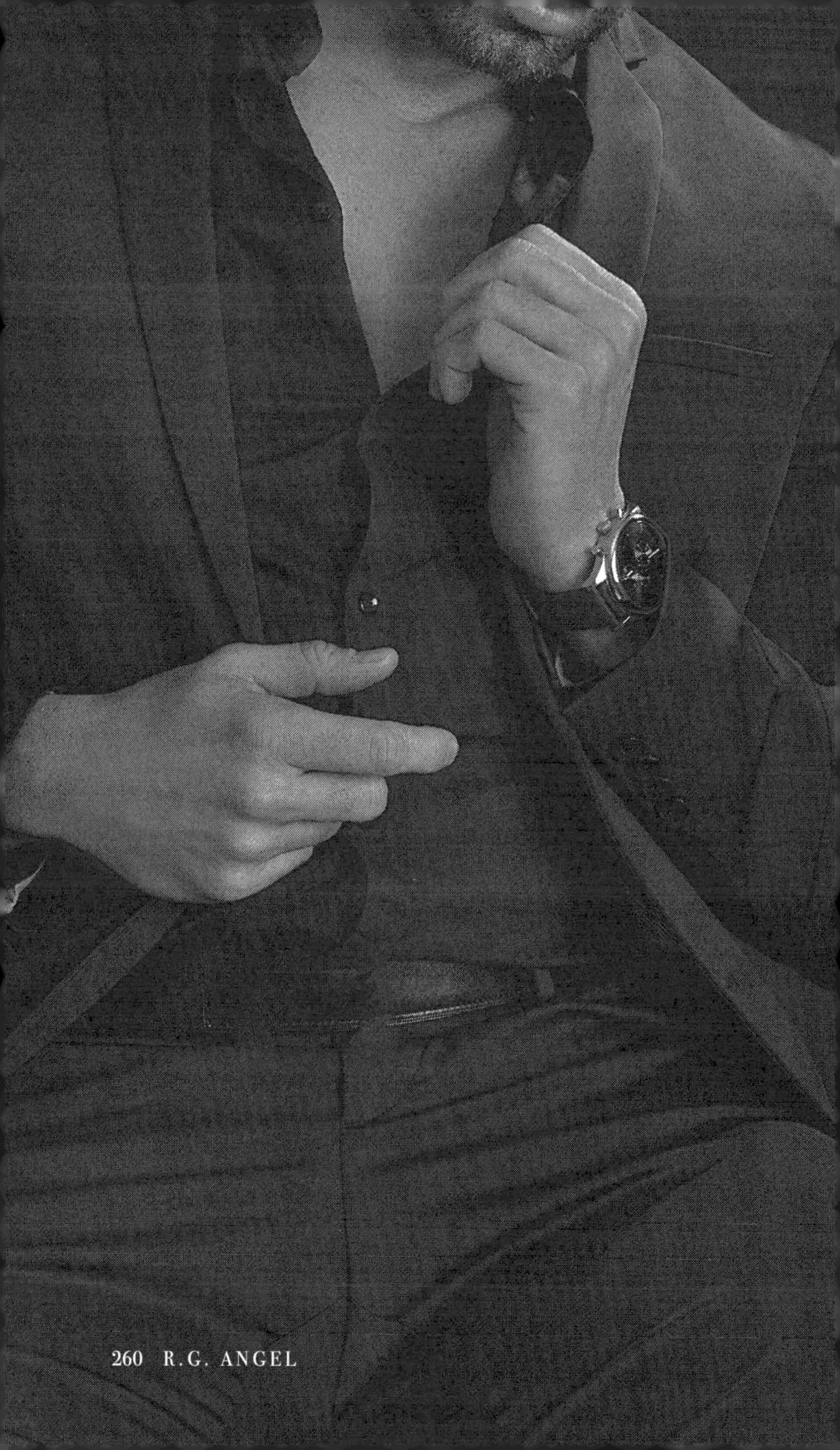

CHAPITRE 15
Dom

J'essayai de me tourner sur le côté et grimaçai. Je ne pouvais clairement pas être mort, c'était trop douloureux.

— Dom ?

Je soupirai quand je sentis une main fraîche sur mon front.

— Dolcetta ?

Je reconnus à peine ma propre voix, tant elle était grave.

— Que s'est-il passé ? lui demandai-je.

— Tu te souviens d'avoir été poignardé ?

Oui, ça je m'en souvenais... Je me souvenais aussi qu'il m'avait donné un nom que j'avais tout fait pour oublier.

Je regardai autour de moi et fronçai les sourcils. J'étais dans mon lit. Comment ?

— Il y a combien de temps ?

Elle soupira, en s'asseyant sur une chaise en face de mon lit. Je finis par remarquer à quel point elle avait l'air fatiguée, avec des cernes sous ses beaux yeux, les lignes tendues par l'inquiétude qui marquaient son visage.

— Deux jours, mais cela a semblé plus long.

— Dis-moi ce qui s'est passé.

Et elle me raconta toute l'histoire. Je me sentais horrible de lui avoir fait subir tout ça, de lui avoir fait risquer sa vie pour maîtriser cet homme, puis de lui avoir fait commettre un crime en menaçant ce vétérinaire pour me sauver.

Elle aurait pu aller en prison, ou pire, être tuée par cet homme.

Je l'aimais, c'était clair, mais ma vie entachait la sienne.

— Je suis désolé.

Elle se pencha en avant sur sa chaise, un froncement entre ses sourcils.

— Pourquoi ?

Ne pouvait-elle pas le voir ?

— De t'avoir fait subir tout ça.

Elle secoua la tête.

— Rien de tout cela n'a d'importance. Tu es ici, en vie. Tout ça en valait la peine.

Je soupirai en regardant vers la porte. Je n'en valais pas la peine, et cet homme avait parfaitement le droit de me tuer pour ce que j'avais fait à cette pauvre fille il y avait tant d'années... Il ne méritait pas d'être puni, moi si.

— Dom, s'il te plaît, ne te replie pas sur toi-même. Parle-moi. Ne me repousse pas.

— Est-ce que Luca est là ?

Elle regarda ses mains, visiblement pas très à l'aise.

— Oui, Matteo aussi.

— Ah ouais ? Pourquoi ?

Elle secoua la tête et se leva, son visage soudainement fermé et méfiant.

— Je vais leur dire que tu es réveillé et je t'apporterai à manger et à boire.

Je ne voulais pas qu'elle parte en colère. Je me tournai dans mon lit et je gémis à cause de la douleur sur mon flanc.

Le regard méfiant sur son visage se transforma en inquiétude.

— Je vais aussi te chercher des analgésiques, ajouta-t-elle rapidement avant de s'éclipser de la pièce.

Putain, pourquoi devais-je toujours tout gâcher ?

Parce que tu es un connard autodestructeur.

Je grimaçai en m'asseyant, regardant la porte de la salle de bain à quelques mètres de moi comme si elle était à dix kilomètres.

Je me levai, en exerçant une pression sur le bandage de mon côté, et me dirigeai lentement vers la salle de bain. Je passai par les toilettes, me lavai les mains et le visage, et je fus à moitié tenté de me raser. Je n'aimais vraiment pas avoir l'air négligé, mais ma main tremblait un peu trop pour prendre le risque.

Demande-lui, elle sera heureuse de le faire. Je secouai la tête en essayant de refouler cette petite voix si désireuse d'obtenir sa rédemption.

Quand je rentrai dans ma chambre, Luca et Matteo étaient déjà là. Luca était assis sur la chaise qu'India occupait auparavant, et Matteo était appuyé contre la porte, l'air aussi ennuyé que d'habitude.

— Je vous en prie, faites comme chez vous, dis-je avec sarcasme.

— Eh bien, ça l'est…, dit Luca en haussant les épaules avant de montrer du doigt la table de nuit. India a préparé ça pour toi.

Je regardai le plateau et je souris. C'étaient tous mes aliments préférés.

— Elle est bien, commenta Luca avec un petit signe de

tête. Elle t'a sauvé la vie.

Je grimaçai en m'asseyant sur le lit, les points de suture me faisaient un mal de chien.

— Douloureux ? demanda Matteo, en levant les yeux de ses ongles qu'il était en train d'examiner.

Je pinçai les lèvres et lui adressai un hochement de tête sec. Je ne voulais pas que cet enfoiré sache à quel point ça faisait mal.

Il m'adressa un sourire moqueur.

— Bien, ça t'apprendra à ne pas décrocher ton putain de téléphone, déclara-t-il en me lançant un regard noir. Depuis quand tu ignores mes appels ? Est-ce que tu as une grosse paire de couilles maintenant ?

Je renâclai.

— J'ai toujours eu une grosse paire et j'étais occupé.

Il haussa un sourcil.

— Ah oui ? Tu prévoyais de baiser ta copine ? Comment ça s'est passé pour toi ?

Je laissai échapper un grognement. Je détestais combien il avait l'air dédaigneux. C'était bien plus qu'une simple baise.

— India a dit que tu étais déjà en route pour le chalet quand c'est arrivé. Comment l'avais-tu découvert ?

Luca fit signe à Matteo.

— Eh bien, si tu avais pris une minute pour répondre à ton téléphone, tu aurais su que les recherches que j'avais faites sur le terrain avaient abouti et que la clé était celle d'un coffre dans la boutique d'un petit prêteur sur gages de la 43ème rue.

Il fouilla dans sa poche et en sortit son portable. Il le

tourna vers moi pour montrer la photo d'une petite boîte de consignation ouverte.

— Il n'y avait pas grand-chose dedans, poursuivit-il. Un exemplaire de l'*Art de la guerre*, un téléphone jetable avec quelques messages, et un dossier avec des photos d'un homme et des détails sur certaines de tes activités quand tu étais plus jeune.

Mon cœur se serra douloureusement dans ma poitrine à ce rappel, un rappel dont je n'avais pas vraiment besoin pour être honnête. Je vivais quotidiennement avec cette culpabilité.

— C'est utile cependant, continua Matteo, inconscient de mon trouble.

Ou peut-être qu'il s'en fichait, ce qui était en fait l'option la plus probable.

— Peu de gens dans la famiglia sont au courant des hobbies de ton père ou de ce qu'il t'a fait subir, précisa-t-il. Une fois que c'était devenu trop chaotiques, nous nous sommes assurés que la plupart, sinon tous les hommes de rang inférieur qui savaient quelque chose, soient morts.

— Ce qui signifie que la balance ne peut être qu'un membre des rangs élevés de la famiglia.

Je grattai le tatouage sur ma poitrine, symbole d'une loyauté qui se brisait au plus haut niveau. — Ce n'est pas idéal.

— Non, admit Matteo, mais c'est utile. Ces gens sont moins nombreux.

C'était vrai, et je savais que Matteo était un homme en mission. Il ne s'arrêterait jamais jusqu'à ce que ce traître soit mort.

— L'homme qui m'a poignardé. A-t-il dit quelque chose ?

— Rien d'utile.

— Qui est-il pour elle ? demandai-je presque à contrecœur.

— Était, répondit Matteo sur un ton lugubre. Son frère.

Je secouai la tête.

— Tu n'aurais pas dû le tuer, il avait le droit de se venger. Elle s'est suicidée à cause de ce que je lui avais fait. Je le méritais. Il avait le droit de venger sa famille.

— Tout comme j'ai le droit de protéger la mienne, répondit Matteo de manière tranchante.

— Nous faisons partie de la mafia, Matteo. Nous ne sommes pas une famille, pas de cette façon.

Luca s'adossa à sa chaise, posant sa cheville droite sur sa cuisse.

— Matteo, puisque tu parles de famille..., l'interrompit-il.

Matteo lui adressa un sourire malicieux, et je sus que ça allait faire mal.

— Oui, la famille... Dis-lui la vérité, Gianluca. Dis-lui pourquoi tu t'es engagé à quatorze ans. Dis-lui pourquoi tu t'es sacrifié.

Luca lança un regard noir.

— Ce n'est pas le sujet, Genovese. Ce n'est pas ce dont je parle.

Je me tournai vers Luca. Il était beaucoup de choses, mais pas du genre à éviter.

— Tu ne l'as jamais dit en fait. Pendant toutes ces années, tu n'as jamais dit ce qui t'avait fait changer d'avis, lui dis-je.

Luca détourna le regard, comme si ma commode était fascinante.

— Dis-moi, Luca, insistai-je, en ayant pas l'intention de reculer cette fois. Tu as toujours dit que tu voulais attendre le dernier moment avant de rejoindre officiellement la famiglia. Que tu n'étais pas prêt à vivre selon leurs règles et puis à quatorze ans et tu les rejoins. Pourquoi ?

— Dis-lui, Gianluca, railla Matteo. Dis-lui comment tu m'as supplié de te laisser le tuer.

Mon cœur s'arrêta et mon sang se refroidit.

— Tu as tué mon père ?

Luca m'adressa un regard triste.

— Je n'avais pas le choix, après avoir découvert ce qu'il t'avait fait. Que pouvais-je faire d'autre ?

— Comment ? demandai-je, toujours incrédule.

Ce n'était pas possible, pourquoi le conseil... Pourquoi Genovese aurait-il permis ça ?

Matteo rit.

— Il a renoncé à sa liberté.

Je regardai Luca avec confusion alors que la peur s'installait au creux de mon estomac.

— Qu'as-tu fait, Luca ?

— Il m'a accordé une faveur en échange de mon aide pour convaincre les membres du conseil d'aller dans son sens et pour que son rite d'intronisation soit le meurtre de ton père.

Mon esprit était en ébullition. Luca avait endossé le rôle qu'il ne voulait pas pour moi ? Le simple fils d'un homme de main ?

J'ouvris la bouche mais aucun son n'en sortit. J'étais trop choqué.

— Quelle faveur te demandes-tu ? continua Matteo, en appréciant la douleur potentielle qu'il nous causait, ce bâtard sadique. Prendre pour lui toute femme qui m'avait été promise et dont je ne voudrais pas.

Je fis une grimace.

— Francesca ?

Luca avait l'air sinistre et me fit un signe de tête sec.

— Oh, mais ce n'est pas tout, n'est-ce pas, Gianluca ? dit Matteo avec un sourire qui était maintenant carrément carnassier. Qu'as-tu dû faire pour convaincre ton père ?

Luca lui lança un regard noir.

— On en a fini avec cette discussion.

— Non, je ne pense pas. Il s'est engagé pour toi. Il s'est incliné devant son père, en promettant de suivre son exemple.

— Tu as abandonné tout ça pour moi ?

J'avais du mal à croire que c'était possible.

Luca me regarda comme si j'étais idiot.

— Tu es mon meilleur ami. Bien sûr que je l'ai fait, et il n'y a pas eu un seul jour où je l'ai regretté. Je devais te sauver.

— Ahhh, je pleurerais si j'avais des sentiments, se moqua Matteo.

C'était au tour de Luca de sourire à Matteo.

— Maintenant c'est ton tour, n'est-ce pas ? Tu veux le faire ou je le fais ?

Matteo haussa les épaules comme s'il s'en fichait, mais je l'avais déjà vu craquer auparavant. Je reconnaissais les signes, en particulier le tressautement de sa mâchoire. Maintenant que j'avais vu ces signes, il ne pouvait plus se cacher.

— J'ai donc découvert que Matteo avait un motif inavoué pour me laisser t'aider. Apparemment, il a eu du mal à dire non pour sauver son frère.

— Demi-frère, corrigea Matteo.

— Qui est le demi...

Je m'arrêtai net, en me tournant brusquement vers Matteo. Lui ? Je secouai la tête, ça devait être une blague. Je regardai Luca qui me fit un petit hochement de tête. L'expression dans ses yeux était suffisante pour me dire que c'était tout sauf une blague.

— Mon père était aussi ton père ?

Matteo retroussa les lèvres en signe de dégoût.

— Putain non ! Comme si j'avais envie de partager des gènes avec ce rebut pourri de bas étage.

J'étais encore trop surpris pour dire que c'était ironique de sa part de qualifier quelqu'un de « pourri ».

— Non, ta mère était une femme sympathique... qui aimait répandre l'amour.

C'était une belle façon de dire que ma mère était une prostituée.

— Mon père l'a rencontrée lors d'un voyage en Italie et bien..., sourit Matteo. Il est difficile de résister aux charmes des Genovese.

— Charmes ? C'est comme ça que tu appelles la coercition et le chantage ? demanda Luca, en apaisant un peu la tension.

Je lançai à Luca un regard amusé alors que Matteo lui

faisait un doigt d'honneur.

— L'homme qui t'a élevé n'a pas apprécié que sa copine l'ait trompé, dit-il en secouant la tête. Je pense qu'il l'a épousée et a réclamé l'enfant pour les punir tous les deux.

— Comment ? demandai-je en secouant la tête. Quand l'as-tu découvert ?

Je le détestais encore plus de m'avoir laissé souffrir dans cette vie.

— Quand Gianluca a demandé le droit de tuer ton père, c'est là que mon père me l'a dit.

— Et tu n'as pas pensé que ça valait la peine de me le dire ? demandai-je avec sarcasme.

— Non, soupira-t-il en levant les yeux au ciel. Je t'ai sauvé la vie. Je t'ai donné du sang. Pouvons-nous simplement passer à autre chose ?

— Tu..., commençai-je avant de me tourner vers Luca. Il m'a sauvé ?

Luca ouvrit la bouche pour répondre, mais Matteo l'interrompit.

— Pourquoi es-tu si surpris ?

La voix de Matteo était empreinte d'irritation.

Je me tournai vers lui.

— Parce que tu es un psychopathe qui ne se soucie que de ses propres intérêts.

— C'est inexact et puis tu es mon sang... tu fais partie de mes intérêts.

— C'est..., dis-je en m'adossant à mon lit. J'ai besoin d'un peu de temps, seul.

— Bien, mais une fois que tu iras mieux, nous devrons discuter de la raison pour laquelle tu as caché tous ces messages de menaces que tu as reçus, commença Matteo, les mains sur la poignée. Et avant que tu n'insultes mon intelligence, ou que tu ne t'insultes toi-même en disant que tu n'as aucune idée de ce dont nous parlons, nous avons vu les messages dans le téléphone à clapet qui était dans la boîte de consignation.

Je me tournai vers Luca qui avait l'air plus déçu et blessé qu'en colère, ce qui me blessa beaucoup plus.

— Luca..., commençai-je, en ne sachant pas trop comment arranger les choses avec mon meilleur ami. C'est juste que... Tu étais inquiet pour Cassie et les bébés et...

— Tu es aussi ma famille, Domenico, te perdre me ferait du mal.

— Oh, mon cœur..., dit Matteo en essuyant de fausses larmes sous ses yeux. C'est tellement beau.

— *Vaffanculo* ! aboyai-je.

Matteo haussa les sourcils.

— Souviens-toi de ta place, Domenico. Je ne suis pas n'importe qui.

— Non, concédai-je. Mais le sang Genovese qui coule dans tes veines, coule dans les miennes aussi... Souviens-toi de ça.

Je souris. Parce qu'être le frère secret de notre roi ne pouvait qu'être amusant.

— Que nous soyons parents ne te sauvera pas, rétorqua-t-il soudainement extrêmement sérieux. Trahis-moi et tu mourras.

Ça me dégrisa.

— Je ne trahirai jamais la *famiglia*.

— Je le sais, tu es d'une loyauté exaspérante.

— Pourquoi la loyauté est-elle exaspérante ? Je pensais que c'était ce que tu aspirais.

— Oui, mais ta loyauté n'est pas envers moi, répondit-il en regardant Luca. Et je n'arrive pas à comprendre pourquoi.

Je le regardai en fronçant les sourcils. Avait-il manqué la partie où Luca avait vendu sa liberté pour me sauver ?

Je soupirai et grimaçai à nouveau alors que la douleur dans mon flanc commençait vraiment à s'intensifier.

Luca regarda mon plateau de nourriture intact et la boîte d'analgésiques.

— Mange et repose-toi, Dom. Nous parlerons de tout ça plus tard.

Je hochai la tête avec gratitude, c'était trop de secrets révélés d'un coup. J'avais vraiment besoin de temps pour digérer tout ça.

Je n'étais pas le fils du monstre. Enfin, pas ce type de monstre, pas le pire d'entre eux, et ça changeait beaucoup de choses. Je n'avais pas cette méchanceté perverse qui coulait dans mes veines. Peut-être que j'avais une chance de rédemption. Peut-être que je pouvais être heureux, et j'étais assez intelligent et humble pour savoir qu'India était cette chance.

Je devais juste être assez courageux pour lui montrer toutes les facettes de ma personnalité et la laisser entrer avec les yeux grand ouverts.

S'il te plaît, India, sois la force dont j'ai besoin pour me sauver.

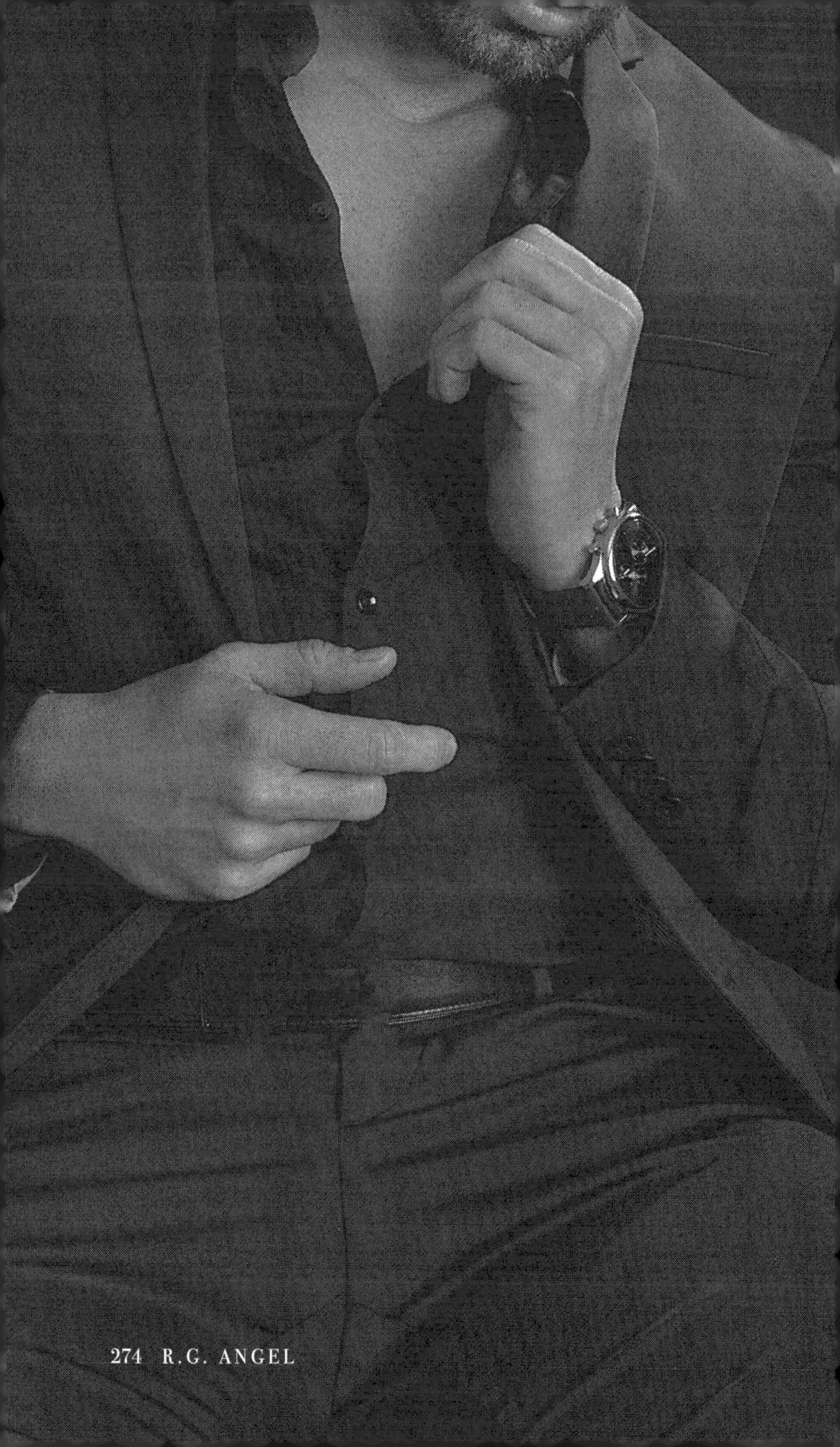

CHAPITRE 16
Dom

Trois jours. C'était le temps que j'avais attendu pour qu'India revienne me voir. Matteo était parti le jour de mon réveil avec une promesse ou une menace de m'emmener en ville pour enquêter davantage sur le traître.

Cassie était venue avec les bébés une ou deux fois, mais je n'arrivais pas à me sortir India de la tête en me demandant ce que j'avais fait pour qu'elle m'évite.

Était-elle en colère contre moi ? Avait-elle enfin réalisé les sacrifices que cela impliquait d'être avec moi ?

Le soir du troisième jour, je décidai que c'en était assez. La douleur dans mon côté était moins vive, même si les points de suture tiraient toujours comme pas possible chaque fois que je bougeais. Aller aux toilettes était un défi, mais c'était loin d'être la pire douleur que j'aie jamais ressentie, et pour l'instant, la douleur de ne pas voir India ou de ne pas savoir où elle en était avec nous était beaucoup plus douloureuse et troublante. J'aimais cette femme et si elle en avait fini avec nous, je devais le savoir.

Quand j'en eus fini de l'attendre, je sortis du lit et me traînai torse nu hors de la chambre puis dans le couloir jusqu'à sa chambre et j'ouvris sa porte sans frapper... Foutu pour foutu.

Elle était assise dans son lit, un livre dans les mains. Quand elle me vit, elle posa son livre sur son lit et me sourit.

— Dom, tu es debout !

Le poids de l'appréhension s'allégea un peu dans ma poitrine, elle semblait heureuse de me voir.

— Tu m'as manqué, admis-je en ayant assez de cran pour le lui dire.

— Tu m'as manqué aussi, mais j'ai réalisé que tu avais besoin d'espace.

Elle reposa ses mains sur ses genoux, en me regardant avec ses yeux expressifs.

— Je n'ai pas besoin d'espace, surtout quand il s'agit de toi. Jamais.

Elle tapota l'espace vide à côté d'elle et ma poitrine se détendit complètement. Je ne pouvais pas m'empêcher de m'émerveiller à l'idée, qu'après tout cela, elle me veuille toujours.

— Comment vas-tu ? demanda-t-elle après que je me fus installé à côté d'elle, mon dos contre la tête de lit.

Je suivis ses yeux vers le bandage sur mon côté.

— Physiquement ou mentalement ?

Elle laissa échapper un petit rire.

— Les deux, l'un ou l'autre, tout ce que tu es prêt à partager.

J'attrapai sa main, entrelaçant nos doigts, et embrassai le dos de la main.

— Je ne te mérite pas.

— C'est moi le juge en la matière, et je pense que si.

Je soupirai, en reposant ma tête contre la tête de lit et en regardant le plafond.

— Je t'aime, admis-je en serrant sa main plus fort. Ce qui s'est passé n'a pas changé ça, ça m'a fait t'aimer encore plus, si c'est possible.

— OK ?

Elle avait l'air si troublée et comment pouvait-elle ne pas l'être ? J'étais complètement désorienté moi-même.

— Mais je ne peux pas m'empêcher de penser que ça va être trop pour toi, que cette vie... Tu ne la mérites pas.

— Ne penses-tu pas que je devrais en être le juge ?

Je tournai la tête vers elle. Elle m'étudiait, les lèvres pincées. Je l'avais agacée, c'était clair.

— Tu devrais, bien sûr que tu devrais. Je ne t'enlèverai jamais ce choix, et c'est de ça que je voulais te parler au chalet.

Elle s'appuya contre moi, en posant sa tête sur mon épaule.

— Je suis là maintenant, j'écoute.

J'appuyai ma joue contre le sommet de sa tête alors que l'appréhension de ce que j'étais sur le point de faire m'envahissait. Mon passé venait de refaire surface, et rien ne garantissait qu'il ne ressurgirait pas, et même si je détestais cette partie de moi, elle devait s'engager dans cette relation en toute connaissance de cause.

— C'est peut-être une bonne chose que je n'aie pas pu te parler ce jour-là, car je voulais que tu restes pour l'homme que je suis maintenant, mais j'ai réalisé que tu ne peux pas tant que tu ne connais pas l'homme que j'ai été.

Elle resta silencieuse et je lui en fus reconnaissant.

— Je n'ai pas le droit de me plaindre, je n'en ai jamais eu le droit. Je n'essaie pas de justifier ou d'excuser ce que j'ai fait, ce qu'il m'a fait faire quand j'avais treize ans. Ce qu'il m'a fait faire ce jour-là, ça ne m'a pas tué, mais une partie de moi est morte et n'a cessé de s'effriter depuis.

Elle serra fermement ma main, et ce fut ma bouée de sauvetage à ce moment-là, alors que j'étais sur le point de plonger et de partager mes souvenirs les plus sombres.

— L'homme qui m'a élevé, Sergio Romano, n'était pas un homme bien. Ma mère était une call-girl qu'il voulait et qu'il a forcée à l'épouser.

Je fermai les yeux à cause de la douleur que ces souvenirs provoquaient. J'étais content qu'India ne puisse pas voir mon visage en ce moment.

— Il ne l'a pas bien traitée, ajoutai-je.

C'était l'euphémisme de l'année !

— Et elle a fini par mettre fin à ses jours quand j'étais encore très jeune, poursuivis-je.

J'enroulai instinctivement mon bras autour d'India, en l'attirant plus près de mon corps. Sa seule présence me faisait me sentir mieux.

— Il y a beaucoup de règles dans la mafia, tu vois, expliquai-je. Certaines sont obligatoires, d'autres sont plus subtiles, des sortes de directives... Mais mon père...

Je m'arrêtai, ce n'était pas mon père.

— C'est normal de le voir encore comme tel. Tu as cru qu'il était ton père pendant plus de trente ans, dit-elle en embrassant mon cou avant de s'installer à nouveau tranquillement, la tête dans le creux de mon épaule.

— Il a commencé à kidnapper des femmes et à les vendre. Et puis certaines d'entre elles, les plus jeunes, il les droguait, les rendait dépendantes et les plaçait dans des clubs de sexe clandestins, dis-je sans réussir à empêcher la bile de monter dans ma gorge. Les hommes ont toujours payé plus cher pour des femmes mineures. Mais les vierges tâchent un peu trop. Les hommes n'aiment pas le sang, alors mon père s'amusait à les dépuceler et à me faire regarder. C'était ce que les vrais hommes devaient faire, tu vois ? Prendre ce qu'ils voulaient, peu importait ce que la femme voulait, dis-je avant de prendre une profonde inspiration car j'arrivais à la partie la plus horrible de mon histoire. Et puis j'ai eu treize ans et mon père a décidé qu'il était temps pour moi de l'aider dans sa mission. Elle s'appelait Emily, elle avait quinze ans à l'époque, et mon père m'a donné le choix : soit je le faisais, soit il demandait à son homme de main le plus monstrueux de le faire à ma place.

Je m'arrêtai de parler pendant quelques secondes, en essayant de maîtriser ce tumulte en moi.

Elle lâcha ma main et enroula son bras autour de ma poitrine. Je m'attendais à ce qu'elle s'éloigne de moi avec dégoût lorsqu'elle aurait réalisé les choses monstrueuses que j'avais commises.

Je baissai les yeux sur son bras autour de mon corps, sa peau parfaite qui ressemblait à de la soie sur mes doigts rugueux. Je fis lentement courir mes doigts sur son bras, en appréciant la sensation de sa peau. La toucher était une chose dont je savais que je ne me lasserais jamais.

— L'homme qui m'a poignardé avait tous les droits de le faire. C'était le frère d'Emily. Emily, elle n'a plus jamais été la même après ce jour-là. Elle s'est de plus en plus droguée jusqu'à ce qu'elle se suicide le jour de ses dix-huit ans... dix-huit ans, répétai-je en secouant la tête et en laissant échapper un soupir d'abattement. J'ai vu mon père faire du mal à un nombre incalculable de femmes, et j'ai fait du mal à six filles... six jusqu'à ce que Luca fasse ce que j'avais trop peur de faire et l'élimine, déclarai-je en déglutissant malgré la boule dans ma gorge. Je suis un violeur, India. Rien de ce que je ferai et rien de ce que je dirai ne changera ce que j'ai fait ou ce que je suis devenu. J'ai essayé d'expier mes péchés pendant des années et jusqu'à toi, je n'ai jamais pensé que je pourrais trouver la paix, mais ensuite j'ai regardé dans tes yeux qui ouvrent sur ton âme et la culpabilité, la douleur se sont évanouies... et tu es devenue à ce moment-là la personne la plus importante de ma vie.

Elle prit une grande inspiration, et je pouvais sentir son cœur battre contre mon flanc. Le problème était qu'en ne voyant pas son visage, je ne savais pas si c'était de la peur ou autre chose.

— J'espérais que le fait de découvrir que Sergio n'était pas mon père m'aiderait d'une manière ou d'une autre, sachant que je n'étais pas fait pour être un monstre, que je ne partageais pas d'ADN avec cette raclure, mais ça n'a pas marché, pas vraiment.

Je pris une profonde inspiration et j'embrassai le sommet de sa tête, en inhalant le léger parfum de jasmin de son shampoing avant de continuer :

— Je suis un monstre, India, parce que malgré tout, je veux que tu restes ici, avec moi, pour toujours. Malgré mon passé, mes péchés, malgré la vie que je mène qui est pleine de danger, de sang et de mort, je veux que tu restes et que tu m'aimes. Je veux que tu restes pour que mon amour pour toi puisse sauver le reste de mon âme.

Je levai les yeux au plafond, en essayant de ne pas m'effondrer et de la supplier sans vergogne de se sacrifier pour être avec moi bien que je n'en sois pas digne.

— Si j'étais un homme meilleur, dis-je, je t'enverrais vivre une vie paisible et tranquille à Calgary. Je souhaiterais que tu trouves un mari adorable, que tu aies des enfants, que tu t'épanouisses et que tu sois la femme extraordinaire que tu es au grand jour, toujours en sécurité. Mais je ne suis pas un homme bon, et je t'aime... je suis accro à toi... je brûle pour toi.

Elle se déplaça dans mes bras, et je la serrai plus fort. Je n'étais pas prêt à ce qu'elle s'éloigne ou qu'elle me regarde. Je n'étais pas prêt à voir ce que ses yeux disaient.

— Je ne veux pas que tu répondes maintenant, poursuivis-je. Je veux que tu réfléchisses longuement et sérieusement à ce que signifie une vie à mes côtés. Ce n'est pas une vie facile, il y aura des moments où tu la détesteras... peut-être même que tu me détesteras un peu, mais je peux te promettre que je te vénérerai, que je te protégerai avec tout ce que je suis, et que je t'aimerai jusqu'à mon dernier souffle et même au-delà si j'ai mon mot à dire. Reste avec moi, India.

J'attendis quelques secondes, mon cœur battant la chamade dans ma poitrine alors que je relâchais ma prise sur elle.

Elle se dégagea de mes bras et se déplaça pour me regarder, son visage étrangement paisible mais ne montrant pas grand-chose.

— Il est tard.

Mon cœur se serra dans ma poitrine, elle voulait que je la laisse à ses pensées. Je hochai la tête, en quittant ma place sur le lit.

— Oui, bien sûr, je...

— Mets-toi sous les couvertures et serre-moi dans tes bras, Dom, dit-elle avec un petit sourire avant de se tourner sur le côté et de poser ses lunettes sur la table de nuit.

Je restai debout, en regardant son dos avec incrédulité. Elle voulait que je dorme avec elle ? Après tout ça ?

Elle tendit la main derrière elle et déplaça la couverture.

Je la rejoignis lentement, toujours incrédule. Je me glissai près d'elle, en enroulant mon bras autour de sa taille et en la rapprochant de moi, son dos plaqué contre mon torse, là où il devait être.

Elle éteignit la lumière et laissa échapper un soupir de contentement alors qu'elle se détendait dans mes bras, en se blottissant encore plus contre moi.

— Tu ne vas même pas dire quelque chose ? demandai-je dans l'obscurité.

Elle déplaça sa main pour la poser sur mon bras autour d'elle.

— Quoi que je dise, tu ne m'écouteras pas. Tu es trop absorbé par toi-même pour le voir... pour te voir comme je te vois, comme tout le monde te voit. Nous parlerons, mais pour l'instant, je veux juste dormir dans tes bras où je me sens en sécurité. J'ai besoin de mes huit heures de sommeil réparateur, Domenico. Tout le monde n'est pas aussi sexy que toi naturellement.

Je souris et embrassai le sommet de sa tête.

— Tout ce que tu veux, Dolcetta, tout ce que tu veux,

murmurai-je avant de m'endormir, bercé par le doux mouvement de sa respiration paisible.

***

Lorsque je me réveillai, India était déjà partie, et une fois de plus, je fus surpris de constater à quel point je dormais profondément et paisiblement lorsqu'elle était à mes côtés.

Ma vie, mon travail et mon esprit me tenaient en alerte, me réveillant à chaque bruit, mais pas quand j'étais avec elle. Quand elle était en sécurité dans mes bras, j'étais en paix.

Je me sentais tellement mieux aujourd'hui. Je supposais que tout ce dont j'avais besoin était une bonne nuit avec la femme que j'aimais à mes côtés.

Je retournai dans ma chambre, je pris une douche et je pus enfin me raser et tailler mon bouc, redevenant ainsi moi-même.

En descendant, je remarquai que la maison était très calme.

Je me fis un expresso et je venais de m'asseoir à table quand Luca apparut par la porte de derrière, habillé d'un jean délavé et d'un t-shirt blanc.

— Bonjour, belle au bois dormant, dit-il en me faisant un sourire. J'étais sur le point de venir réveiller la gente dame.

Je lui fis un doigt d'honneur en sirotant mon café salvateur.

— Où sont les nanas ?

— Assises dans le jardin, elles veulent faire un barbecue

pour nous quatre.

Je regardai par la fenêtre le soleil brillant et la légère brise dans les arbres. Ça semblait être une bonne journée pour ça.

— Tu as l'air en forme, dit-il avec un soulagement évident, en s'appuyant sur le comptoir.

— C'est le cas, cette femme...

Les mots me manquaient. Comment exprimer ce que India représentait pour moi ?

— Je sais, répondit-il en regardant vers la porte arrière. Je ressens la même chose pour Cassie.

Je soupirai, en m'appuyant sur ma chaise.

— L'autre jour, je n'ai pas eu l'occasion de poser vraiment des questions.

— Ouais, je m'y attendais, dit-il avant de désigner la machine à café. Je vais prendre un café pour le prendre à la bibliothèque. Tu en veux un autre ?

Je me levai.

— Bien sûr.

Je suivis Luca jusqu'à la bibliothèque et m'assis sur la chaise en velours vert en face de lui.

— Est-il toujours en vie ? demandai-je, en connaissant déjà la réponse.

Luca détourna le regard avant de secouer la tête.

— Matteo ne pardonne pas quand on touche à ceux qu'il considère comme faisant partie de son cercle.

Je grimaçai. Matteo Genovese était mon frère, comment pouvais-je faire face à ça ?

— Cet homme a-t-il dit quelque chose ?

Luca croisa les jambes et haussa les épaules.

— Je n'étais pas là lorsque Matteo l'a *interrogé*. C'est quelque chose qu'il a vraiment apprécié, et j'étais beaucoup plus inquiet pour toi.

— Si quelqu'un peut soutirer la vérité à quelqu'un, c'est Matteo, dis-je, en détestant l'admettre.

Luca prit une gorgée de son café.

— Cet homme ne savait pas grand-chose. Il a reçu un dossier avec tous les détails concernant sa sœur et toi. Il a laissé les messages sur ta voiture, mais ce n'est pas lui qui t'a envoyé des SMS, expliqua-t-il en passant les doigts sur ses lèvres. En parlant des messages. Ce n'est pas une chose que j'aurais dû apprendre par Matteo, Dom.

Je baissai les yeux de honte, en ne supportant pas la blessure gravée dans ses yeux.

— Je voulais te le dire, vraiment, mais Luca, tu as déjà fait tellement pour moi. Je n'étais pas sûr que ce soit quelque chose qui valait la peine de te déranger.

— Dom, *i tuoi problemi sono i miei problemi.*

Tes problèmes sont mes problèmes. Je pris une profonde inspiration et je levai les yeux.

— Tu as sacrifié le peu d'enfance qu'il te restait pour moi, Luca. Comment...

— Et tu es resté avec moi pendant deux ans, en supportant les abus et les insultes jour après jour, juste pour t'assurer que je ne me suicide pas. Nous sommes une famille, c'est ce que fait la famille. On a prêté serment, tu te souviens ?

Je hochai la tête d'un air penaud. Je savais que cacher la vérité à Luca avait été une erreur, bien sûr que je le savais, mais les choses allaient si bien pour lui.

— Promets-moi juste que quoi qu'il arrive, tu ne cacheras rien d'autre. Quoi que ce soit, on s'en sortira mieux si on le fait ensemble.

— Je te le promets.

Je pris une gorgée de mon café et je baissai les yeux sur ma tasse.

— Donc rien n'est vraiment sorti de tout ça, n'est-ce pas ? demandai-je.

Luca m'adressa un demi-sourire.

— Peut-être que si, dit-il en prenant son téléphone dans sa poche et en faisant défiler l'écran quelques secondes avant de le tourner vers moi. Matteo m'a envoyé ça hier.

Je regardai la liste des douze noms que je connaissais, tous des hommes de la famiglia.

— Et donc ?

— Ils sont les seuls à en savoir assez sur le business secondaire de ton père pour en parler.

Je jetai un coup d'œil à la liste avec un regard noir, l'un d'entre eux était notre traître, et une fois que je l'aurais trouvé...

— Est-ce que Matteo a un plan ?

Luca gloussa.

— Quand n'en a-t-il pas ? Ce type est le maître du calcul. Je soupçonne que derrière chaque action et chaque mot qui sort de sa bouche, il y a toujours un motif inavoué.

— Et cet homme est mon frère... youpi !

Luca pencha la tête sur le côté, indiquant qu'il était plongé dans ses pensées.

— Je déteste l'admettre, mais il est intervenu dès qu'il a réalisé que tu avais besoin de son aide, et il était affolé quand il est arrivé à la maison, aussi affolé qu'un homme comme lui puisse l'être. Je n'ai jamais pensé que je le dirais un jour, mais je pense que Matteo Genovese tient vraiment à toi.

Je renâclai.

— Cet homme ne se soucie de personne d'autre que de lui-même. Il dit toujours que la *loyauté est plus profonde que le sang.*

— Il dit ça, acquiesça Luca. Je ne suis juste pas sûr qu'il le pense vraiment.

Je haussai les épaules. C'était sans importance maintenant, de toute façon. Il y avait tellement de choses que je devais gérer avant ça, et l'une d'entre elles était India.

— Je dois te parler d'India, commençai-je.

Je lui avais demandé de rester avant de voir avec Luca. C'était sa maison, et je ne l'avais même pas pris en compte.

— India est aussi quelque chose qui est ressorti de tout ça. Elle est impressionnante, tu sais. Elle s'est levée et t'a défendue férocement. Elle a même arrêté l'homme qui t'a poignardé.

Mon cœur s'arrêta de battre. India s'était mise en danger ? Pour moi ? Je laissai échapper un faible grognement. C'était une chose dont nous devions discuter. Plus jamais de mise en danger... pour quoi que ce soit. Elle était bien trop précieuse pour ça.

— Elle a impressionné Matteo. Il l'approuve.

Ce n'était pas comme si ça comptait vraiment. Je me battrais contre la famiglia pour la garder, mais savoir que notre roi l'approuvait rendait les choses beaucoup plus faciles.

— Je lui ai demandé de rester ici, avec moi. De façon permanente.

— Bon sang ! lâcha Luca.

— Écoute, Luca, si c'est un problème, on peut déménager. Je...

Il agita la main avec dédain.

— Ce n'est pas le problème, *idiota*. Bien sûr qu'elle peut rester ici pour toujours, elle est de la famille. Je viens juste de perdre cent dollars contre Matteo, et ça m'énerve.

Je le regardai en levant un sourcil.

— Tu veux m'expliquer ?

Il leva les yeux au ciel.

— Après l'incident, Matteo a parié que tu lui demanderais de rester avant la fin de la semaine. Je m'attendais à ce que tu sois un peu plus lent et hésitant et que tu lui demandes sur le chemin du retour à l'aéroport. Il a gagné et je déteste ça.

— Un pari sur ma vie ?

Luca croisa les bras sur sa poitrine.

— C'est agaçant, n'est-ce pas ?

Je me pinçai les lèvres. Je lui avais fait la même chose quand il commençait à s'intéresser à Cassie.

— C'est équitable.

Luca se pencha en avant et me tapota l'épaule en riant.

— Je suis heureux pour toi, mon frère. C'est une femme bien. Elle te rendra heureux.

— J'attends juste sa réponse.

Il fronça les sourcils.

— Elle a dit qu'elle devait y réfléchir ?

— Non, je lui ai demandé d'y réfléchir. C'est une décision sérieuse qu'elle doit prendre, avec beaucoup de responsabilités.

— Ouais, j'ai fait la même chose avec Cassie, mais cette femme est si profondément amoureuse de toi. Je ne la vois pas dire non.

Je laissai échapper un rire nerveux.

— Pour ma santé mentale, j'espère que tu as raison.

Parce que j'étais assez sage et intelligent pour savoir qu'India McKenna était ma chance de bonheur, ma seule chance de rédemption.

290 R.G. ANGEL

CHAPITRE 17
India

Je regardai l'horloge une fois de plus, en passant la main sur la nuisette en dentelle rouge transparente que je portais pour la lisser.

Luca m'avait envoyé un message il y avait une heure pour me dire que Dom était en route et ma nervosité avait augmenté de façon exponentielle depuis lors.

J'avais voulu faire de ma réponse un beau geste, pour lui montrer que je l'aimais et ce qu'il représentait pour moi.

On s'attendait toujours à ce que les hommes fassent tous les trucs romantiques, comme une grande déclaration d'amour, où ils se mettent à genoux pour faire leur demande, et j'étais d'accord avec ça la plupart du temps, mais Dom méritait le grand show. Il devait voir qu'il méritait tout l'amour du monde et que ce n'était pas seulement son rôle de me faire sentir chérie, mais le mien aussi. En tant que femme, je devais lui montrer qu'il était aussi un trésor, même s'il en doutait.

Je l'avais fait attendre pour lui donner ma réponse toute la semaine, et je savais que plus j'attendais, plus il était anxieux, mais je voulais que ce moment soit spécial pour m'engager avec lui.

Luca l'avait envoyé voir Matteo en ville mais lui avait demandé de s'arrêter d'abord à l'appartement où je l'attendais, en ne portant rien d'autre que cette nuisette courte en dentelle et un string.

Mon cœur s'arrêta lorsque j'entendis le bip annonçant l'arrivée de l'ascenseur privé.

Je pris une profonde inspiration, j'arrangeai les boucles lâches autour de mon visage et m'appuyai contre le tabouret de la manière la plus sexy possible, en essayant de cacher ma nervosité.

Dom entra, la tête basse, en marmonnant en italien. Il s'arrêta net quand ses yeux rencontrèrent les pétales de rose sur le sol.

Il leva les yeux et laissa tomber son sac qui fit un bruit sourd alors que ses yeux s'écarquillaient et que sa bouche restait ouverte sous le choc.

Je lui souris, en reprenant confiance grâce à sa réaction. Je me tapotai mentalement dans le dos. J'avais bien choisi.

— Est-ce que je suis mort et au paradis ?

Ses yeux emplis de désir remontèrent le long de mon corps, en s'arrêtant sur le petit morceau de tissu qui recouvrait mon entrejambe, puis sur ma poitrine, mes tétons se dressant sous la chaleur de son regard. Il se lécha les lèvres alors que ses yeux restaient rivés sur ma poitrine, et je pouvais presque sentir sa langue chaude sur mes seins.

Il fit quelques pas vers moi.

— Mon Dieu, India, Dolcetta, tu me fais mourir, dit-il en laissant échapper un grognement douloureux. S'il te plaît, dis-moi que je ne dois pas aller voir Matteo maintenant parce qu'il n'y a pas moyen que je puisse sortir de cet appartement.

Je secouai la tête, l'émotion étant beaucoup plus forte

que je ne le pensais. Nous n'avions pas fait l'amour depuis qu'il avait été poignardé et j'avais envie de lui là tout de suite, autant qu'il avait envie de moi.

— Merci putain, murmura-t-il avant de tomber à genoux devant moi.

Il attrapa doucement ma cheville droite, la souleva et embrassa l'intérieur de celle-ci.

Je haletai, en saisissant le tabouret derrière moi alors que ses lèvres me brûlaient la peau.

Il passa doucement son nez sur ma jambe, l'embrassant jusqu'à ce que mon genou repose sur son épaule. Il s'arrêta lorsqu'il atteignit l'intérieur de ma cuisse tremblante et me mordit doucement.

Je poussai un gémissement, écartant un peu plus mes jambes.

Il laissa échapper un petit tss-tss quand son nez effleura la soie de mon string.

— Ça ne va pas, Dolcetta. Tu ne peux pas cacher mon dessert préféré, chuchota-t-il contre la soie, son souffle chaud et ses mots me faisant encore plus mouiller.

Il passa son index sous le tissu et le tira sur le côté, me dévoilant à lui.

J'agrippai ses cheveux épais pendant qu'il me goûtait avec sa langue longue.

Il poussa un grognement bestial et sa main libre attrapa mes fesses avec force. J'aimais ça, le mélange de la douleur de sa main et du plaisir de sa langue.

Il m'attira plus près de son visage, en enfouissant sa bouche dans mes plis trempés, poussant sa langue entre mes parois étroites.

Il me lécha à nouveau sur la longueur.

— Tu as si bon goût, gémit-il contre mon clitoris, en envoyant des vibrations dans tout mon corps.

Je baissai le regard vers lui et rencontrai ses yeux affamés. Voir cet homme grand, puissant et effrayant à genoux devant moi, en train de me donner du plaisir avec sa langue, rendait la chose encore plus enivrante.

Et soudain, alors qu'il mordillait mon clitoris, je jouis en criant son nom.

Il posa ses mains sur mes hanches en se levant, ses cheveux ébouriffés par mes doigts, ses lèvres luisantes à cause de mon jus.

Il garda les yeux rivés sur les miens tout en se léchant les lèvres avec avidité et rien que cela me fit presque jouir à nouveau.

Il prit mon entrejambe humide à pleine main.

— J'ai envie d'être en toi maintenant.

— Oui, s'il te plaît. Prends-moi, je suis à toi... pour toujours.

Ses yeux s'écarquillèrent très légèrement, en comprenant probablement le sens de mes paroles, mais il était tout aussi submergé par le désir que moi.

Il se pencha vers moi et me prit dans ses bras, en me portant comme une mariée dans la chambre.

Il me posa sur le lit et enleva sa veste, sa chemise, son pantalon et ses sous-vêtements, tout en gardant les yeux rivés sur moi, en étudiant chacun de mes mouvements.

Je laissai mes yeux descendre jusqu'à sa bite en érection qui se balançait près de son nombril. Cet homme était une œuvre d'art à tous points de vue.

Il rampa sur le lit et mit ses doigts sur le côté de mon string, en le tirant vers le bas.

Il l'accrocha à son doigt et le regarda.

— J'aime bien, mais je préfère ta chatte nue.

J'écartai les jambes plus largement et fus satisfaite par le son guttural admiratif venant du fond de sa poitrine.

Il jeta mon string sur le sol et rampa sur moi, en remontant ma nuisette au passage.

Il se pencha et prit un de mes tétons dans sa bouche, en le suçant.

Je gémis, en cambrant le dos.

— À moi, marmonna-t-il en lâchant mon téton.

— À toi, acquiesçai-je alors qu'il se concentrait sur mon autre téton.

— Pour toujours, ajouta-t-il en laissant ses lèvres remonter le long de mon cou.

— Pour toujours, oui, dis-je en levant les hanches, en cherchant le frottement de son membre viril et large contre mon clitoris. J'ai envie de toi, Dom.

Il attrapa la base de sa bite, puis la frotta de haut en bas de ma chair humide avant de me pénétrer d'un mouvement rapide.

Je gémis alors que mes yeux se révulsaient de pur plaisir mélangé à la douleur de l'intrusion de son large pénis. J'étais si délicieusement pleine de lui... je sentais chaque veine, chaque arête. Cet homme avait été fait pour moi, je le savais. Nous nous complétions.

Il commença à aller plus vite et plus fort. Il était d'humeur à faire l'amour de façon brutale, et ça ne me dérangeait pas. J'aimais mon Dom brutal et doux. J'attrapai les barreaux de la tête de lit et j'enroulai mes jambes autour de sa taille, en levant les hanches au rythme de ses va-et-vient, en aimant la façon dont il perdait le contrôle quand il était en moi.

— Je vais jouir, Dolcetta, c'est trop bon d'être en toi, grogna-t-il fort, son visage enfoui dans mon cou. Jouis avec moi, Dolcetta, ordonna-t-il juste avant que ses mouvements ne deviennent plus erratiques et que sa main ne descende entre nous pour commencer à caresser mon clitoris avec son pouce.

Je sentis l'orgasme arriver comme un raz-de-marée électrique et quand il me mordit le cou, je jouis probablement plus fort que jamais. L'orgasme était si puissant que c'était presque douloureux.

Dom suivit rapidement, en hurlant mon nom et en se vidant en moi.

Je réalisai, alors qu'il s'allongeait lourdement sur moi, son sexe en train de ramollir toujours en moi, que ce devait être la première fois de ma vie que je faisais l'amour sans protection, et cela ne me dérangea pas.

Je soupirai de contentement, appréciant son poids sur moi, son corps dans le mien. Je me sentais tellement en paix comme ça. Je remontai la main et je caressai doucement ses cheveux tandis qu'il embrassait doucement le haut de ma poitrine.

— Ce soir, j'étais censée m'occuper de toi, et tu as bouleversé mon monde, dis-je à bout de souffle, mon cœur cognant fort dans ma poitrine.

Il laissa échapper un petit rire.

— Crois-moi, Dolcetta, j'ai eu le sentiment qu'on

s'occupait de moi, en fait, répondit-il en faisant passer le dos de sa main le long de la courbe de ma poitrine. Te goûter, être en toi, c'est une chose merveilleuse à laquelle je suis accro, déclara-t-il en embrassant mon téton. *Ti amo*, Dolcetta.

— Je t'aime aussi.

Il gémit en quittant mon corps, puis roula sur le côté et m'emmena avec lui.

— Je suis très content de ce que tu as fait ce soir, commença-t-il, en posant son front contre le mien. Mais pourquoi as-tu fait tout ça ?

— Parce que je voulais que cette soirée soit spéciale, dis-je en posant la main sur sa joue. Tu es l'amour de ma vie, Domenico Romano. Et je veux rester avec toi ici. Le bon et le mauvais n'ont pas d'importance. Je connais l'homme que tu es, je connais ton cœur, déclarai-je en laissant ma main descendre de sa joue à sa poitrine, au-dessus de son cœur. Je sais que tu ne le verras pas comme ça, mais tu avais treize ans, Dom. Tu étais encore un enfant. Tu te vois peut-être comme l'auteur du crime, mais tu étais aussi une victime, que tu le veuilles ou non.

— J'aurais pu...

Je me penchai plus près, en l'embrassant pour l'arrêter.

— Ça n'a pas d'importance. Je suis ici pour rester.

Il resserra son bras autour de moi, en attirant mon corps contre le sien.

— Tu es sûre ? Ce ne sera pas facile.

— Je sais. Cassie et Luca m'ont expliqué beaucoup de règles, d'obligations liées au fait d'aimer un homme comme toi.

— Et ?

— Tu vaux ça et bien plus encore, affirmai-je en déplaçant ma jambe pour chevaucher la sienne et en sentant sa queue commencer à grossir contre mon bas-ventre. Déjà ?

Il haussa les épaules avec un sourire.

— Je suis italien et tu es ma femme... à quoi t'attendais-tu ?

— J'ai besoin d'une autre minute, tu m'as vidée.

— Hum, je peux être patient. L'autre bonne chose, cependant, c'est de ne pas être obligé de voir Matteo.

— En fait, tu vas devoir le faire. Nous sommes attendus demain matin.

Il recula un peu la tête.

— Nous ?

— Luca a organisé la rencontre pour moi. Je vais prêter allégeance à la famiglia.

— Tu es sûre de vouloir faire ça maintenant ? demanda-t-il en posant sa main sur ma hanche, en caressant d'avant en arrière ma peau avec son pouce. Ça peut attendre un mois ou deux, tu sais. Il n'y a pas d'urgence.

— Je sais.

— Une fois que tu as prêté serment, c'est fini, tu sais. Il n'y a pas de retour en arrière possible. La seule façon de s'en sortir est...

— De mourir. Oui, je suis au courant. Luca a été très clair, dis-je en attrapant sa main qui était sur ma hanche et en embrassant sa paume. Mais je sais aussi qu'il est déjà trop tard. Il y a un avant Dom et un avec Dom. Je ne suis pas prête à essayer un « après Dom ». Est-il si difficile de croire que ce que je ressens pour toi est aussi profond que ce que tu ressens pour moi ?

— Oui ! s'exclama-t-il. Tu es un rêve devenu réalité, India. Tu es aussi éblouissante à l'intérieur qu'à l'extérieur, patiente, aimante, intelligente, et une putain de bombe au lit. Comment pourrais-je ne pas être fou de toi ?

— Oui, et pour moi, tu es le plus bel homme. Tu es doux, loyal et tellement drôle.

— N'oublie pas de mentionner ma bite.

Je ris.

— Comment pourrais-je oublier ce gigantesque morceau de toi ?

Je fis courir ma main vers le bas et l'attrapai, mes doigts étant loin de se toucher en étant serrés autour de sa circonférence.

— Tu m'étires si délicieusement, dis-je. Je ne veux plus jamais d'une autre bite en moi.

— Et tu n'en auras jamais, marmonna-t-il avant de prendre ma bouche pour m'embrasser passionnément. Maintenant, laisse-moi te rappeler encore une fois à quel point ma queue t'étire si délicieusement.

***

Le lendemain matin, je réveillai Dom avec une pipe et un petit-déjeuner au lit.

Le voir si heureux me faisait me sentir complète. Je n'avais jamais ressenti quelque chose comme ça auparavant, ce sentiment d'appartenance à quelqu'un.

Nous faillîmes être en retard à notre rendez-vous avec

Matteo parce que Dom avait insisté pour me faire jouir quand nous étions sous la douche et je n'avais pas pu dire non à sa langue et sa bouche perverses.

Rien que le fait d'y penser me provoquait des picotements entre les jambes.

Je soupirai à l'évocation de ce souvenir, en serrant mes cuisses l'une contre l'autre alors que nous roulions vers la maison de Matteo.

Dom posa une main possessive sur moi, en faisant glisser ses doigts entre mes cuisses.

— J'ai dit à Luca que nous resterons ici une autre nuit, Dolcetta... J'ai l'intention de te prendre sur chaque surface de l'appartement.

— Je ferai en sorte que tu respectes ta parole.

Il serra ma cuisse en guise de promesse silencieuse juste au moment où nous franchissions les portes de l'enceinte de chez Matteo.

— Cet endroit ressemble beaucoup plus à un complexe militaire qu'à une maison, commentai-je alors que nous passions devant un bâtiment gris en béton.

— Oui, je pense que c'est ce qu'il veut. Il se voit comme le chef d'une armée..., dit Dom en penchant la tête sur le côté. Ce qui, rétrospectivement, est exactement ce qu'il est.

Je hochai la tête. Je savais que la courbe d'apprentissage serait abrupte, mais Dom en valait la peine.

— Tu es sûre ? demanda-t-il encore une fois alors que nous nous garions devant le seul bâtiment qui ressemblait réellement à une maison. Une fois que tu l'auras fait...

Je me penchai en avant et l'interrompis avec un baiser.

— Oui, j'en suis sûre. Maintenant, allons-y.

Je sortis de la voiture avant qu'il n'ait eu l'occasion de me questionner à nouveau. Il faudrait un certain temps pour qu'il accepte que c'était mon choix et qu'il en valait la peine, mais j'avais la patience nécessaire.

Le majordome ouvrit la porte sans un mot et nous conduisit silencieusement dans la maison.

Le silence et les vieux meubles sombres donnaient à cette maison un aspect sinistre et oppressant. On avait vraiment l'impression que les murs étaient pleins de secrets.

— D-D-Dom, I-India, c-comment allez-vous ?

Je souris au jeune homme maigre et élancé derrière le bureau. Je me souvenais qu'il avait emmené Jude au tournoi d'échecs et qu'il m'avait plu dès le début. C'était un garçon tellement brisé et doux et une partie de moi avait envie de l'aider, et j'espérais qu'un jour il me ferait suffisamment confiance pour me parler.

— Enzo, je suis si heureuse de te revoir. Je vais très bien. Comment vas-tu ?

Il hocha la tête avec un sourire.

— J-je vais bien. Ma-Matteo a dit que tu rejoignais la f-f-famiglia. Je suis h-heureux.

Dom enroula son bras autour de ma taille.

— N'essaie pas de me voler ma femme, Enzo. Je garderai les yeux sur toi.

Le sourire d'Enzo tressauta et il se figea juste un peu, pas assez pour que Dom le remarque mais assez pour moi.

Il tourna les yeux vers moi, et son comportement changea immédiatement, comme s'il savait que je savais.

— M-Matteo vous attend, dit-il en désignant la porte.

Je secouai la tête, en me concentrant sur ce qui allait venir. Je discuterais d'Enzo avec Dom plus tard.

Nous entrâmes dans un bureau qui était à l'image de son propriétaire, tout en noir et en verre... froid, calculé. C'était Matteo Genovese.

— Tu n'as pas changé d'avis, déclara-t-il sur un ton moqueur dès que nous entrâmes. Je ne sais pas si ça fait de toi une personne courageuse ou stupide.

— Ça fait de moi une personne amoureuse.

— Ah, fit-il en hochant la tête, et en prenant une bouffée de son gros cigare. Stupide alors, bon à savoir !

Dom leva les yeux au ciel.

— Tu sais pourquoi nous sommes ici. Est-ce qu'on pourrait juste passer aux choses sérieuses ?

— Bien sûr, *mon frère*.

Matteo sourit alors que les narines de Dom se dilatèrent de frustration. Cet homme était le roi des fouteurs de merde.

Matteo se tourna vers moi.

— Tu as décidé de rejoindre la famiglia ?

— Oui.

Il tira une bouffée de son cigare.

— Domenico t'a-t-il expliqué ce que cela signifie ? Une fois que tu as prêté allégeance, tu es à l'intérieure... seule ta mort te libérera.

— Je suis au courant.

Il posa son cigare dans le cendrier et tourna la tête vers moi.

Je me suis râclai la gorge.

— *Giuro fedeltà alla famiglia. Giuro di rispettare le regole e proteggere i segreti del nostro sangue. Io sono la famiglia.*

Je jure fidélité à la famille. Je jure de respecter les règles et de protéger les secrets de notre sang. Je suis la famille.

Je jetai rapidement un coup d'œil à Dom qui me fit un clin d'œil. J'avais réussi.

Matteo regarda Dom pendant quelques secondes, le visage pensif. Il pouvait me rendre la tâche plus difficile s'il le voulait. Luca m'avait dit qu'il pouvait demander une preuve de ma loyauté qui pouvait aller jusqu'au meurtre s'il le désirait. Mais Matteo soupira simplement avant de se lever et de s'approcher de moi.

Il posa ses mains sur mes épaules.

— *Benvenuta nella famiglia*, dit-il avant d'embrasser mes deux joues, puis de se tourner vers Dom et de l'embrasser aussi.

Quand Dom s'approcha de moi et me prit la main, je me tournai vers lui.

— *Lo giuro su Dio e sulla famiglia. Il mio cuore, il mio amore e la mia lealtà sono tuoi. Ora e per sempre. Faccio questo giuramento col sangue, nel silenzio della notte, e sotto la luce delle stelle e lo splendore della luna. Tutti i tuoi segreti saranno miei, tutti i tuoi peccati saranno miei, tutto il tuo dolore sarà mio. Sono tuo completamente.*

C'étaient les vœux que Cassie avait prononcé à son mariage avec Luca. C'était la promesse la plus forte que vous puissiez faire dans la famiglia. C'était ma promesse de me donner entièrement à lui.

Dom détourna le regard, en clignant rapidement des yeux, luttant contre les larmes face à mon serment.

Matteo leva les yeux au ciel, avant de pointer son index

sur Dom puis moi.

— *Sposala*.

Dom porta ma main à ses lèvres et embrassa le dos.

— J'en ai bien l'intention.

Matteo se servit un verre de scotch avant de faire le tour de son bureau.

— Maintenant que c'est fait, Domenico, je dois te parler, déclara-t-il avant de se tourner vers moi. Va attendre dans le salon. Enzo te donnera quelque chose à boire.

— Bien sûr.

Je savais qu'il valait mieux ne pas remettre en question ses ordres, surtout quelques minutes après lui avoir juré allégeance.

Dom se pencha et me donna un rapide baiser.

— Je ne serai pas long.

— Prends ton temps.

Enzo se leva dès que je sortis de la pièce.

— Ils doivent discuter un moment, dis-je après avoir fermé la porte derrière moi.

— V-v-veux-tu quelque chose à boire ? demanda-t-il en s'approchant de moi.

Je secouai la tête avec un sourire, en l'étudiant. Il avait les cheveux et les yeux noirs caractéristiques de la famiglia, mais sa peau était si pâle, presque translucide, et malgré ses vingt ans, il n'en paraissait pas plus de quinze.

C'était le genre de personne qu'on voulait protéger mais qui refusait de montrer plus de faiblesse...

— Que dirais-tu de jouer pendant que nous attendons ? lui demandai-je, en désignant le magnifique échiquier en bois sur le côté de la pièce.

Enzo m'étudia pendant quelques secondes avant de hocher la tête. Ça devait être fatiguant d'être toujours sur ses gardes comme ça. Était-ce un truc mafieux, d'être toujours en état d'alerte ?

— C'est époustouflant, dis-je en passant la main sur la planche sculptée incrustée dans la table.

Il hocha de nouveau la tête et cela me rendit triste pour lui. Il limitait clairement sa communication verbale à cause de son bégaiement, et il ne me connaissait pas assez bien pour me faire confiance.

— Blanc ou noir ?

Il s'assit du côté noir, répondant silencieusement à ma question et me permettant de commencer.

— Je ne suis pas très bonne à ça, admis-je après avoir joué pendant environ cinq minutes.

Je grimaçai et regardai toutes les pièces qu'il avait déjà prises.

— Je suis bon, répondit-il simplement, en prenant ma tour. Échec.

Je tordis ma bouche sur le côté. Je n'étais pas très bonne, c'était certain, mais je n'avais jamais pensé que j'étais aussi mauvaise non plus.

Je déplaçai un pion, en prenant celui qui m'avait mise en échec.

— Jude aime vraiment les échecs. Il aime passer du temps avec toi.

— J-Jude est d-d-différent. Il comprend.

— Il comprend quoi ?

Enzo me lança un regard complice, comme s'il comprenait mon petit jeu et qu'il n'était pas dupe. Il baissa à nouveau les yeux sur l'échiquier.

— Que t-t-tu ne dois jamais s-s-sous-estimer un adversaire j-juste parce qu'il a l'air p-p-plus faible, répondit-il avant de laisser échapper un gros soupir après avoir lutté avec cette longue phrase. Échec et mat, déclara-t-il en se levant. J'ai d-du t-t-travail maintenant. B-bien joué.

Je le regardai retourner à son bureau.

Bien joué ? Le gamin m'avait battue en sept minutes chrono.

Il avait un esprit très vif et rapide. Pas étonnant que Matteo l'ait gardé près de lui, il était brillant.

J'avais besoin d'en savoir plus sur lui, il était intriguant. Je pourrais peut-être demander à Luca de l'inviter à la maison quand Jude reviendrait de ses vacances.

Enzo était un défi que je voulais relever.

CHEVALIER BRISÉ

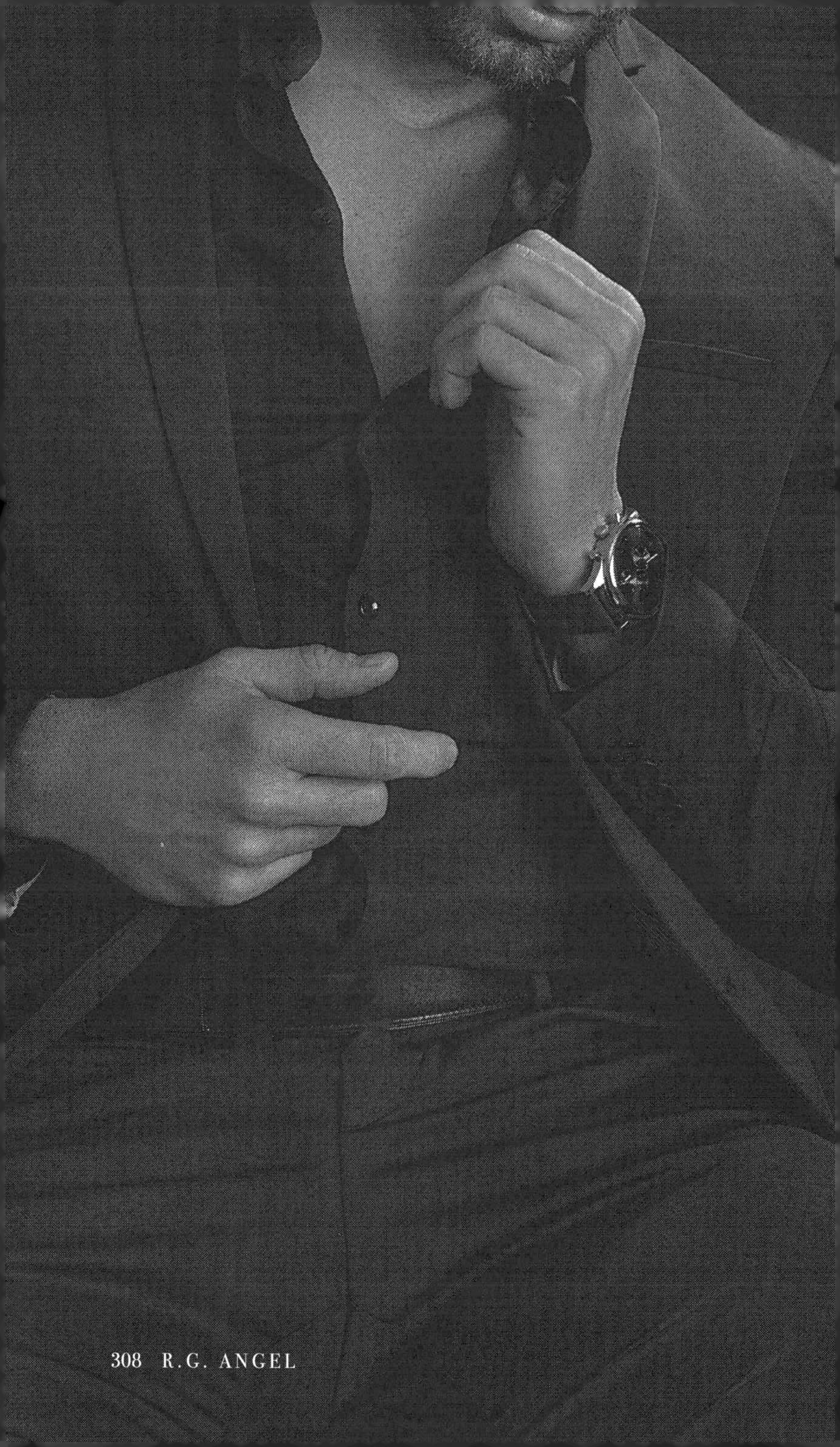

CHAPITRE 18

Dom

Qu'est-ce que tu veux ? demandai-je à Matteo, en croisant les bras sur ma poitrine.

Il haussa les sourcils, en pointant du doigt sa poitrine.

— Moi ? *Vai* ! C'est toi qui pleures comme un gamin parce que j'ai tué cet homme.

— Oui, un homme à qui je voulais parler. Un homme qui ne méritait pas de mourir.

Il tapa son index sur son bureau.

— C'est ta faiblesse, Domenico, la tienne et celle de Gianluca. Tu ne peux pas mener cette vie et avoir une conscience. Tu peux le nier autant que tu veux, mais tu ne peux pas, dit-il en secouant la tête. Si j'avais laissé cet homme partir après ce qu'il t'a fait, ça aurait été une prise de risque inconsidérée! Qu'auraient dit mes hommes si je ne t'avais pas vengé ? Ils auraient pensé que je n'assure pas leurs arrières. Cet homme *devait* mourir.

— Ça n'avait rien à voir avec toi. Son grief n'était pas contre la famiglia. Son ressentiment était envers moi. J'ai blessé sa famille, et il voulait se venger. Je suis sûr que toi, plus que quiconque, peux comprendre cela.

Il acquiesça.

— Je comprends et je peux aussi faire preuve d'empathie.
— Tu ne sais pas ce que ce mot signifie.

Il me lança un regard exaspéré mais ignora mon commentaire.

— Mais tu dois comprendre que même en faisant abstraction de la famiglia, cet homme a blessé *ma* famille, *mon* sang, et cela ne peut pas rester impuni, déclara-t-il avant de prendre une profonde inspiration. J'ai rendu sa mort aussi indolore que possible.

En sachant combien Matteo aimait jouer avec ses victimes... combien il appréciait les entendre crier, je savais que le tuer sans douleur avait été un grand acte de générosité de sa part.

Il alluma une cigarette et tendit le paquet vers moi avec son zippo doré.

Oh, tant pis, j'en méritais bien une. J'attrapai le paquet et allumai une cigarette aussi.

— En plus, je trouve assez ironique que tu me juges alors que tu as été jusqu'à demander l'aide de la famiglia au Canada, pour blesser un homme.

Je gardai le visage impassible.

— Je ne...

Il leva la main pour m'arrêter et roula des yeux.

—Ne me mens pas, *idiota*. J'ai eu un appel de Fabrizio, qui m'a demandé une faveur.

Putain de Fabrizio !

— Je lui avais dit de contacter Luca ou moi quand il voudrait que je paye ma dette.

Matteo éclata de rire.

— Peut-être, mais ce qu'il veut, je suis le seul à pouvoir

le lui accorder.

Il gonfla un peu sa poitrine.

— Tu aimes avoir tout le pouvoir, n'est-ce pas ?

— J'ai assez travaillé pour ça, répondit-il en me faisant un demi-sourire.

Et je savais ce qu'il ne disait pas. Il s'était assez sacrifié pour ça.

— Ce que je ne comprends pas, c'est pourquoi vous ne l'as pas simplement fait tuer ? C'est moins salissant, et qui est ce type ? C'est un architecte ou quelque chose comme ça.

— C'était l'ex d'India. Il a blessé ma femme.

Matteo haussa les épaules.

— Avant qu'elle ne soit à toi ? Je ne vois pas en quoi c'est punissable.

Il ne pouvait pas comprendre. Matteo ne ressentait presque rien dans ses meilleurs jours et il vivait et respirait seulement selon les règles de la mafia.

— Ça l'est pour moi.

— Et pourquoi le mettre juste hors d'état de nuire ? Le tuer aurait été beaucoup plus facile.

— Il doit apprendre ce que c'est que d'être diminué, faible, d'être à la merci des autres.

— Oh ! fit Matteo dont le sourire devint sadique. Je pense qu'il y a peut-être de l'espoir pour toi après tout, mon frère.

Peu importait à quel point c'était injuste et combien cela rouvrait les plaies de mes péchés, j'avais besoin d'en savoir plus sur cet homme et sur la façon dont il m'avait poursuivi.

— Dis-m'en plus sur cet homme, le frère d'Emily... Qui

était-il ?

— Pourquoi ? demanda Matteo en prenant une bouffée de sa cigarette. Ça ne va pas t'aider.

— Je mérite de savoir.

— Mérite..., répéta Matteo en penchant la tête sur le côté. Depuis quand a-t-on ce qu'on mérite dans la vie ? demanda-t-il en laissant échapper un petit rire sarcastique. Tu ne peux pas être aussi naïf, Domenico, tu es là depuis assez longtemps. Et tu sais ce que je mérite ? Ne pas nettoyer derrière toi et Gianluca, ne pas essayer de trouver des excuses stupides parce que je vous ai laissé tous les deux contourner les règles encore et encore.

— C'est parce que nous sommes tes préférés.

— Le sang ne t'apportera rien de plus, Domenico. N'oublie pas ta place et n'abuse pas de ma clémence envers toi.

C'était bizarre de l'entendre admettre à demi-mot qu'il nous traitait différemment, surtout parce que j'étais son frère.

— Dis-moi, s'il te plaît.

Il poussa un soupir d'exaspération.

— Il s'appelait Daniel. Il a eu tes coordonnées par courrier et a décidé de te suivre. Il ne savait pas ce que tu faisais exactement. Il pensait seulement que tu dirigeais un réseau de prostitution.

— Je vois.

— Non, je ne pense pas. Si tu m'avais parlé au lieu d'ignorer ce qui se passait, tu n'aurais pas été blessée et il n'aurait pas eu à mourir.

— Je ne pensais pas que c'était si important, je pensais pouvoir m'en occuper.

— En effet, c'est ce que tu as fait. Et regarde comment ça a tourné.

Je levai les yeux au ciel.

— C'est pour ça que tu voulais que je reste en arrière ? Pour me châtier comme un enfant irascible ?

— Non, il n'y a aucune raison pour moi de faire ça. Tu penses que je suis le diable et tu crois tout savoir, dit-il en haussant les épaules. J'ai besoin que tu m'aides à nettoyer ce bordel parce que c'est aussi important pour toi que pour moi.

Je savais que j'allais l'aider parce que même si c'était un connard, je lui devais bien ça, mais ça ne voulait pas dire que je ne pouvais pas le narguer au passage.

— Je ne suis pas celui qui commande, je n'ai rien à perdre.

— Ah bon ? demanda-t-il en hochant la tête. Jusqu'à présent, le traître a manipulé Benny et Savio pour tuer Luca, il leur a fait kidnapper sa femme et a essayé de te tuer. Tu ne vois pas ce qu'ils ont tous en commun ?

Luca, c'était le point commun.

Matteo hocha la tête en voyant mon visage.

— M'aider, c'est t'aider toi-même, ajouta-t-il.

C'était un peu exagéré, mais en même temps, comment pouvais-je dire non ? Surtout sachant qu'il pouvait si facilement me donner un ordre s'il le voulait.

— Je ferais n'importe quoi pour Luca.

Matteo sourit.

— Tu me fais me sentir tout chose au fond de moi.

— Luca m'a parlé de la liste que tu avais, dis-je.

— Nous devons y travailler, et nous devons le faire rapidement.

— Pourquoi ?

Il détourna le regard et je vis sa mâchoire se contracter et ses narines se dilater.

— Les Italiens arrivent.

Putain ! Cette année avait été la pire. Après tous les changements, toutes les règles que nous avions bafouées. Luca, se mariant en dehors de la famille, me prenant comme consigliere. Matteo passant un accord avec les Russes.

Bien que ce soit un connard sociopathe, je ne pouvais m'empêcher de ressentir un certain lien de parenté avec lui. Était-ce dû à notre lien de sang ? Probablement. Je n'avais pas de famille, pas de famille de sang en tout cas, et quelque part, je ne voulais pas qu'il parte. Un autre roi n'aurait pas accepté ce qu'il avait accepté.

— Quand viennent-ils ? Pourquoi viennent-ils ? N'es-tu pas celui qui s'y rend habituellement pour les réunions annuelles ?

— Oui, mais...

Il s'interrompit, sa mâchoire tressautant à nouveau.

Matteo cachait quelque chose et ça me rendait curieux parce que, peu importait de quoi il s'agissait, Matteo était le maître du visage impassible. Ce qu'il cachait devait l'affecter profondément pour qu'il montre le moindre signe sur son visage. Ça devait être juteux et ce serait de bonnes munitions à avoir contre lui, juste au cas où.

— Je n'ai pas pu m'y rendre ces dernières années, poursuivit-il.

— Je vois.

Matteo n'était pas du genre à se défiler, après tout, il aimait la confrontation et les drames.

— Alors ils ont décidé de simplifier les choses et de venir ici, continua-t-il en se pinçant l'arête du nez. Nous avons besoin de ça.

Nous avions besoin de trouver ce traître pour nous racheter et occuper les Italiens pendant qu'ils étaient ici. Il n'y avait pas d'autre moyen.

— De quoi as-tu besoin ? finis-je par demander, en arrêtant de jouer au con avec lui.

Il avait manifestement beaucoup à faire aussi. Je pouvais le laisser tranquille pour une fois.

Il me regarda avec incrédulité, comme s'il ne pouvait pas croire que je cédais.

— Surtout ? De ton temps.

Je n'étais pas sûr de ce qu'il entendait par « surtout », mais avec India qui m'attendait dans l'autre pièce, je ne voulais pas passer plus de temps ici que nécessaire.

— OK, quand est-ce qu'on commence ?

— On ne commence pas tout de suite, dit-il en regardant le téléphone sur son bureau et en scrollant. J'ai des choses à faire maintenant.

Je haussai les épaules.

— Je peux aider.

Je voulais surtout savoir quel secret il me cachait.

Il m'adressa un demi-sourire.

— Fais attention, mon frère. Je pourrais commencer à penser que tu tiens à moi.

Je levai les yeux au ciel.

Il fit un signe de la main vers la porte.

— Profite de ta femme, célèbre tes fiançailles ou ce que tu veux, épouse-la, commence à procréer. Profites-en tant que tu le peux.

C'était encore une fois étrangement attentionné pour le roi sociopathe de la mafia.

— Fais attention, Genovese. Je pourrais commencer à penser que tu tiens à moi, le taquinai-je en répétant ses mots.

— Qui a dit que ce n'était pas le cas ? demanda-t-il sur un ton provocateur.

Ma mâchoire se détendit de surprise. Il devait se foutre de moi. Ouais, il n'y avait pas d'autre possibilité. La seule personne à qui Matteo Genovese tenait était Matteo Genovese.

— Mat...

— Va-t'en maintenant. J'en ai fini avec toi, ordonna-t-il avec dédain, en ouvrant son ordinateur portable et en commençant à taper.

Une nouvelle vague d'indignation m'envahit à cause de ce renvoi brutal. Il pouvait aller se faire foutre pour ce que j'en avais à faire.

Je me levai avec raideur et je marchai vers la porte.

— Oh, et Domenico ? commença-t-il quand je touchai la poignée.

Je tournai la tête, le regardant silencieusement.

— La prochaine fois que je t'appelle ? Décroche ton putain de téléphone.

— Compris, répondis-je avec le même ton froid avant de quitter la pièce.

J'essayai de ne pas avoir l'air aussi contrarié que je

l'étais en sortant de la pièce, mais l'inquiétude dans les yeux d'India montrait que je ne l'avais pas trompée. Bien sûr que non, cette femme était tellement en phase avec moi que c'en était surréaliste.

— À bientôt, *topolino,* dis-je à Enzo avant de tendre la main vers India.

— À bientôt ! cria India alors que je la tirais hors de la pièce.

— Tu vas bien ? murmura-t-elle alors que nous marchions dans le couloir.

— Oui, marmonnai-je. C'est juste Matteo qui joue au patron et utilise la carte « je t'ai sauvé la vie ».

— Que voulait-il ?

Je m'arrêtai et me tournai vers elle, je devais lui dire. Si les expériences récentes m'avaient appris quelque chose, c'était de communiquer.

— Il veut que je traque le traître.

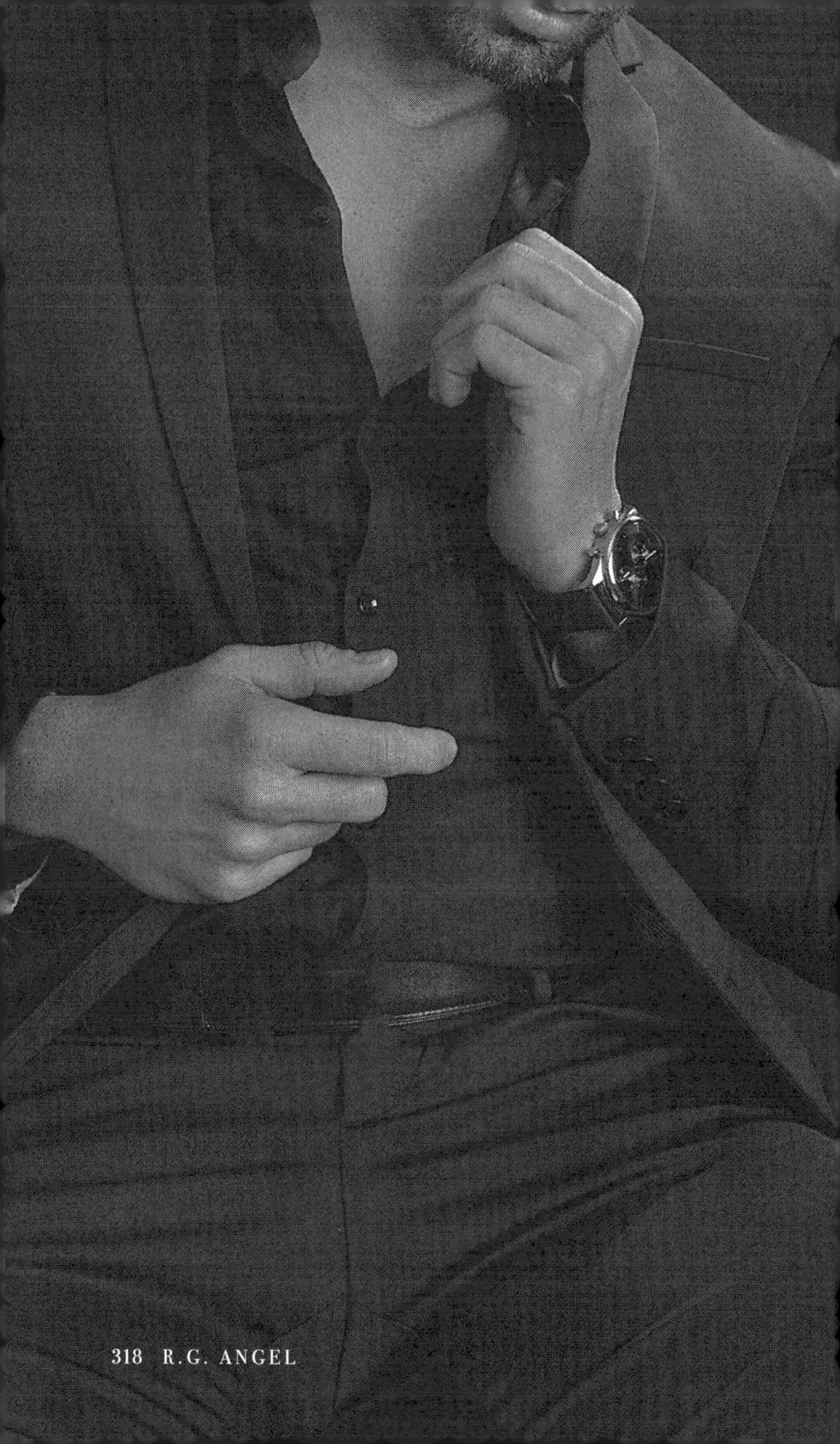

CHAPITRE 19
Dom

Mon téléphone sonna et je poussai un juron en regardant Marco qui riait depuis mon lit. « Dans mon bureau maintenant ou je tue ton frère. »

— Ton père est un connard, grommelai-je, en attrapant le bébé et en le mettant dans le porte-bébé sur ma poitrine avant de descendre au bureau.

Les trois filles étaient dans la serre, et j'avais voulu passer du temps avec mon filleul... ce que j'allais profondément regretter dans les prochaines minutes.

J'entrai dans le bureau pour voir Luca debout près de la fenêtre derrière son bureau et Matteo assis sur le fauteuil en cuir en face de lui.

Luca se tourna vers moi et leva les yeux au ciel.

— Vraiment, Dom, encore ?

Je baissai les yeux sur le petit garçon attaché à ma poitrine. Je l'avais habillé comme moi, avec une veste en faux cuir noir, un t-shirt blanc, un jean noir, des bottes de combat et une perruque noire qui imitait ma coiffure.

Je haussai les épaules, en essayant d'éviter le regard de Matteo.

— C'était mon moment avec lui, et j'étais censé être libre pendant encore une heure.

Je jetai finalement un coup d'œil Matteo qui nous regardait tour à tour, Marco et moi, comme si j'étais taré.

— C'est juste pour s'amuser. Je…, soupirai-je.

Matteo secoua la tête.

— Mets ta femme enceinte et fais en sorte de rendre tes propres enfants cliniquement fous.

Mettre India enceinte, je mentirais si je disais que je n'y avais jamais pensé. Bien sûr que j'y avais pensé. Je l'avais imaginée portant notre enfant, mais c'était encore beaucoup trop tôt. Elle s'était engagée avec moi il y avait seulement un mois, elle avait besoin de temps.

— Pourquoi es-tu là ?

Il s'adossa à son siège et sourit.

— Tu m'as manqué, mon frère.

Je me tournai vers Luca. Je n'avais pas le temps de jouer à ses jeux aujourd'hui.

Luca regarda à nouveau son fils et me lança un regard exaspéré. Je savais que ça l'ennuyait quand j'habillais le petit mec, et pour moi ça faisait partie du plaisir.

— Matteo a parlé avec Sebastiano Visconti. Il a accepté de nous laisser venir et de discuter avec Sergio.

Je levai un sourcil et regardai Matteo, un peu impressionné.

Sebastiano Visconti était le chef de la mafia de Vegas… En passe de devenir bientôt le patron de la mafia de la côte ouest et il était habituellement sur la défensive concernant son territoire et les hommes qui en dépendaient.

— Qu'est-ce que tu as sur lui ? demandai-je à Matteo.

Il laissa échapper un petit rire.

— Ah, mon frère, tu me connais si bien.

Je voulais lui rappeler encore une fois de ne pas m'appeler comme ça, mais il savait déjà à quel point je détestais ça, et j'étais sûr qu'il le faisait exprès. Je supposais qu'être des connards était dans nos gènes.

— Et qu'est-ce que ça a à voir avec moi ?

— J'ai besoin que tu viennes à Vegas demain.

— Non, répondis-je en secouant la tête.

Fais chier ! J'avais des projets avec India ! J'allais enfin l'emmener au chalet. J'avais une bague de fiançailles et tout.

— J'ai des projets, ajoutai-je.

Matteo roula des yeux.

— Ne te mets pas dans tous tes états. Prends ta copine et transforme la journée en week-end romantique.

— J'ai pris un engagement.

Ou du moins j'étais sur le point de le faire, et India attendait vraiment ce voyage avec impatience.

Matteo renâcla.

— *Che e solo un modo stravagante per dire che sei uno zerbino del cazzo.*

— Oui, je suis une fiotte et alors ? le défiai-je.

Matteo soupira.

— Bien, Gianluca. Nous partons à dix heures.

Luca hocha la tête, en prenant une gorgée de son verre. Je levai la main.

— Attendez une minute. Qu'est-ce que ça veut dire ? On ne peut pas juste faire un break ? Nous avons déjà éliminé quatre noms sur la liste, Matteo. Je…

— Et je te l'ai déjà dit, nous devons continuer sur notre lancée. Une fois qu'il saura que nous nous rapprochons, il va se préparer, répondit-il en faisant tourner sa chevalière autour de son doigt. Et qui t'a dit que tu pouvais remettre en question mes ordres ? J'ai tué des hommes pour bien moins que ça.

Ce fut mon tour de lui faire un sourire en coin.

— Mais tu ne tuerais pas ton *frère*, n'est-ce pas ?

— Ne surestime pas la loyauté que j'ai envers mon sang.

Pour être honnête, je ne pensais pas qu'il avait une quelconque loyauté envers autre chose que les règles mafieuses.

— Je ne le ferais jamais.

Il se leva.

— Luca, demain, dix heures à l'aérodrome, ordonna-t-il.

Putain de merde ! Je ne pouvais pas laisser Luca partir pour le week-end ! Les jumeaux avaient besoin de leur père, et je savais combien il était anxieux de les laisser.

— Et merde, grommelai-je. Je vais le faire, mais j'emmène India, et s'il te plaît n'agis pas comme un psychopathe quand elle est là, OK ?

— Je vais faire de mon mieux, répondit-il sèchement avant de baisser les yeux sur Marco dans mes bras. Et arrête de dégrader le futur capo. On se voit demain.

Il sortit de la pièce.

J'enlevai la perruque de la tête de Marco et m'assis sur la chaise que Matteo venait de quitter.

— Je ne le dégrade pas.

Luca s'assit de l'autre côté du bureau.

— Je ne suis pas sûr, mec... Sois juste reconnaissant que Matteo n'ait pas été là quand tu as déguisé *mon fils* en Carmen Miranda la semaine dernière.

Je haussai les épaules, en regardant le petit garçon qui somnolait sur ma poitrine.

— Je voulais lui donner des options.

Luca secoua la tête.

— Tu as de la chance que ça ait fait rire ma femme aux larmes, sinon je jure que je t'aurais tiré dans les rotules.

— Ouais, dis-je en m'adossant au siège avec un soupir las.

— Tu voulais lui demander de t'épouser ce week-end, n'est-ce pas ?

Étais-je vraiment si prévisible ?

— Et tu sais que le chalet était l'endroit idéal, répondis-je en hochant la tête. Si elle avait dit non, j'aurais pu me jeter de la falaise voisine.

— Tu es si dramatique. Et laisse-moi te dire qu'avec la façon dont elle te regarde, la façon dont je l'ai surprise en train de glousser avec ma femme, sourit-il, il n'y a aucune chance qu'elle te dise non.

Mon cœur s'emballa à cette pensée.

— J'espère que tu as raison.

— Je sais, et Matteo a raison, dit-il en désignant son fils endormi dans son porte-bébé. Fais ton propre bébé et rends-le taré. Celui-là, c'est à moi de le traumatiser.

Je ris.

— C'est noté. Je vais travailler là-dessus bientôt.

Luca prit une gorgée de son verre, son visage reprenant son sérieux.

— Merci d'avoir fait ça. J'apprécie.

— Ça ne me dérange pas de le faire pour toi, Luca, tu le sais. C'est juste que Matteo est trop pressant... voire hâtif, et je pense juste qu'il pourrait ralentir un peu.

Luca détourna le regard, en se mordillant la lèvre inférieure.

— Je ne pense pas qu'il puisse faire autrement. Il ne le dit pas mais il y a quelques rumeurs qui courent dans les rangs. Le surnom de traître « Mano Vendicativa » est murmuré et Matteo craint qu'une fois son autorité remise en cause, il soit remplacé.

Je grimaçai. C'était vrai, être remis en question n'était jamais une bonne chose. Enlevez-lui la peur qu'il suscite et que lui reste-t-il ?

— Peu importe à quel point c'est un psychopathe, il a toujours été plus ou moins bon avec nous. Peut-être que c'est à cause des liens du sang, peut-être que c'est autre chose, déclara Luca en haussant les épaules. Tout ce que je sais, c'est que je ne veux pas qu'un autre Italien se mêle de nos affaires.

— Je sais.

— Et rien ne t'empêche de lui demander de t'épouser à Vegas.

— C'est un peu ringard, dis-je en grimaçant.

— Ça n'a pas à l'être. Tout ce qui compte, c'est la personne à qui tu fais ta demande et ce que tu ressens, dit-il en pointant son doigt vers la serre. J'ai fait ma demande à Cassie après son enlèvement, alors qu'elle était au lit. Pas idéal et pourtant...

— Oui, répondis-je en me levant. Je vais y réfléchir.

— Dom ? m'appela-t-il après que je m'étais retourné pour partir.

— Ouais ?

— Est-ce que je peux récupérer mon fils ?

— Oh ouais, dis-je avec un petit rire en libérant Marco du porte-bébé. Sois honnête, il est vraiment mignon comme ça.

— Peut-être..., admit-il à contrecœur.

— OK, je vais dire à India que les plans ont changé. Souhaite-moi bonne chance !

— Tu n'as pas besoin de chance, cette femme t'aime.

— Ouais, et si ça ne marche pas, mon pénis magique arrangera les choses.

— Dom, *per l'amor di Dio* !

— C'est en gros ce qu'elle dit aussi quand...

Luca leva sa main gauche.

— Et nous en avons terminé.

Je le regardai, en train de bercer avec tendresse Marco contre sa poitrine, et ressentis à nouveau l'envie. J'avais envie d'avoir des bébés avec India. J'avais envie de tout ça. J'avais juste besoin de voir si elle en avait aussi envie. C'était une grande décision d'avoir des enfants au sein de la mafia. Nos enfants, tout comme les enfants de Luca et Cassie, ne seraient jamais libres, pas vraiment, et je savais qu'India serait perturbée par ça. Comment pourrait-elle ne pas l'être ?

Je les trouvai dans la serre en train de décrire à Arabella des plantes dont elles s'occupaient.

— Désolé d'interrompre ce moment entre filles, dis-je en faisant un clin d'œil à India qui avait une paire de ciseaux dans sa main.

J'adorais la façon dont son visage s'illuminait en me voyant. Mon cœur battait la chamade à chaque fois et j'avais encore du mal à croire à quel point elle m'aimait. Même avec toute la noirceur, même en connaissant tous mes péchés, elle m'aimait encore.

— Ça te dérange si je kidnappe India une minute ?

Cassie rit en me faisant signe de m'éloigner.

— Non, tu peux la prendre mais ramène-la, d'accord ?

Je regardai India marcher vers moi, en balançant les hanches un peu plus que nécessaire.

— Je ne peux pas te promettre ça.

Et ce n'était pas un mensonge. J'allais l'emmener au sud, dans la zone boisée du jardin, à l'abri des regards indiscrets. Je pourrais probablement l'amadouer pour un petit coup rapide contre un arbre.

— Tu annules notre week-end, dit-elle de façon détachée alors que nous commencions à descendre le chemin.

Je me tournai vivement vers elle. Je ne m'attendais pas à ce qu'elle le devine si facilement.

J'attrapai sa main, en entrelaçant nos doigts. Il fallait que je la touche quand j'étais près d'elle, il n'y avait pas d'autre moyen.

— J'ai vu Matteo arriver. J'imaginais que ce n'était pas pour une simple rencontre fraternelle.

Je m'appuyai contre elle et la poussai un peu en la taquinant.

— Je suis désolé.

Elle leva nos mains et embrassa le dos de la mienne.

— Ne le sois pas, je comprends. Promets-moi juste d'être prudent.

— Je vais à Vegas. Je veux que tu viennes avec moi.

Elle s'arrêta de marcher et se tourna vers moi, son

visage cachant à peine son excitation.

—Tu es sûr ? Je ne veux pas être un obstacle et je ne suis pas en colère, je le jure.

Je me penchai et l'embrassai doucement.

— Tu n'es pas un obstacle, et je sais que tu n'es pas en colère. Tu es si compréhensive que c'en est incroyable. Je veux que tu sois là avec moi..., dis-je en l'attirant vers moi et en entourant sa taille. Ce que je dois faire ne prendra pas trop de temps. Et ensuite, toi et moi, nous irons en ville, qu'en dis-tu ?

Elle me sourit.

— Bien sûr que je viendrai. Je ne suis jamais allée à Vegas. Peut-être que je peux aller voir un spectacle de strip-teaseurs pendant que je t'attends.

Je secouai la tête.

— Non, Dolcetta. Je peux me déshabiller pour toi, mieux que ne le ferait un strip-teaseur.

Elle frotta mon torse.

— Jaloux !

— Tout à fait.

— Tu es le seul pour moi, Domenico Romano. Aucun sosie de Channing Tatum ne pourra changer ça.

— Sosie ?

— Ouais, parce que, concernant le vrai, tout est possible, répondit-elle sur un ton effronté.

Je fis glisser mon nez le long de sa mâchoire.

— Ah, bon sang, je dois maintenant traquer Channing Tatum.

Elle rit, en enroulant ses bras autour de mon cou.

— Je t'aime, idiot.

Je berçai sa joue dans ma main, je ne me lasserais jamais de l'entendre dire ça.

— Je t'aime aussi, Dolcetta, *più della mia stessa vita*.

Et c'était vrai, je l'aimais plus que ma vie, plus que mes vœux à la famiglia, et c'était dangereux, je le savais.

Elle était ma religion, mon engagement, mon tout.

Je pensais à la bague dans ma chambre. Peut-être que Luca avait raison. L'endroit où je lui demandais de m'épouser n'avait pas vraiment d'importance. Oui, c'était ce que j'allais faire. Ce week-end, je demanderais à India McKenna de devenir ma femme.

CHEVALIER BRISÉ 329

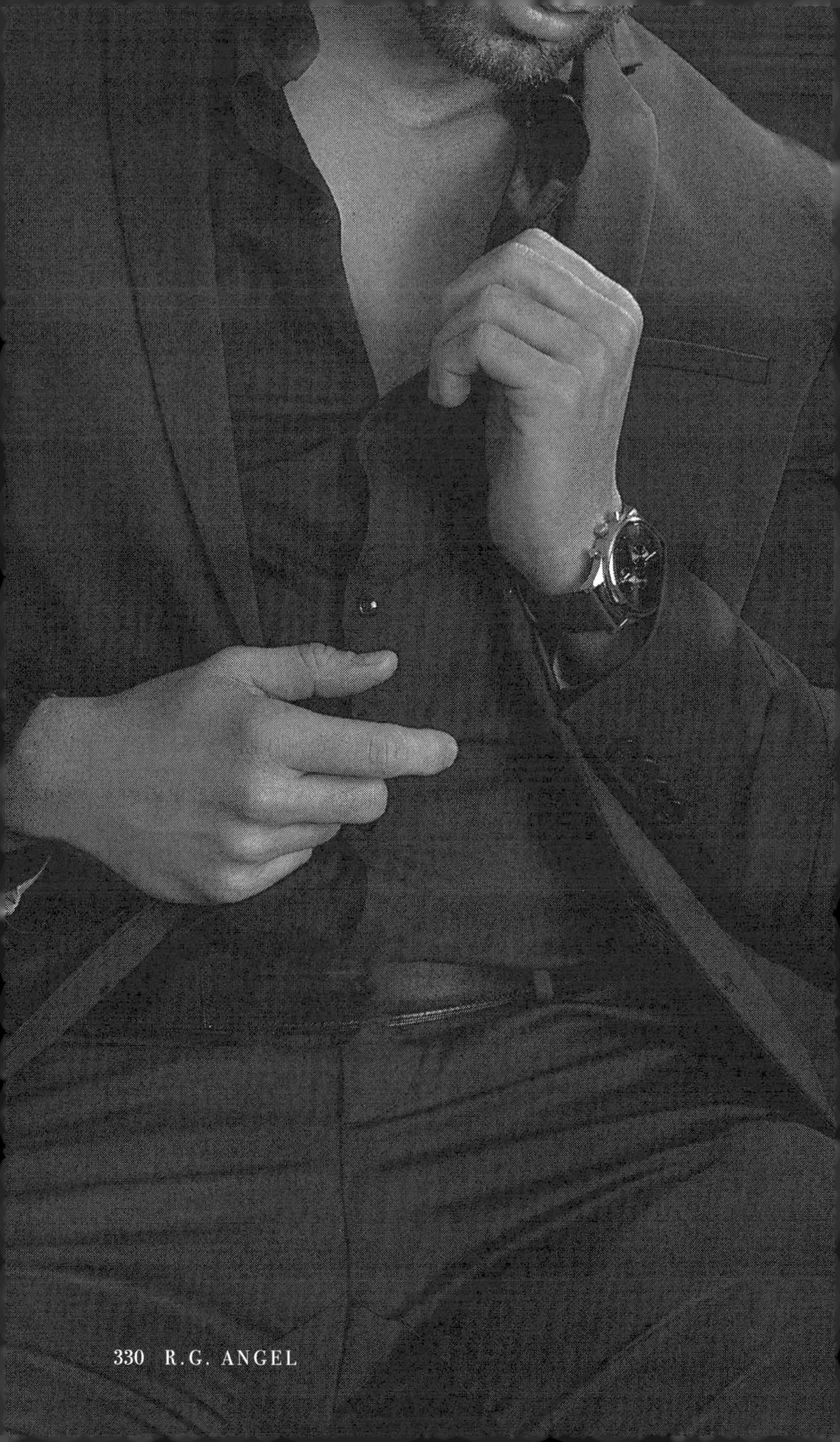

ÉPILOGUE UN
Dom

Un autre verre, proposa Matteo, en tendant deux verres à liqueur à Sergio et moi.

Je regardai ma montre une fois de plus. Il était beaucoup plus difficile de le faire parler que prévu et même les drogues que Matteo avait mises dans son verre il y avait un quart d'heure ne fonctionnaient toujours pas.

Sergio était un homme imposant, peut-être que nous n'en avions pas mis assez. Une partie de moi voulait presque que Matteo l'attrape et l'emmène dans une cave quelque part pour obtenir les informations et en finir.

Je savais qu'il ne pouvait pas. Il aurait été le premier à le faire s'il avait pu, mais torturer nos hommes, même les anciens, sans aucune preuve soulèverait des questions auxquelles nous n'avions pas particulièrement envie de répondre.

Je jetai un autre coup d'œil à ma montre, ce qui me valut un regard d'avertissement de Matteo, mais je m'en fichais un peu. J'aurais dû être de retour à l'hôtel depuis plus de quarante minutes. J'avais tout réservé, un massage en couple, un spectacle et la demande en mariage, et ce putain de boulot était une fois de plus en train de tout gâcher. Je ne pouvais pas non plus prévenir India. Il n'y avait pas de réseau dans ce bar. C'était voulu, bien sûr, mais maintenant je n'avais aucun moyen de lui dire que j'allais être en retard.

Je soupirai, en faisant semblant de siroter mon verre.

— Quoi de neuf ?

Les narines de Matteo se dilatèrent, il n'était pas content, mais je m'en fichais.

Je haussai les épaules, regardant mon verre maintenant vide, en faisant la moue comme un enfant de cinq ans.

— Notre homme ici présent est amoureux d'une fille avec semble-t-il un vagin plaqué or... Il n'aime juste pas la laisser seule au cas où elle retrouverait son bon sens et le quitterait, expliqua Matteo avec une voix dégoulinant de sarcasme.

Je lui envoyai un regard cinglant tandis que Sergio laissait échapper un rire tonitruant.

— Comment se fait-il que tu aies fait tout ce chemin jusqu'à Vegas ? Tu as toujours dit que c'était trop clinquant pour toi.

Matteo haussa les épaules.

— Pour avoir un œil sur la famiglia... Pour m'assurer qu'ils se souviennent de là où se situe leur loyauté. Pour leur rappeler que ce n'est pas parce qu'ils nous ont quittés qu'ils ne doivent pas garder nos secrets.

— *Che* ?

— Rappelle-toi d'où vient ta femme, Sergio. Tu parles, on parle.

Ses yeux s'écarquillèrent, en comprenant ce que Matteo voulait dire.

— Quoi ? Je..., dit-il avant de secouer la tête. Ce n'est

pas une partie de ma vie dont je veux me souvenir, déclarat-il avant de me lancer un rapide regard. Sans vouloir te vexer.

Je détournai le regard. Pourquoi me vexerais-je ? Je n'étais qu'un jeune garçon à l'époque, c'est lui qui avait « brisé » une des filles et décidé de la garder.

C'était un homme adulte qui avait gardé une fille de seize ans en cadeau de mon père. Le fait qu'ils soient toujours mariés deux décennies plus tard n'avait pas d'importance.

Il nous regardait, les pupilles un peu dilatées, les drogues faisaient enfin effet. Il se réveillerait demain matin avec un cerveau embrumé, comme s'il avait une gueule de bois, et avec peu de souvenirs de la discussion.

— Je regrette certaines choses... Je suis parti à cause de tout ça. Pour prendre un nouveau départ. Je ne veux plus en parler. En ce qui me concerne, ça n'a jamais eu lieu.

Matteo me lança un regard exaspéré. Il ne mentait pas, et il était également clair que nous avions perdu notre temps ici.

— *Bene*, c'est comme ça que ça doit être, répondit Matteo, en prenant un verre maintenant.

Après quelques minutes de bavardage inutile, Matteo tapa de la main sur la table.

— C'était sympa de discuter avec toi, Sergio, mais je dois y aller maintenant. J'ai un dîner avec Sebastiano.

— Ah, *si*, dit l'homme plus âgé en essuyant un peu de sueur sur son front avec sa manche de chemise. On est bons, *si* ?

Il était nerveux, bien sûr, qu'il l'était, car peu importait les rumeurs qui couraient dans les rangs de la famiglia, tout le monde savait que Matteo était un sociopathe sans cœur, et tout le monde savait aussi ce qu'était son sous-sol.

Matteo se leva et ajusta les poignets de sa chemise.

— On est bons et tant que tu garderas la bouche fermée, nous le serons.

— *Siempre.*

Matteo me regarda.

— *Andiamo*.

— Je ne viens pas dîner avec toi, marmonnai-je en sortant du bar. J'ai des projets.

Il leva les yeux au ciel, en allumant un cigare dès que nous fûmes sortis.

— Détends-toi. Tu n'es pas invité. C'est un dîner de capo. Tu es tout juste consigliere.

Pensait-il qu'il m'insultait ? Je ne pouvais pas moins me foutre des grades. J'avais pris ce poste pour être proche de mon meilleur ami et m'assurer qu'il était en sécurité, le reste n'avait pas d'importance.

— Un consigliere avec du sang royal, non ? répondis-je juste pour l'énerver.

Il me souffla de la fumée en plein visage.

— Va voir ta femme, Domenico. Laisse les vrais hommes s'occuper des choses importantes.

Une fois de plus, s'il essayait de me provoquer, c'était un échec cuisant. Aller voir ma femme était tout ce qui comptait, et si cela faisait de moi un sous-homme à ses yeux, je m'en fichais.

Mon téléphone vibra plusieurs fois dans ma poche, annonçant un afflux de messages parce que j'avais à nouveau du réseau.

Je le sortis de ma poche et je remarquai sept textos d'India plus un message vocal. J'étais vraiment dans la merde.

Matteo commença à dire quelque chose, mais je l'ignorai, en tournant sur moi-même et en remontant la rue jusqu'à notre hôtel aussi vite que possible tout en lisant les messages envoyés par India.

« Où es-tu ? Le massage en couple est dans 10 minutes. Je t›aime. »

« Dom, ça va ? Nous avons raté notre rendez-vous. »

« Domenico Romano, tu ferais mieux d›être mort. »

« Non, ne sois pas mort. Je ne le pensais pas. Je t›aime. »

Je souris à l'écran malgré mon anxiété. Même en colère, elle n'arrivait pas vraiment à être méchante.

« Encore cinq minutes et je vais voir des strip-teaseurs. C›est ta faute. »

« Bien, j›y vais, je te verrai quand je te verrai. »

Le texte suivant était simplement une photo d'une scène avec des hommes à moitié nus. J'allais les tuer, oui, tous.

J'écoutai son message vocal en entrant dans le hall du Bellagio.

— Je ne peux plus faire ça, dit-elle avec une petite voix.

Non, non, non, non ! Elle ne pouvait pas juste nous abandonner comme ça. C'était stupide. Je fis glisser ma carte dans le boîtier de l'ascenseur et appuyai sur le bouton de notre étage.

Putain, fais chier ! Rien que l'idée de ne pas être avec elle était insupportable. Elle devait me pardonner. Elle m'aimait, je l'aimais. Elle savait que ma vie ne serait jamais facile. Je ne pouvais pas toujours la faire passer en premier, mais elle devait savoir que je le ferais toujours quand le choix m'appartiendrait.

J'allais récupérer cette bague et j'allais la trouver et lui demander de m'épouser. Je lui ferais comprendre que sans elle, il n'y aurait pas de *moi*.

Elle était ma lumière, mon souffle, ma vie. Je n'existais que pour elle, et s'éloigner de moi serait me condamner à mort. Je n'exagérais même pas, c'était vrai. Ce jour-là, quand je l'avais vue à l'aéroport, ça avait été le début de la fin pour moi.

Oui, elle comprendra, elle t'aime, tentai-je de me rassurer en ouvrant la porte de la suite et en me figeant sur le seuil.

Le salon était éclairé par des dizaines de bougies, une musique douce en fond sonore et un seau avec une bouteille de champagne trônait au milieu.

Je fronçai les sourcils, fis quelques pas hésitants dans la pièce, et fermai doucement la porte.

— Dolcetta ?

— Je t'aime, Domenico, dit-elle en sortant de la chambre, vêtue d'une superbe robe rouge fluide avec les épaules dénudées.

L'étau dans ma poitrine se desserra en une seconde, et je dus cligner des yeux plusieurs fois pour chasser mes larmes de soulagement.

— Tu m'as fait peur, vraiment, admis-je en faisant un pas de plus vers elle.

Elle leva la main pour m'arrêter dans mon élan.

— Tu pensais vraiment que j'allais partir ? demanda-t-elle avant de secouer la tête. Tu sembles toujours incapable de voir combien je t'aime profondément. Est-ce parce que tu ne penses pas être digne d'être aimé ? Peut-être, mais ce n'est pas grave, je te ferai comprendre que si, même si cela doit prendre toute une vie.

— Une vie avec toi, c'est tout ce que je demande, dis-je sur un ton presque suppliant.

Elle sourit.

— C'est bien parce que...

Elle se mit à genoux et le monde autour de moi s'arrêta.

— Domenico Romano, poursuivit-elle, veux-tu m'épouser ?

Je la regardai complètement abasourdi. Parmi toutes les choses auxquelles je m'attendais, celle-ci n'en faisait pas partie. J'étais censé faire ça, c'était le plan. Elle ne pouvait pas... Finalement, je repris possession de mon corps et me dirigeai d'un pas rapide vers la chambre.

— Je ne vais pas mentir, ce n'est pas exactement la réaction que j'espérais, cria-t-elle depuis le salon.

Je souris en récupérant la petite boîte noire dans mon sac de voyage. Il allait s'agir d'une demande en mariage mutuelle, ce qui était peu commun, mais pour être juste, tout entre nous l'était depuis le début. Il était en quelque sorte logique que notre demande en mariage soit peu conventionnelle.

Je retournai dans la pièce où elle m'attendait toujours sur un genou et m'arrêtai juste devant elle, ma main serrant fermement la boîte.

Elle leva les yeux vers moi, les yeux pleins de perplexité mais aussi de confiance. Sa foi en moi donnait une leçon d'humilité.

J'imitai son geste et m'agenouillai devant elle.

— J'ai vraiment cru que tu m'avais quitté, avouai-je. Tout ça parce que je sais que je ne te mérite pas. Je le sais, et pourtant je te veux, tout entière, et je sais que tu penses que je suis assez bien pour toi, Dieu seul sait pourquoi, mais je veux quand même être un homme meilleur pour toi. Me rapprocher le plus possible de l'homme que tu mérites, déclarai-je avant de lui montrer la boîte dans ma main. Tu m'as volé ce privilège, Dolcetta. Je voulais faire ma demande.

— Ce sont les temps modernes, Domenico, une femme peut faire une demande en mariage.

Je hochai la tête.

— Oui, mais je ne mérite pas une femme comme toi à genoux devant moi.

Elle me fit un petit sourire aguicheur.

— Je ne me souviens pas que tu te plaignais quand j'étais agenouillée devant toi hier soir.

Je l'attrapai par la nuque et l'embrassai passionnément.

— Non, et je ne m'en plaindrai jamais, murmurai-je contre ses lèvres avant de m'éloigner un peu et de lui montrer la bague de fiançailles en diamant et émeraude que je lui avais achetée.

— Je vais t'épouser, India McKenna. J'ai voulu t'épouser depuis le moment où je t'ai embrassée. Tu es l'amour de ma vie, et le simple fait de savoir que tu veux passer le reste de ta vie avec moi est à la fois une chose qui me déconcerte et me rend humble, déclarai-je en souriant, et en attrapant sa main. Donc je vais te le demander aussi. India McKenna, veux-tu m'épouser ?

Ses yeux émeraude étaient remplis de larmes, et sous la lumière des bougies, cela les faisait briller comme l'émeraude de sa bague.

— Bien sûr que je vais t'épouser, Domenico. Tu es le meilleur homme du monde. Tu me fais me sentir spéciale, aimée, en sécurité... tout à la fois. Je ne me sens jamais plus belle que lorsque je me vois à travers tes yeux, et je ne savais pas qu'on pouvait aimer quelqu'un autant que je t'aime. Je ne veux plus jamais vivre sans ressentir ça. Tu es ma vie aussi, tu sais.

Je glissai la bague à son doigt et je scellai notre accord avec un baiser.

— Marions-nous maintenant, murmura-t-elle contre mes lèvres.

Je grognai alors que ma bite commençait à durcir. J'avais envie d'elle maintenant, nue sur le tapis en train de crier mon nom alors qu'elle portait ma bague.

— Non, pas maintenant. Pas de mariage à la sauvette.

Je pris ses lèvres pour les entraîner dans un autre baiser passionné.

— Je veux un vrai mariage, ajoutai-je. Je veux qu'on se tienne devant le père Mario et qu'on jure notre amour. Qu'on montre à tous que tu as choisi de m'aimer. Que c'était un choix, que ce n'était pas un accident. Que tu me veux vraiment.

India prit mon visage dans ses mains.

— OK, nous allons nous marier comme Kate et William si c'est ce que tu veux, et je le crierai sur tous les toits de la ville s'il le faut. Domenico Romano est l'amour de ma vie, et je suis la femme la plus chanceuse du monde car il m'aime aussi. Qu'est-ce que tu en dis ?

Je souris, en me penchant sur elle lentement jusqu'à ce son dos touche sol et que je sois sur elle.

— Ça semble parfait.

Je fis glisser ma main le long de sa jambe et sous sa robe.

— Maintenant, dis-je, *la mia futura moglie*, laisse-moi non seulement te dire combien je t'aime, mais aussi te le montrer.

Elle sourit, en enroulant mes bras autour de mon cou.

— Oui, montre-moi...

Et pour le reste de la nuit, je lui montrai à quel point je l'aimais.

CHEVALIER BRISÉ 341

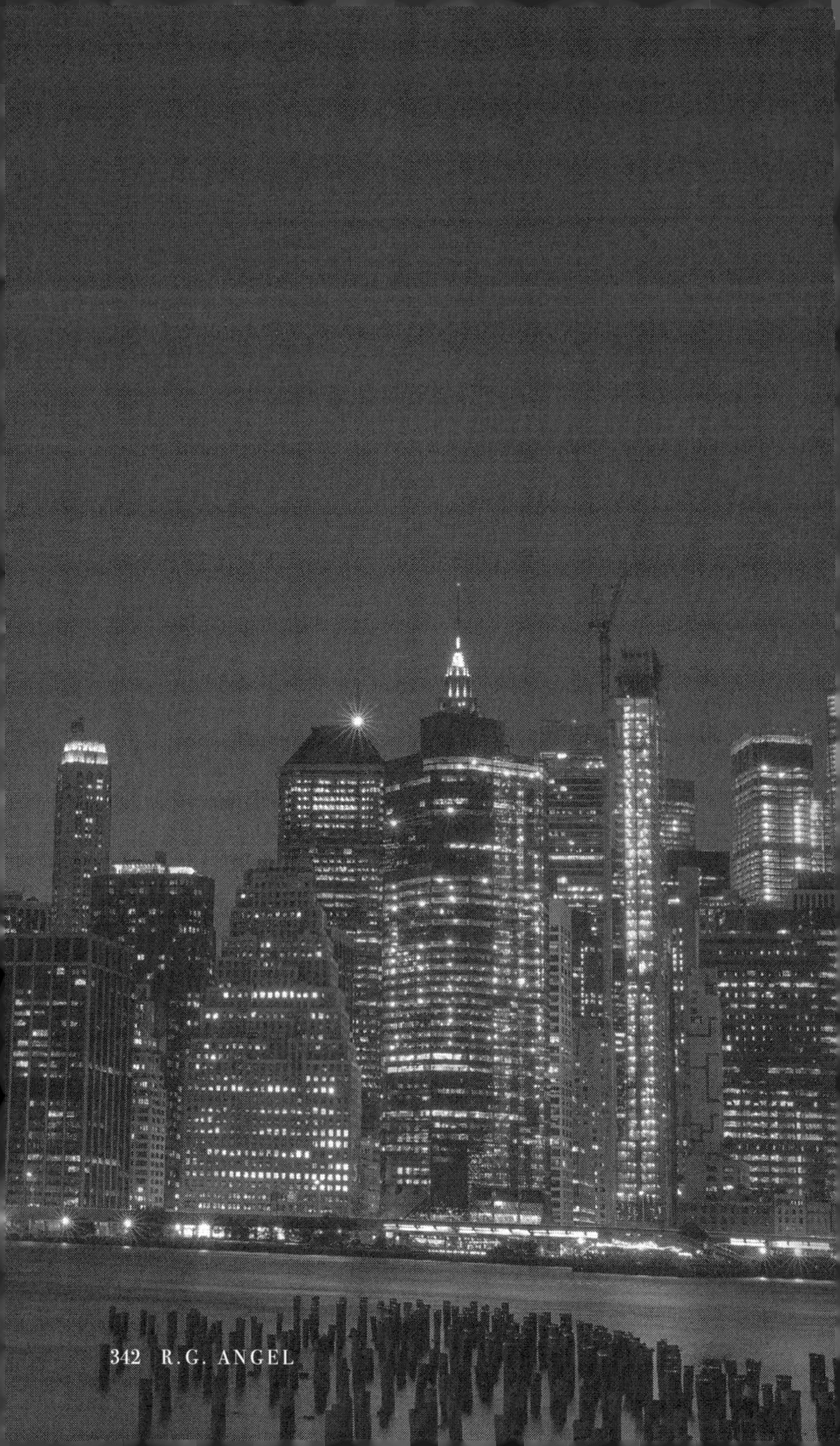

ÉPILOGUE DEUX
Matteo

Je me frottai le visage en regardant la liste sur mon écran. Cinq de moins, plus que sept.

Le voyage à Vegas avait été une perte de temps, et mon dîner avec Sebastiano avait été aussi agréable que des aiguilles plantées sous mes ongles... J'en avais détesté chaque seconde.

Le traître ne le savait pas, mais je me rapprochais de lui. Il me tapait sur les nerfs. Il était tellement plus intelligent que je ne le pensais, et je détestais ça.

Je n'avais pas l'habitude d'être battu. Dans n'importe quel domaine, et dans celui-là en particulier, je ne pouvais pas perdre.

Je m'étais trop battu, j'avais abandonné trop de choses pour en arriver là, pour garder nos rangs droits, pour inspirer la peur. Ce n'était pas pour qu'une merde insignifiante essaie de tout gâcher.

Je m'adossai à mon siège. Il allait voir ce que ce serait quand le feu de l'enfer s'abattrait sur lui. Je le détruirais lui et tous ceux à qui il tenait.

Un sentiment auquel je n'étais pas habitué me frappa en plein dans la poitrine... la peur en entendant une sonnerie que j'espérais ne jamais entendre.

Je déverrouillai mon dernier tiroir et retirai le double

fond pour récupérer le téléphone à clapet que j'avais là. Une seule personne avait ce numéro... la personne qui protégeait mon secret le plus précieux.

— Parle, aboyai-je.

— Ils l'ont trouvée.

Putain !

Je fermai les yeux, en me pinçant l'arête du nez. Comment était-ce possible ? Ce traître m'avait vaincu une fois de plus, et cette fois c'était bien pire, car ce n'était pas seulement mon titre qui était en jeu.

—Envoie-la ici.

— Que vas-tu faire ?

Je secouai la tête avant de la poser avec lassitude contre l'appui-tête de mon siège en cuir.

— Je vais annoncer son existence à son frère et lui dire qu'elle est en route.

Découvrez l'histoire de Matteo dans Roi Cruel,
disponible le 1er décembre 2022.

CHEVALIER BRISÉ

NOTE DE L'AUTEUR

Merci beaucoup d'avoir lu l'histoire de Dom et India. J'espère que vous l'avez appréciée autant que j'ai eu du plaisir à l'écrire.

Par ailleurs, si vous avez envie de laisser un petit commentaire, je vous en serais vraiment reconnaissante.

Quelques questions sont encore sans réponse et il y a une raison, croyez-moi. Il s'agit d'une série de trois livres et vous découvrirez toutes les réponses. Chaque livre se concentrera sur un homme mafieux sexy différent et son héroïne.

N'oubliez pas de surveiller la sortie **Roi Cruel**, le dernier livre de la série **Cosa Nostra**. Ce sera le livre sur Matteo. Vous ne pouvez pas le manquer car Matteo est mon sociopathe préféré 😈. Il sortira le 1er **décembre 2022**.

Ciao,
R.G. Angel xx

À PROPOS DE MOI

Je suis juriste de formation, voyageuse, accro au café, amatrice de fromage, critique littéraire et blogueuse.

Je me considère comme une « romantique éclectique », car j'aime dévorer tous les types de romance et je veux écrire des romances dans tous les sous-genres auxquels je peux penser.

Lorsque je ne suis pas occupée à faire tout mon cirque juridique, et parce que je vis dans une Grande-Bretagne pluvieuse (mais magnifique), j'aime surtout les activités d'intérieur comme lire, regarder la télévision, jouer avec mes chiots fous et écrire des histoires qui, je l'espère, vous feront rêver et vous apporteront autant de joie que j'en ai eu à les écrire.

Si vous voulez connaître les dernières nouvelles, rejoignez mon groupe de lecteurs R.G.'s Angels sur Facebook ou abonnez-vous à ma newsletter !

Restez calme et continuez à lire !

R.G. Angel

Printed in France by Amazon
Brétigny-sur-Orge, FR